致你的舞會邀請

Invitation to the Dance

Author Tamara Allen 塔瑪拉·艾倫 *Illust.* bq_

謝辭

我想感謝Naomi Hughes 和 Tera Cuskaden 珍貴的編輯協助，以及Polgarus Studio 出色的排版。我還要感謝 Illustration Web 精美的封面設計。最後，我要感謝 Alla 和 Chris，他們是最善良、最可愛的朋友。

※此處皆指原版書籍。

Contents

第一章 007
第二章 023
第三章 037
第四章 051
第五章 063
第六章 081
第七章 097
第八章 111
第九章 131
第十章 149
第十一章 171
第十二章 187
第十三章 213
第十四章 233
第十五章 253
第十六章 283
第十七章 305
第十八章 329
第十九章 361

Invitation to the Dance

第一章

致你的舞會邀請

Invitation to the Dance

在一個不冷不熱的十一月週三傍晚，其實有很多更好消磨時間的方法。雖然《先驅報》二樓主編辦公室的窗景依舊怡人，可以俯瞰到熙熙攘攘的百老匯街景，但查理過去兩年來已經享受這個風景的次數多到他再也提不起任何興致，即使今天街道上點綴著許多像是無助的烏鴉般，在凜冽的寒風中蹣跚而行的節日購物行人，也沒能讓這幅畫面變得更有意思。

他思考自己是否該繼續等。

哈洛威向他保證過只要三分鐘。

查理撈出口袋裡的懷錶，啪地打開蓋子。已經十分鐘了。

哈洛威一忙起來就是這樣。沒辦法，他一跑出辦公室就是如此。不管是走去樓上的排字間或是樓下的辦公室——無論是哪種——哈洛威總能在路上遇到大大小小的問題，每一個都要耗掉他不只三分鐘。這就是主編的日常。

查理不太喜歡這樣，當然，他也不喜歡當記者的稿子被過度熱心的編輯砍得面目全非。

所以他決定等。

籠罩在窗邊淡淡暮暉中的皮沙發默默散發著吸引力，他想了想，決定大方接受。先是毫不客氣地一屁股坐下，再塞了個流蘇枕頭支撐頭部，最後把腳舒舒服服地架到另一側的扶手上，安安穩穩擺出了小睡的姿態。哈洛威看到他在辦公室打瞌睡也許會不太開心，但只要聽完他勇闖紐澤西花卉協會第一屆年度花卉展的精彩事蹟，想必就能體諒他的辛勞——不說別的，即使只是為了那段來回奧蘭治鎮的車程。

這趟旅程讓他寫出了一篇好報導，堪稱完美，可惜特倫鮑爾那老傢伙用他無情的藍色鉛筆扼殺了文章所有的生命力和幽默感。但沒關係，只要哈洛威比對一下他手上的原版和被特倫鮑爾改過後奄奄一息的版本，明眼人如他一定知道該將哪版付印。

當然啦，特倫鮑爾一定會有怨言，他走回辦公桌時難免要向其他編輯抱怨**他們**這種人是《先驅報》最不知感恩的傢伙，搞不好還要得寸進尺，說些什麼要不是因為有他們這樣的編輯把記者的胡言亂語變成言之有物的報導，這些記者早就回家吃自己了。真是個混蛋。

查理憤憤不平地哼了一聲。如果哈洛威讓他等，那他一定要等到個結果才行。他閉上雙眼，隱隱的睏意變得更加強烈，一定是因為他的姿勢調整得舒適完美。

但當他正覺得很舒服時，就有人敲門。大概是特倫鮑爾那老傢伙想來抗議針對他的投訴。一思及此，查理更用力讓自己陷入皮沙發，連眼睛也懶得張開，想讓他死心。沒料到敲門聲更加堅定又響了一輪，逼得查理沒好氣地抽出頭顱下的枕頭，準備好當特倫鮑爾膽敢不請自入，就要馬上丟過去招呼。門被試探性地轉動後，從輕輕推開的門後，往內探看的是一張陌生的臉龐。真可惜，可惜來人不是特倫鮑爾，跟他吵架要比應付這位——看來是求職者的訪客，有意思多了。訪客外表一絲不苟，身穿咖啡色雙排扣長禮服大衣，手套和帽子乾乾淨淨，鞋子雖舊但擦得像是新的一樣。查理臉上還帶著試探性的微笑，做了個決定。

把枕頭丟到一邊，他坐直起來，「你是來應徵編輯職位的？」

那位紳士一聽此言，就整個人走進辦公室了。「是的，先生。」訪客小心翼翼地把門關上，雖然這門關與不關實在沒什麼分別——因為不間斷的喧鬧聲仍然穿過門板從四面八方湧來——訪客稍顯焦慮的一縮並踱至桌前，伸出右手的同時忍不住用左手按住哈洛威桌上堆疊得像危樓一樣的工商名錄和字典。「威廉．內史密斯。我知道我來得有點早了。」他脫下帽子，露出豐厚奔放的蜜色頭髮，和他井井有條的打扮並不相稱。「我帶來了一篇作品……」他從外套口袋取出一張折起的稿件，「我在《標準報》的朋友寫了篇報導，並允許我編輯他的作品——」

「是新布萊頓的《標準報》嗎？」

「是的，先生。」

如果內史密斯在新布萊頓長大，那顯然他不至於差到哪裡去。只不過，他遞過來的稿件上藍色鉛筆標註的痕跡多到讓查理背脊一涼，再加上他棕色眼眸裡閃爍著對成品的自信，查理忍不住對他的好感盡失。

「事先編輯一篇稿子一點也不難。我想想……」查理眼光落到哈洛威桌上自己帶來的花卉展原稿，略帶惋惜地拿起稿件，「現場測試應該難不倒你吧？」

聽到這個要求，內史密斯先是露出些許驚慌，但他仍然堅定地微笑著。「就在這裡嗎？」

「整間報社最安靜的地方也許就是這裡了。有帶鉛筆嗎？」

他當然隨身帶著鉛筆。內史密斯沉浸於工作中時，查理在書桌旁踱步，低頭看他用冷酷且高效率的速度刪掉大段大段的文字。「你知道，女士們閱讀花卉展報導時，會喜歡看到一些生動的描述。」

「這可不只一些而已。」內史密斯持續搖動如刀劍般的藍色鉛筆，所到之處修改痕跡斑斑，落花流水的程度好似在呼應花卉展主題，「我猜你想要一篇四分之一個版面的報導。」

在他屠戮過後，剩下的文字幾乎填不滿四分之一個版面。

「至少把關於菊花的那段留著吧。」

內史密斯勉強忍住笑意，回道：「是的，先生。」

「你之前在《標準報》當編輯？」

「我在那份工作待了八年。」

查理這下沒忍住好奇心，「那你離職的原因是什麼呢？」

「我和前東家沒有起任何衝突，他們知道我想來曼哈頓闖一闖。」

這回答客套有餘，誠意不足，「我來猜猜看，你的夫人厭倦了每次想買新帽子就得搭船來紐約？」

內史密斯手中鉛筆一頓，因被看穿而震驚的雙眼看向查理，「我還沒結婚……」

查理知道他的意思是「但快了」，接著說：「那是訂婚了？」

內史密斯的驚訝轉為謹慎的興味，「婚姻狀態應該不是這份工作的篩選條件吧。」

「婚姻當然不是。但我們確實注重經驗……你之前有在大城市的報社工作過嗎？」

「新布萊頓是──」

「但它不是曼哈頓。」

「沒錯。」內史密斯將鉛筆放到一旁，挺直了腰桿，「我剛離開新布萊頓，我希望能──」

「在《先驅報》開始？」查理把身體靠在書桌上，瞥了那密布藍色鉛筆痕跡的稿件一眼，「你不覺得你的編輯風格有點──」查理斟酌了下用詞「──過於激進了嗎？」

內史密斯不安地微微調整了坐姿，「我不清楚是哪位記者寫出這篇報導，但我誠摯相信他能從嚴格的編輯中獲益。他過於冗贅，而且顯然喜歡在只需要陳述事實的情況下表達自己的意見。他的寫作風格過於花俏──這提供了充分的娛樂性，但無法達到簡潔的要求。至於他的拼寫能力……」內史密斯沉痛地搖了搖頭，「簡直是災難。」

在如此嚴苛的言詞鞭打下，查理勉力維持禮貌的微笑。聽到這樣的批評當然可以說是他咎由自取──但這番話簡直是利刃鑽心。可惡。「我猜《標準報》的記者看到你應該就像老鼠看到貓一樣吧。」

內史密斯又吃了一驚，「先生，《先驅報》的編輯風格也同樣以嚴謹著名。」

「對才華加以淬煉和任意打擊是有差別的。」而這個差別他認識的編輯們似乎都不明白。「我認為這篇稿子還是很有意思的。沒錯，也許有些地方是該稍加修改，但整體來說，讀者應該會認為報導內容精彩有趣。」

內史密斯這下只能呆看著他，「嗯……」他清了一下喉嚨，「嗯，我想適度的渲染確實不錯，會更——」

「有趣。」

「對。」內史密斯慢慢站起身來，「我猜我風格還是太鄉土了——」

「沒這回事。」查理繞過書桌，向內史密斯伸出手。「你去《紐約時報》面試過了嗎？他們一般不太喜歡渲染，文章讀起來也甚是嚴肅。」

「我恐怕還沒有機會前往。」查理藉握手之便將內史密斯順勢帶往門口，他也十分配合。「我猜我無需費事致電詢問面試結果了。」

「我認為您可以將時間花在更有意義的事情上。」

內史密斯聞言意外地笑出聲來，「謝謝您如此直接。」

「沒必要讓人心生妄想嘛，」查理愉快地說道，「祝您今天愉快，內史密斯先生。」

「祝您今天愉快——噢，不好意思，」內史密斯撞上回到辦公室的哈洛威，連忙出聲道歉，「我今天似乎總在衝撞別人，這位先生，請見諒。」

哈洛威帶著過多的好奇心盯著內史密斯，「你是那個來自新布萊頓的年輕人嗎？」

該死的好奇心。「我等了你二十分鐘了。」查理趕緊發話，但哈洛威眉頭緊皺和瞇緊的雙眼對著他上下掃射，他連忙閉上嘴巴。

「胡說八道。」哈洛威簡短回覆後搶走了查理手中的稿件，「這篇是特倫鮑爾編輯的嗎？」

「是我。」內史密斯在查理能夠把話題轉走之前回答。

哈洛威仔細盯著稿件，「你是剛剛編輯的嗎？」

內史密斯也許一開始還搞不清楚狀況，但現在他用射向查理的懷疑目光顯示自己已經快速地把整件事兜起來了，「是的，先生。」

「你是叫內史密斯嗎？」

「威廉．內史密斯。」

「編得很好。」哈洛威把稿件塞回查理手裡。「帶他去找個位置，科爾貝克先生。記得給他一盒鉛筆。」哈洛威走過查理身旁準備進入辦公室，接著他眼神一亮，終於把一切想明白了。本想讓拒絕的話溢出唇邊的查理改將話吞進了肚子裡——當他看到那知情的眼神裡摻入一抹警告，把這慾在心頭。「一大盒的鉛筆。」哈洛威垂下的白鬍子抖了一下，「內史密斯先生會用得上。」

查理不甚甘願唯唯稱是，在哈洛威砰地甩上的門外，手上拎著面目全非的稿子，背上還釘著內史密斯不滿的目光。

沒關係，那他就當沒看到，「那走吧。」

內史密斯跟上他的腳步，「你這招可真陰險啊。」

這傢伙還真是單刀直入呢。「可惜沒成功。」查理努力回得雲淡風輕。

「就算沒成功還是很缺德，我不敢相信他居然沒有當場解僱你。」

「我想是因為我是他手下最優秀的記者？」

內史密斯投向他的目光出現了淡淡苦澀，「你知道，我確實曾拜讀你的大作。我必須說……」

查理努力壓抑臉上浮現的喜色，即使他再不情願，也得奉上幾句稱讚吧。「請說？」

「編輯下了很大功夫。」

編輯果然都是混帳，每個都一樣，這是他們的本性。而且查理剛才給了內史密斯充分的理由當個混帳中的混帳。

也許現在談和還不算晚，「那個，也許我能帶你認識一下辦公室環境——」

「我已經看清這裡的環境了。」內史密斯加快速度走進都市新聞部，「哪張桌子是我的？」

查理聳聳肩，「最右邊隨便挑一張，」他對著離窗戶最遠那排桌子點了個頭，「陽光和新鮮空氣得保留給資深員工。」

內史密斯皺了下鼻子，在空著的座位裡挑了張狀態最差的，那是一張搖搖晃晃、充滿使用痕跡且正在度過最後時光的桌子。與其說是桌子，不如說是擺在通往走廊的門和晚報編輯辦公室之間，勉強黏在一起苟延殘喘的一堆橡木。他輕巧地坐進同樣古老的椅子，打開抽屜，撈出一盒鉛筆和一罐漿糊。查理坐上桌子的一角，試著忽略屁股下那堆老木片發出的哀號，「給你個建議——」

「沒必要。」

查理哼了一聲，「你沒有一開始看起來那麼純真無戒心嘛。」

內史密斯只是笑了笑，「要是我們角色互換，你現在會一點戒心也沒有嗎？」

「我不是針對你，這裡任何記者都會像我一樣試試你的本事。」

「我懷疑這裡有哪個記者會誤導我，讓我以為他是這裡的主編。」

「我沒說我是啊，是你自己這樣假設的。」

「但你沒有糾正我。」

「沒錯。」但內史密斯很確信因而慘遭糾正的其實是查理。

「我猜你一定很期待再次對我的稿件下手。」

「如果你在暗示我將挾怨報復，那你對我的人品怕是有些草率的評斷。」

查理咧嘴一笑，「你是說你完全沒有這個意思？」

「我在這裡工作的職責是服務報社。同時相應的，那也是我編輯你的稿件時遵循的原則。至於你怎麼解讀我的編輯結果——嗯，我就不那麼關心了。」內史密斯再次展露微笑，笑意中充滿對自己能力的自信，查理不難想像自己很快就會被這份自信惹怒。「別忘了我們得彼此合作，來配合哈洛威先生的需求。想通了這點，當你得把稿件交上來讓我『稍作修改』的時候，才不會受創太深。」

默頓．帕爾默的到來讓查理倖免於不得不承認查理的建議有多麼尷尬——這是件好事。

因為一天一個過錯，已經是哈洛威通常可以忍受的最大極限。查理很想對默頓抱持感激，但默頓有個惱人的習慣：他喜歡到處炫耀自己寫出的報導，一副這一定能上頭版的樣子。而且他通常還真能拿下頭版。

不管怎樣，默頓的出場還是免除了查理的尷尬，他介紹兩人認識，默頓緊緊握住內史密斯的手，像是要透過這次握手傳達整個部門的歡迎之意一樣。「內史密斯？你該不會和加州的內史密斯家族有關係吧？啊，要是如此，你應該不會來把大好光陰浪費在編輯臺上。」默頓說完，調整了架在他大鼻子上的眼鏡，同時手中那疊紙還是穩穩地一張不落。「說到這個……」他本想繼續說下去，但看到查理臉色陰沉且手中那份布滿藍色鉛筆修改痕跡的稿件後，轉向查理。「啊，對了。」他蠟黃的臉上浮上一絲淡淡的紅暈，再次調整了下眼鏡，「你有看到特倫鮑爾嗎？」

查理聳聳肩，「我猜在哈洛威辦公室吧。」

內史密斯露出查理見過最風度翩翩的微笑，「帕爾默先生，我聽候您的差遣。」

「這還沒完全寫完。」默頓發出粗重的呼吸，把手上的紙壓在胸前，「我需要咖啡，很多很多咖啡。我剛在第五大道上，卡在洶湧人群裡來回走了好多趟。」

查理警覺地坐直身體，「你該不會是採訪到貝爾考特了吧？」眾家記者緊追著貝爾考特已經好幾個星期了，沒人能採訪到他，「你不可能——」

「我不是去採訪貝爾考特的，」默頓反駁，「我今天一整天是耗在公爵和他可愛的新娘上。我真是個笨蛋。」他搖搖頭，「廣場飯店的場面真是惡夢，更別說教堂了！我的天哪。但是你看……」他勝利似的揮揮手上的稿件，「這些有趣的細節，即使是最疲倦的人也會讀得津津有味。」

「不只是你，其他一千個記者也會寫同樣的細節。」查理邊笑邊說。

默頓露出比平常更固執的神情，「你以為我訪不到貝爾考特嗎？科爾貝克先生。你等著吧，我會教你怎麼訪到絕不可能受訪的人。」

「你要是辦得到，早就追到他了。」

「我會訪到他的，」默頓高傲地說，「我會搶在所有人之前訪到他，包括你。我發誓。」

查理努力加深自己臉上的質疑，「沒有記者能接近他。你該不會以為自己比其他人更平易近人或有說服力吧？」

「我敢打賭五塊錢，我可比你有魅力多了，科爾貝克。」

從內史密斯方向傳來的竊笑讓查理走了神，但他只是往那裡送了個責備的眼神，就再次集中注意力朝著默頓放送自己的滿臉不屑，「誰怕誰？我跟你賭十塊。」

「辦公室允許賭博嗎？」內史密斯誠懇發問。

但默頓已經向查理伸出的手用力一握，「從明天早上開始？那時我們倆都充分休息好了，這樣才公平。」

「沒問題，小史可以當我們的證人。」查理轉向毫無興趣的內史密斯，「你知道貝爾考特是誰吧？」

「我有讀報紙。」

「很好。」查理從默頓手中搶下他的稿件，「讓內史密斯編輯這份稿件，這樣一來你就知道內史密斯對我毫無偏袒。」

本已凌厲的棕色雙眼聽完這話忍不住瞇得更細，「我可以向帕爾默先生保證，我絕對毫無偏私。」

「那好，那就當作證明你對帕爾默也沒有任何偏袒。」查理把稿件交給內史密斯，他果然用同樣的冷血且精準地大刀闊斧修改，無視於默頓越來越紅的臉色。就在默頓快把內史密斯拉到外面賞他的鼻子一拳之前，哈洛威翩然駕到。

「帕爾默！科爾貝克！」他吼到一半驀然打住，視線不敢置信地環繞辦公室一周，「現在是他媽的在放假嗎？人都死到——算了，就你吧。我需要人跑一趟紐堡的婦女參政權大會。」

「你不是在跟我開玩笑吧，」查理忍不住說，「我才剛從澤西花卉展爬回來而已——」

「你是在跟我討價還價嗎？科爾貝克。」哈洛威接著把不滿的咆哮轉向默頓，「你跑去哪了？」

默頓雙頰再度喪失血色。「長官，我去了第五大道，整個晚上不停工作！終於為婚禮寫出兩個版面——」

「內史密斯編輯完後怕只會剩下一段吧。」查理插話。

哈洛威選擇忽略他，「帕爾默，那你去紐堡。科爾貝克，你留在市區，但你得去一趟西十一街。記得那椿寄宿公寓搶案嗎？看來警察是抓錯人了，你去看看能查出什麼進一步消息——」

「湯姆森不是在現場嗎？」

「他不在，他現在人在醫院，顯然是快當爸了。結了婚的男人真是他媽的難用。」

「沒錯，長官。那你覺得要訂婚的男人怎麼樣呢？」

「我的天哪。」哈洛威低聲抱怨。

查理下樓前，沒忘記往內史密斯那裡遞去一個同情的嘲諷笑容。不管內史密斯是不是因為對象搬來曼哈頓，查理都不羨慕他。編輯的薪水在這座大城市裡是討不了好的，尤其加上一個還沒定下來的新娘。再加上這份工作的加班狀況，新娘子絕對要鬧脾氣，查理可不相信新布萊頓報社的步調會像這裡一樣緊湊。

查理沿著石階走到大辦公室人來人往的圓頂大廳，一路不無期待地想著內史密斯可能很快就會因為不喜歡《先驅報》的快節奏和熱鬧，躲回前一份祥和穩定的工作。但想到他冷靜自信的氣場和眼裡沉著的光芒，查理又覺得不是那麼肯定。小史不像輕易放棄的人，普通的磨難沒辦法把他趕跑。

說到磨難……

在入口處，有位年輕小姐正和奧托激烈交談。奧托的工作是用溫和堅定的手法嚴格控制哈洛威的訪客，一般情況下，最難應付的對手是覺得被報社毀謗而前來威脅哈洛威的抗議者，但他們總是求見無門，最後只好訴諸徒勞無功的提告。體格壯碩加上濃眉大眼的奧托通常能擺平所有找麻煩的人，但目前看來是這位嬌客讓他節節敗退。查理目測她應該剛過二十五歲，瘦小的身形站得筆挺，肩膀因怒氣高聳，而且已經連珠砲說了兩分鐘話都沒換氣了。奧托試著開口，但一個字也插不上，淪落到只能四處張望，希望有個什麼人能來救救他。

查理決定伸出援手，「早安，奧托。哈洛威先生派我來跟你說他正在派件，不接受任何打擾，所以──」

「他見過威廉．內史密斯了嗎？你有沒有聽到消息？」奧托像被撈上岸的魚般發出喘氣，骨節分明的大手抓住查理的手臂不放，「這位年輕的小姐──」

「薇奧蕾特．查平，」年輕小姐報上姓名，盛氣凌人地盯著查理看，「您能幫上忙嗎？先生。除了跟我爭論，這位先生看來什麼也不會，我只是要他幫我去打聽一下而已。」

「妳是來找內史密斯先生的嗎？」查理不認為她和內史密斯有血緣關係。她有一頭深濃的紅褐色頭髮，和掩在又密又長的睫毛下的藍色雙眼，與內史密斯外貌沒有半分相像。也就是說，她很有可能是他的心上人，「哈洛威先生已經錄取他了，要他馬上工作──」

「這麼快？」她聽來十分不悅。「我沒想到──這，這實在太令人意外了。」她的眼神從上到下掃視了查理，好像他是在路上開口向自己要零錢的路人，「你也在《先驅報》工作？」

「是的，女士。我是記者——」

「我的天哪。」她微微向後退了一步，「不行，這行不通的。這絕對行不通。」她朝樓梯緊張地望了一眼，「我要怎麼找到內史密斯先生呢？」

「二樓，走廊左轉，直走到底。但妳可能要再給他十分鐘。他正在編輯一篇報導。」查理從口袋裡掏出一包土耳其菸，這是他用來賄賂門房、計程車司機和秘書用的，「在等他的時候，妳想不想來根菸呢？」

薇奧蕾特的回應像是查理遞給她一籃毒蛇一樣，她遠遠繞開他，大踏步走上階梯。查理並不阻攔，並懇求奧托不要出手，「沒關係，我帶她上去。」

奧托滿臉憂愁。「可是她會惹出麻煩。」

沒錯，查理正是盼望如此。

第二章

威爾弓著身子讓自己更貼近桌面，不是為了讓人覺得他忙於案牘，而是為了掩藏自己的憤憤不平。不過一週前，他的辦公桌還正對著以藍天為背景點綴著較晚盛開的紫菀花窗景，還有一扇能隔絕新聞編輯室常見喧鬧聲的厚門，更重要的是共事記者的信任。

當然，他不懷疑最後一項遲早能手到擒來。但現在，他實在忍不住懷疑為何要把自己弄到這副田地。薇奧蕾特本來希望威爾接受她父親幫忙安插的輪船公司工作，儘管他毫無相關經驗，但威爾還是希望自己能獨立打出一片天，並成功說服不太高興的小薇同意讓他繞點遠路，畢竟她相信威爾總能成功。雖然他還沒求婚，但他們有種無言默契，彼此對於對方的潛力都有相當程度的欣賞之情。

在曼哈頓定居更偏向是薇奧蕾特的主意。她姑媽住的街區只比富可敵國的范德比爾特家豪宅略次一等，她老人家還宣稱自己是他們的遠房親戚，小薇的哥哥則是娶了豪門之女，作著岳父幫他找的有頭有臉證券差事。薇奧蕾特自然也不能嫁得太過寒酸，就算這位得她青睞的男子需要稍加提升自己的儀態舉止、生活習慣，當然還有他對事物的各種看法，但她不畏艱難又能吃苦，對此改造工作勢在必得。威爾發現自己很難不被她不屈不撓的信心打動。

他離開了新布萊頓，落腳的街區比起姑媽家次了不只一點——因為拒絕接受薇奧蕾特父親伸出的慷慨援手。雖然他贏了這一回合，為自己爭取到一點獨立，但他感覺未來要是不隨時保持覺察，生活的其他方面大概難逃滲透。畢竟薇奧蕾特已經開始盤算，等他一在報社找到編輯工作，就要介紹幾位紳士給威爾認識，好讓他獲得一些上流社會的內幕消息，寫出重磅名人八卦好在報社平步青雲。只不過威爾從來沒能了解大眾對於這些無所事事上流人士的興趣，他在《標準報》時從不愛看名流新聞，那些關於誰在曼哈頓金碧輝煌的場合追著誰跑的報導，對威爾來說沒什麼新聞價值。

再說了，哈洛威先生不會一開始就讓他插手社論的，現在還為時過早，薇奧蕾特得多點耐心才行。威爾不打算一輩子單身，但職場上還是有必須遵循的規則，必須受到尊重的規則。當然，也有得維護的禮節，像是到職第一天即將訂婚的對象就驚喜造訪工作場所，這就十分不妥……

當然，他很高興在人生地不熟的辦公室看到一張熟悉的臉孔，即使薇奧蕾特出現時臉上滿是鄙夷不屑，也還是令人窩心。都是那可恨的記者弄得她心煩意亂。威爾從她回頭向查理·科爾貝克射去的冰冷目光推理出上述結論，接著站起身迎向她，「親愛的，妳不該來這裡的——」

「你也不應該啊，這個地方，都是……平民。」雖然她特意降低音量，但聲音還是清楚得讓所有眼睛都轉向她的方向。有些目光是好奇，有些目光帶著興味；而那些欣賞美女的目光則是最讓他不舒服的，於是他領著薇奧蕾特轉頭朝門口走。

「現在我已經找到體面的工作，親愛的，妳得讓我好好發揮才行。妳搭家裡的馬車來還是計程車？」

「當然是搭馬車啊。」開始下樓前，她看著他露出受傷的神情，「那我們的晚餐之約呢？」

「我想有好一陣子我們不太有機會一起吃晚餐了。妳知道報社員工的工作時間很長，我抽不出空來——」

「但你晚上總要吃飯啊。」

「只能吃個便飯吧。」威爾伸出手臂讓她挽著，兩人走下樓梯，「妳應該也同意和姑媽一起吃飯的陣仗簡直像是要演出華格納歌劇吧？我在報社站穩腳步之前，負擔不起時間和金錢的鋪張浪費。我很抱歉，親愛的。」

薇奧蕾特挺起單薄的雙肩，彷彿在用全身的意志力讓自己堅強起來，「好吧，我只希望你在我們結婚之後不要總是這麼理性。妻子總是希望在丈夫身上感受到**一些**情感的啊，你知道的。」

「好的，我會在不違背我的天性範圍內，盡我所能不顧後果也要情感氾濫的。」

「真是個理性的答案。」薇奧蕾特輕輕哼了一聲。

「好了，小薇，妳放寬心吧。這都是為了我們的未來，妳不想嫁給一個滿腦子只想慢悠悠享用晚餐然後夜復一夜參加舞會，用盡手段想爬進上流社會的男人吧？妳很快就會厭倦的。」

「我不排斥有對此厭倦的機會呢。」薇奧蕾特頂了回來，但含情脈脈的微笑下責備之意並不明顯。「我怕你在那個寒酸的寄宿公寓和這裡工作太久，等習慣以後，我們都沒辦法一起出門了，誰知道你的言行舉止會不會就像那些……」她瞟了身後的報社一眼，「而且這太愚蠢了？父親都說要幫你——」

「小薇，這我們已經討論過了。」他們總算來到了圓頂大廳，威爾轉過頭在她頰上輕啄了一下，「妳的父親非常親切，但我不會只圖方便而委屈自己的尊嚴。來，我送妳去馬車那裡，明天早上我去妳家附近的咖啡廳一起吃早餐。八點，可以嗎？」

「還是九點吧。艾略特今晚要陪我出席班布里奇舞會，我跟你說過的。我猜舞會沒有邀夠可以當舞伴的姑娘。」薇奧蕾特做出一副雲淡風輕的樣子，「這樣一來，我可不知道得跟多少人跳舞呢。」

威爾勉強忍住笑。有十年的友誼為基礎，他們已經學會怎麼適當地嘲弄折磨彼此，就像結婚多年的伴侶一樣。「親愛的，請依照妳的意願選擇舞伴，我對妳的判斷有絕對的信心。」

薇奧蕾特半信半疑地橫了他一眼，「沒見過比你更令人惱怒的人。」

他忍不住笑了出來。她不是第一個做出這個結論的人，很顯然，查理・科爾貝克相當同意薇奧蕾特的看法。雖然作為不想讓稿件承受編輯檢驗的記者，他會這麼想是很自然的事。威爾並不擔心，查理看來不是完全不明理，至少應該懂得適當的編輯工作對稿件有多大的幫助。等威爾贏得他的信任，一切就會更順心如意了。

報社的第一天結束時，威爾已經有了個不錯的開始。隔天和薇奧蕾特吃完早餐以後，他早早進了公司，在桌上攤開週四的《先驅報》，詳細地從頭讀到尾。查理的花卉報導出現在其中——當然是精簡又精簡過的版本——還有他那篇寄宿公寓搶案報導也刊出了，顯然是趕在交印前寫出來的。查理對此應該很是滿意。

但當晚餐時間後他出現在報社時，威爾注意到他眉頭緊皺，低低的咒罵聲中既有哈洛威的名字也有髒話，其他待在辦公室的記者都一副看好戲的樣子。威爾沒費事開口詢問，他感覺查理很快就會忍不住自行闡明情況。

但一個小時靜悄悄地過去了，威爾一邊編輯著另一篇關於范德比爾特家年輕小姐的婚禮故事時，一邊忍不住注意在幾張桌子外的位置上振筆疾書的查理。查理顯然在努力用自己的字彙庫填滿一頁又一頁稿紙——毫無疑問，可以想見裡頭包括不少因過度使用以致於快被淘汰的陳腔濫調語彙。但不得不說他的專注令人讚賞，其他記者的閒聊笑鬧和打字機敲打聲完全被屏蔽在他的世界之外。他沒握筆的那隻手無意識地敲打著桌面，像是在輔助他進入毫無雜念的寫作狀態，只有在他偶爾抬手撥開頭髮避免擋住視線時，敲擊的節奏才會稍事休息。

忍不住好奇心的驅動，威爾起身走到查理身後，試著偷看他在寫什麼。查理輕輕瞪他一眼後，隨即用手臂擋住紙面，試圖保衛他那毫無防備的文章。威爾只是笑笑地回應，「我總是會看到的，或遲或早。」

「如果運氣好的話，那會是付印之後。」

「你在寫貝爾考特的報導嗎？」

查理哼了一聲。「如果寫的是的話——」他提高聲量，「我才不會在這個擠滿偷抄別人材料的賊窩中寫作呢。」

許多紙團立刻飛向查理，而他成功閃過了大部分攻擊。查理絲毫不理會大家緊隨其後的不滿的抱怨，抓起稿件站起身來，「等我真的採訪到貝爾考特，你會看到被付印出來的報導的，我保證。那可是條大新聞，輪不到你東刪西減。」

威爾笑了出來，「你不用怕我，要是我真的讓你神聖的報導蒙受任何損害的話，哈洛威先生絕對站在你那邊。」

查理的濃眉先是一挑，緊接著咧嘴一笑，「怕你？你就是個恨不得文章越短越好的編輯，只不過是有盒鉛筆，還自以為其他人都沒你懂新聞的莫名自信罷了。」

「你有沒有想過，除了沒有那盒鉛筆，其他人說不定也是這麼看你的？」

「你一開始走過來不就是因為想對我的稿件下狠手嗎？」查理把手中的稿件在威爾面前揮了揮，「承認吧。」

「**這是**我的工作。但如果你對自己寫的東西沒有信心，認為它只配讓只會同情卻不給予真正專業意見的編輯審閱的話——」

查理把手中的稿件往威爾的方向遞過去。「隨便你怎麼評斷。用你的鉛筆把這篇文章的靈魂扼殺掉。哈洛威已經大概看過了，他覺得內容沒什麼問題。我就好奇他認可的東西能不能與偉大的內史密斯先生的高超編輯才能所見略同。」

這人真的存心在挑釁。威爾把稿件從查理的手中奪走，「我從未宣稱自己是比路德·哈洛威更優秀的編輯，你心知肚明。」

「就是比我優秀嘛。」

「跟你比較那倒是毫無疑義。」

「對我下評論可絲毫沒有猶豫，是吧？」

「目前為止我尚未看到任何證據指出你有編輯方面的才華。你可以——」

「那你現場示範教教我好了，怎麼樣？」查理拉出一張椅子，「請坐。」

威爾猶豫了。「如果我每刪一個句子你就要在我旁邊出言擾亂的話——」

「我保證不出聲。」

即使不怎麼相信，但威爾還是坐下了。如果觀察過程能讓他了解編輯對於新聞的必要性，那即使事後他一定會喧鬧且抱怨一番，似乎也是值得。人總是要懷抱希望。

但他沒想到他低估了查理的能力，即使是最專心致志的人也會為他的行為所動搖。他立在桌邊傾身下探，確保每個懷疑或反對的呢喃都能直抵他的耳膜。威爾試圖握緊鉛筆，摘除多餘的逗號、糾正拼字錯誤，並在重讀一遍的時候把那些明顯毫無意義的文字整段刪除。

終於，查理按耐不住清了清喉嚨，「那個字可沒拼錯。」

威爾急忙煞住上揚的嘴角，「科爾貝克先生，wether 是羯羊的意思。Bellwether 的意思是領頭羊，跟天氣可沒有絲毫關係。」

查理皺起眉頭，「是這樣嗎？」

「是這樣沒錯。」威爾再次開始工作，但很快地，一聲顯然極度惱怒的噴氣聲讓他再次停筆，「科爾貝克先生，您承諾過不會打斷我的。」

「我說的是我保證不出聲。」

「您出了不只一聲。」

「我想我得趁您手下還剩下點字的時候，好好利用我的聲音。」

這次威爾沒法子煞住嘆氣了，「您如果好好讀一下這個版本，您就會了解編輯過的版本更有力量——」

「更有力量？剩下來的幾乎不到四分之一版，我今天在公園走來走去可不是為了強身健體，我要這篇報導趕上今晚的付印。這樣一來就能警告民眾小心那些不知道怎麼把自家馬管好的有錢老女人，她們還沒鬧出人命來簡直就是奇蹟。」

威爾意識到，他不是只在生編輯的氣。「那個男孩狀況如何？」

「丹尼爾？」查理皺起眉頭，「從頭到腳都是傷，可憐的孩子。但他會沒事的。」

「那太好了。你要是讓我好好編完的話，這還能趕上付印。」

「我的天。看你這速度，只有我有耐心讓你編輯吧。」

「我們剛討論過這個了，不是嗎？再說，是你要我教你的——」

查理突然從威爾手中拔出鉛筆，搶下稿件，再用那隻鉛筆在一整疊紙上戳出個洞。威爾目瞪口呆，愣了半晌才反應過來，「你到底在做什麼？」

但查理已經大步流星邁向威爾的位置拉出椅子，接著又踩過椅面站上桌子。當他伸手去搆吊燈垂下來的鍊子時，威爾已經猜到他的意圖了，「科爾貝克先生——」

「你不就是想展示被你征服屠戮過的戰利品嗎？」查理把鍊子穿過那疊紙上的洞，試著在鍊上打結，「有線或繩子嗎？」

威爾立刻站起身來走向查理，「你這是在替新編輯舉行某種歡迎儀式嗎？還是你平常就是這種——」他及時住口，但查理已經聽到他說的話，臉上露出了幾乎可說是勝利的笑容。

「我覺得我有義務要警告我的記者同事們小心我們無所不知的新編輯威爾．內史密斯，來自新布萊頓的《標準報》，那份報紙的發行量——多少？三十份？」

這該下地獄的傢伙……威爾把椅子用力推到旁邊後，也跟著爬上桌子，「我們在新布萊頓發行的是高品質的報紙，而且如果《先驅報》想趕上那個品質的話，你不能把取悅讀者的廉價小說拿來當作新聞——」

「廉價小說！」查理大笑出聲。「論報業排名，《先驅報》的品質認了第二沒人敢認第一。而且，很多人認為我的作品無可挑剔，我知道怎麼讓報導生動且有趣。要我把這篇被你改得乾癟無趣的屍骸拿去印，我可嚥不下這口氣！」他說完以後，把掛在鍊子上的稿件扯下來，在威爾的面前揮來揮去。

「你根本連讀都沒讀過。」威爾抓住飽經折騰的稿件，但查理不願放手。

「你上次編的東西我已經讀過了。」

「哈洛威先生也讀過了。」

「好啊，那麼，我們就來看看他這次會怎麼看待你對我文字的血腥屠殺。」威爾更用力抓住稿件，「你至少讓我改完。」

「我寧可把它丟到火爐裡燒掉。」

「我不知道你這樣還怎麼能學到東西——」

「我告訴你，我確實學到東西了。我學到你對記者一點尊重也沒有。」

「我不會說是**所有**的記者……」這時威爾看到路德·哈洛威站在門口，連忙住口，但哈洛威兩手抱在胸前，臉上平靜的笑容預示著令人不安的暴風雨即將來臨。突然意識到自己手上仍緊抓著查理的稿件，威爾趕忙鬆手並向後退——差點跌下桌面。查理迅速地伸手抓住他，以避免他跌落下去。威爾結結巴巴地道謝，但查理看到哈洛威出現，則是立刻掩藏怒氣露出一臉無辜，純真的神情連天使見了都要自愧不如。

「老大，關於這篇馬車事故的報導——」

「先等等，科爾貝克先生。」哈洛威先生移動到桌前，雙手仍舊抱在胸前，他若有所思地從威爾看向查理。「兩位紳士，我之前有過必須開除處不來的記者和編輯的經驗——但我並不喜歡如此。尤其是我得開除的人如果工作能力很強，那就更不愉快了。」他嘆了口氣。「一般來說，記者和編輯要變得針鋒相對得花上超過二十四小時。我大概能猜到你們倆為何能以極高的效率成為仇家，但沒關係，我們不咎既往。我再給你們個好好表現的機會——只有**一次**的機會——在我要求你們另尋高就之前，自己解決問題。」

在房間的另一邊，瑟縮在各自位置的記者們忍不住發出輕笑，哈洛威轉頭一瞥，所有笑聲立刻消失。「我不需要看好戲的觀眾。兩位，到我的辦公室。」

查理一躍而下，跟著哈洛威先生走出辦公室。威爾則踩著椅子爬下桌面，因為顫抖的雙腳不肯合作，還得特別仰賴椅子的支撐。他臉熱得發燙——他猜每個人都看得出來——而且腸子也像是揪成了一大團一樣無法解開。他看來驚險地逃過被開除的命運，但哈洛威先生顯然要對他大發一頓脾氣。這都是他活該，他試著要滅滅查理的氣焰，卻讓自己成了笑柄。不管現在哈洛威先生要他做什麼，他都得使命必達，不管要完成的事有多令人不適——而且即使是和查理．科爾貝克有關，他也只能認命。

當他靠近辦公室門口時，可以聽到查理正努力用看似中立的語言向哈洛威描述自己的事件版本，查理還提醒哈洛威先生，他對未經威爾藍色鉛筆屠戮前的原始稿件尚算滿意。接著是一段長長的沉默，讓威爾內心祈禱那是因為哈洛威先生在仔細讀編輯過的稿件——而不是被查理挑唆後在思考如何處置他。擔心打擾到可能正在專心閱讀的哈洛威先生，威爾輕手輕腳走進辦公室，但他的出現還是立刻吸引了主編的注意。

「內史密斯先生……」他對查理身旁的座位點了個頭示意他坐下，「我就直接說重點吧。為了鼓勵合作精神，有的時候我會指派編輯和記者一起從頭到尾跑新聞並把報導寫出來。我希望這能讓你們在接下來幾天學會如何信賴彼此，並且寫出一篇天殺的好報導。」他嘴角幾不可見地微微上揚了下，「有問題嗎？」

威爾原本坐在椅子上連餘光都不想看到查理，但這時忍不住轉頭望了一下。令他驚訝的是，查理看來十分不安。照理來說他應該要為查理這副樣子感到快意，但他現在沒有嘲笑查理的心情，只感到對於保住工作的慶幸。當然，和查理密切合作難保不會再生枝節，但如果他能順利完成這件事，哈洛威先生必然會對他另眼相看，他在報社的前景也就十分可期了。

「沒問題，先生。」

「很好。」哈洛威先生滿懷期待地看向查理。

「沒問題。」查理壓低聲音回道，顯然對於這個安排得出了與威爾相同的結論。

哈洛威先生拿起擺在桌上的稿件，「這篇好了嗎？」

「好了。」查理搶在威爾否認前回答。哈洛威先生露出愁容。

「科爾貝克先生，我可否假設接下來不管你對內史密斯先生的編輯有何意見，都不會再擺出想要梟首示眾的樣子作為抗議？」

即使坐在椅子上，查理也看似往下矮了一吋，「是的，先生。」

「非常好。你知道，我剛開始在《先驅報》工作的時候，用的就是那張桌子。我不希望看到它被踐踏。」他把稿件交給威爾，「完成這個以後，回來找我要新任務。」

「我要採訪貝爾考特勛爵。」查理抗議。

「你和他有約了嗎？」

「還沒，但是——」

「你去採訪的時候帶上內史密斯先生。」

「您在跟我開玩笑吧——」

「科爾貝克先生，您記得我之前說過要在您的位置旁安裝黑板，好讓您好好練習總是拼錯的字吧？」

查理努力忍著怒氣站起身來，「我們討論一下，五分鐘之後回來。」

「十分鐘。」威爾更正。

此時查理轉向門口，臉上的怒氣毫不隱藏地完全顯現。威爾露出最溫和有禮的微笑應對，向哈洛威說：「我想還是十五分鐘好了。」

第三章

查理邊留意著聖女希爾蒂的身影是否出現，低頭把面前熱氣騰騰的牡蠣湯吹涼，呼出的氣在湯碗內掀起漣漪，幾乎要翻出卡洛琳名貴法國陶瓷的鑲金邊。然而，高坐桌首仁慈的卡洛琳似乎更困擾的是班．麥金利在攪動湯匙來冷卻湯時，不經意地發出了陣陣敲擊聲。

查理輕輕清了一下喉嚨示警，班如夢初醒般，放下那根冒犯的湯匙，希爾達就在此時推開旋轉門。江湖傳言，由於希爾達．古瑞四十年來從未鬆懈的謹慎守護，董尼德家傳的瓷器至今未曾碰壞一丁點，要是被她發現卡洛琳的房客用湯匙敲碗，查理不敢想像有何後果。

希爾達以瘦削的身體捧著砂鍋回到餐廳，是為了替總是晚餐遲到的戴維．惠勒上菜。她特別寵著這個年輕人，舀到他碗裡的絲毫不少於她給其他守時房客的份量。他給了她一個帶著歉意的窘迫微笑，從她嘴角微乎其微的寵溺笑意看來，她接受了這個道歉。

隨著她離開餐廳，班明顯地鬆了口氣，隔著餐桌向查理送去感謝的目光，「我永遠沒辦法習慣這樣用餐，上帝為證——」他瞥了卡洛琳一眼，「請原諒我的用詞，女士。」

卡洛琳拘謹地笑了一下，然後若無其事地繼續用起晚餐。查理也埋頭飲湯，小心藏起自己興味盎然的表情。他兩年前搬來董尼德公館的時候，對於寄宿在一棟大宅裡充滿敬畏和驚嘆，雖然和第五大道上的豪宅相比，董尼德公館佔地小上許多，但這幢房子畢竟曾有過招待美國上流社會甚至是男爵和伯爵的光榮歷史。它座落在百老匯街現在人煙較稀少的那端，往日輝煌逐漸剝落——就像住在其中的董尼德家族也只剩最後一點血脈。然而，對於一個囊中常常十分羞澀的記者來說，這還是一個令人景仰的住所。

雖然公館主人卡洛琳·董尼德未滿五十歲——但就查理來看，有著甜美圓臉配上鬈曲金色秀髮的她仍然十分美麗——自從父親過世後她過著離群索居的生活。三年後，出於孤獨而非需要她開放了家門讓人寄宿到家裡，她常說自己很享受這些年輕有為紳士們的陪伴。

查理不太確定在卡洛琳眼中他們的舉止儀態能否搆著上流社會的標準，但住在這裡的房客確實是一群讓人愉快的小夥子。紅髮有雀斑的班絕對是個正直的傢伙，他來自一個熱鬧的農場家庭，在日常百貨店找了份職員工作，對數字敏感的他為人誠實和善，很快就成了公司裡最能創造收益的員工。身形纖細又一頭黑髮的戴維·惠勒則在紐約土生土長，從他時髦整潔的衣著和能說會道的口才就能看出來，他靠著那張嘴在市中心有名的股票經紀公司創造了輝煌的業績紀錄。

阿奇·杜蘭……

查理看向坐在餐桌另一頭的阿奇，試圖甩掉內心湧上的一絲遺憾。棕髮藍眼的阿奇·杜蘭身高一米九，雖然是身披金扣藍制服的警察，但內心是害羞誠懇非常溫柔的人——一位真正的紳士。查理遇過一些警察，大都是大老粗，但阿奇面對最糟的惡棍時仍不失溫柔風範，查理覺得他大概在用自己溫和的本性感化那些惡人。當然，這對他的工作晉升沒什麼幫助，但這樣的性格讓他成為一個很招人喜歡的人，也許太招查理喜歡了。不管怎麼說，查理是不會讓人發現的，他見過阿奇看女孩子的眼神，知道自己的念想毫無希望。

雖然房子還有更多房間，但卡洛琳只收了四個房客，因為希爾達覺得要照顧四個人已經忙不過來了。她嘴上抱怨，但仍用驚人效率讓家裡一切事務運作順暢，只是忙不過來時還是會祈求上帝垂憐，希望祂老人家會同情她不得不照顧這些「可惡的男孩子們」。受照顧的男孩們也不是不心存感念，他們因此開玩笑地贈與希爾達「聖女希爾蒂」的名號，她雖然口頭責備他們不得隨意褻瀆，但查理知道她心裡喜歡大家這樣開她的玩笑。

卡洛琳也渾不在意，她默默又饒富興味地參與和房客一起度過的晚餐時光。晚餐時房客通常會到齊——因為希爾達送上餐桌的好菜味道勝過外面任何餐館——而房客對餐桌的貢獻則是當天發生的各種趣事。卡洛琳看來特別喜歡那種前途無量的證券經紀人，像是戴維，也許因為她自己的父親也是從金融業發家致富。

查理不太確定她為什麼會把房子租給一個報社記者，也不知道自己前途是否光明。他最早在家鄉的米德蘭海灘倒酒打雜，是個飽經風雨侵蝕的小酒館，而且他很訝異的是那些刷著白漆且破得幾乎用力跺腳就會倒塌在地的木板，早在好幾年前就該散落在沙灘上了。那幾乎是最底層的工作。靠著微薄的薪水，他勒緊褲頭度日，好不容易存夠錢買了艘船，就開始白天帶人出海釣魚晚上在酒館兼差的辛苦日子。

他受過的正式教育不多——每篇被編輯大幅修改扔回他桌上的稿件都在提醒他這點——他只好更加賣命，以努力作為彌補。那些報紙——他訂閱了所有他能負擔得起的——讓他看見不同世界裡的人如何生活，最後這強烈的誘惑驅使他離開家鄉，決意親自探索在報紙裡讀到的世界。他有想過先從新布萊頓開始，以那裡作為跳板，並走上更大的舞臺。真有意思——那樣的話說不定他就會更早遇到小史了。雖然沒有早遇到應該是件好事，畢竟威廉·內史密斯那隻筆，有能耐以最吹毛求疵的方式把富有生命力和動力的人打擊得鬥志盡失。查理猜想，直到他平安結婚並且得應付隨之而來的沉重財務壓力之前，以他那該死的責任感，不難想像他會不惜任何代價來保住工作。

直到那時，查理打算要盡量躲開威爾，而且他敢肯定威爾對於他的保持距離一定是樂見其成。但首先他們得依哈洛威的意思上演一場相親相愛的好戲，這不容易，但等他們安全下戲以後，他就可以好好地追著貝爾考特要求採訪。等到他寫出貝爾考特的報導，哈洛威一定會對自己刮目相看。

當然，前提是不能讓默頓·帕爾默搶先一步。

查理在緞面包裹的舊椅子上扭來扭去，內心天人交戰了好幾秒才發現自己已暗自下定決心。晚餐吃了這碗牡蠣湯應該夠了，他輕輕地把湯匙整齊地放在碗旁，「請您見諒，董尼德小姐。」他站起身來，雖因為她散發的失望神色令他惶惶不安，但去意甚堅。「我有一條新聞要跑，一刻也等不得，如果我錯過了這個新聞的話，那——總之我不能錯過。」他繞過長桌往前廳走去，「你們幫忙把我那份吃掉吧。」他邊交代邊回頭笑了一下。卡洛琳現在只剩眼底有一抹不悅，但臉上已掛上微笑，查理回了一個抱歉的笑容，「謝謝您，女士。」

希爾達大概沒這麼寬容，但他沒空擔心這個了。他當然也沒空擠電車，他付了計程車費，在三十六街入口下車，剛好遇到穿著大衣和帽子的默頓。默頓也看到了查理，他輕鬆地脫了帽子和查理打招呼，「下午愉快，科爾貝克先生。今天天氣真好，對吧？」

呃，**可惡**，「你現在要去哪？」

帕爾默的嘴角咧開的程度幾乎快要把他的臉分成兩半了，「沒事，就是聽到了些消息。」

「跟貝爾考特有關嗎？」

「說真的，這位先生。」默頓慢下腳步，好讓查理有時間好好品嚐他的責備之意，「你現在不是應該跟內史密斯先生一起到治安法庭，為今天早上抓到的那批扒手寫篇報導嗎？」

「對於一個準備浪費時間在傳言上的人來說，您是不是太自鳴得意了？」

「你永遠不知道傳言甚麼時候會變成真的，誰知道呢？」

查理惱怒地低吼，「你根本什麼都沒有，要是有的話你早就大張旗鼓地吹噓了——」

「我要吹噓也不是找你，」默頓發出笑聲。「等我贏了我們的賭注，我會在頭版好好吹噓的。你等著看吧。」

默頓揮手招了輛計程車，查理本欲跟上，但轉念一想又在階梯上徘徊起來。這個聰明的王八蛋看來是得到能讓他和貝爾考特見上一面的小道消息——但他到底是怎麼做到的？過去兩週來每個在克拉倫登飯店現身的新聞記者都迅速地被拒於門外了。貝爾考特出席了好幾場社交活動，但他身邊總是圍繞著一小群隨行人員，兢兢業業於讓記者近不了貝爾考特身邊，想見到貝爾考特本尊大概只有翻過飯店高牆一途。查理不是不想嘗試那個誘人的做法，但他怕這麼做的後果不只是犧牲了自己的事業——連小命——都會搭進去。

默頓搭上計程車走了，查理則走回路邊，「天殺的。」如果他多花點力氣注意傳言說什麼，少關注點那煩人的小史就好了……

「科爾貝克先生！」

看來他似乎是無法擺脫這個人了，查理轉頭看向正跑著下樓的威爾，他身後則跟著亞歷克·道爾頓。亞歷克是辦公室最年輕的助理，是個有雙綠眼睛總是咧嘴笑著的促狹青年。他一向豁盡全力趕上大家的工作步調，查理很欣賞他這點。亞歷克對於偷聽也非常有天分，查理不忍埋沒他的才能，總是用銅板、零錢和偶爾的一袋甘草糖等誘因，鼓勵他好好發展這項優勢。

看來亞歷克聽到了有趣的消息，男孩燦爛的笑臉和威爾一臉勝券在握的表情都指向這個結論。氣喘吁吁的他倆來到查理面前，威爾把雙手搭在亞歷克肩上將他轉向查理，「道爾頓先生，請把你剛才告訴我的話跟他說。」

「不是跟貝爾考特有關吧？」查理本來不抱任何期待，所以亞歷克熱切的點頭讓他猝不及防，「怎麼了？」

威爾的笑容現在沒那麼刺眼了，「原本在傳貝爾考特離開克拉倫登飯店以後搬到布倫斯威克旅館——」

「但他不是去那裡，」亞歷克忍不住插嘴，「佛瑞迪·墨菲在布倫斯威克賣報紙，他很肯定地告訴我貝爾考特現在搬到霍夫曼別墅飯店了。」

「帕爾默知道嗎？」

「帕爾默在去布倫斯威克的路上了。」威爾說。

「但那就在霍夫曼別墅的對面而已，如果貝爾考特正在入住——」

「他已經入住了，」亞歷克說，「他天亮前就離開克拉倫登了，沒有任何人會——」他咧嘴一笑，「除了我們這些跑新聞的。」

查理不敢相信自己的好運，「道爾頓先生，請幫我招一輛計程車。然後這是給你的謝禮。」他遞給亞歷克一張一元紙鈔。「如果帕爾默先生回來了，告訴他我去了克拉倫登。」

亞歷克把鈔票塞進自己西服背心的口袋，一溜煙地跑走了。威爾跟著查理，臉色看來十分凝重，「我們現在就去嗎？不用先跟哈洛威先生報備嗎？」

「我們？」查理轉身面向他，不知道自己是該覺得有趣還是不可置信，「要是這個採訪成了，我可能就不用繼續領死薪水，可以賺稿費了。這是我要跑的新聞，我不打算跟別人分享——」

「我沒有要跟你搶，你可以獨占所有功勞，隨你便。但要是我們一起把這個工作做完，就可以不用再忍受彼此了。我相信你也很想擺脫我。」

「你要是以為我會讓你編輯這份稿子——」

「我們會一起編輯這篇稿子，記得哈洛威先生的囑咐嗎？」威爾看起來有些悶悶不樂，「我保證，我沒有打算藉此出頭，對於把自己弄到這個境地，我十分慚愧。只要能贏回哈洛威先生的信任，我就心滿意足了。」

查理拒絕讓威爾的請求刺傷自己的心腸，「你想來就來吧，但貝爾考特是我的。我聽說他容易受到驚嚇，得先好言好語哄著他才行。」

威爾發出略帶諷刺的笑聲，「沒錯，你是最適當的人選了，如果你哄人的技巧跟你激怒別人的技巧一樣純熟的話──」

「有些人不需要對他們好言好語，」查理回道。「尤其是**編輯**。你們這種人早餐大概都喝一品脫[1]的醋，難怪下午進了辦公室臉都酸得一副小鼻子小眼睛的樣子。」

「我們的樣子當然和你因為小小的稿件更動而大動肝火一點關係也沒有。」

查理爬進計程車，心不甘情不願地留了一半的空間給威爾。「你覺得幾乎刪光所有句子是小小更動嗎？」

「科爾貝克先生，您對於寫出過多句子有很高的天賦。」

「你有沒有想過，也許是您對於過度編輯有很高的天賦呢？」

威爾淡淡地笑了一下，「這個話題我們討論過了，對吧？」計程車開始沿著百老匯街前進，他靠上椅背。「你打算問貝爾考特勛爵什麼問題？」

查理靠著椅墊，試著忽視自己轆轆作響的胃，早知道應該多喝點湯的。「那些一般會問的問題啊。他覺得紐約怎麼樣？他在這裡的時候打算作什麼？他看上哪家雲英未嫁青春正茂

1　一品脫約為五百六十八毫升。

的千金小姐了嗎？」

「就算他願意滿足你對最後一個問題的好奇心，我也不認為他會高興看到答案被寫在報紙上。」

「這個，我們又不是不知道他為何而來的原因——這些歐洲的貴族都是同個目的，為了找個漂亮有錢的新娘子。這個叫貝爾考特的傢伙只是比其他人還神祕兮兮罷了。」

「有些男士在追求淑女時希望保有一些隱私。」

查理哼了一聲。「如果貝爾考特千里迢迢渡過大西洋把自己丟到煮沸的水壺裡，他怎麼能希望自己不被煮熟呢？不管怎麼說，他都不應該躲著媒體，這只會讓我們追得更加堅決。他最好跟大家過過場聊個天，意思意思一下，就像其他人那樣。」

「所以在你的心裡，那些上流社會人士有義務滿足社會大眾對自己日常生活方方面面的好奇心？」

「這不就是他們的用處嗎？貝爾考特應該要了解，紐約人想知道哪個有錢的美國女孩會願意嫁去——隨便哪個他出生的鬼地方。」

「你不知道他從哪來的？」

查理在椅墊上又往下矮了一點，憤憤不平地吐了一口氣，「我承認關於這個男人我知道的不多，但也沒有少過紐約的其他記者。這就是為什麼每個人都希望逮住他並至少跟他聊上五分鐘。他也去舞會和午宴，但幾乎不聊跟自己有關的事，至少我聽到的消息是這麼說的。

上個星期我攔截到一個他那個圈子的人——叫什麼什麼勛爵的——本來希望能挖出一些二手消息，但那人聲稱自己從來沒有遇過貝爾考特。」

「說不定他說的是實話。」

「喔，拜託。這些穿著燕尾服的人都是同一窩的，他們每年去彼此的俱樂部和避暑別墅，一個人怎麼可能花那麼多時間混同一個圈子，還對這人一無所知呢？」

威爾的眉頭皺了起來，但他脣邊微微露出的笑意表示他沒有把查理的問題當真。「也許他的真實身分和他宣稱的不一樣？你得承認，范德比爾特小姐婚禮這場熱鬧，讓許多落魄歐洲貴族也想來美國試試手氣，找個有錢的新娘重振家風。」

「要是那樣，這新聞可就精彩了。像是一貧如洗的鞋匠湯姆·布朗，努力省下錢買了一套晚禮服套裝和船票，偽裝成有權有勢的氣派貴族，並且贏得了某個紐約鉅富的女兒芳心。去他的，我也可以裝成貴族混進上流社會啊，你也沒問題，你看起來一副高高在上的模樣，完全就是那個圈子的人——」

「我這不是高高在上，是被人惹得面露不悅。而且，我得說你才是那個適合這種詭計的人，科爾貝克先生。」

查理決定忽略威爾後面語氣加重的話。「好吧，假設我穿上晚禮服在紐約現身，有人向范德比爾特及阿斯特家族介紹我是兔羽勛爵，一個英俊多情的黃金單身漢，正苦苦尋覓一個有豐厚嫁妝的妻子——」

「英俊？」

查理這次更堅定地決定忽略威爾挑起的眉毛，「打這種壞主意的傢伙一定會千方百計躲開媒體，像逃避瘟疫一樣。」

「我是會像閃避瘟疫一樣躲開你沒錯，我是說如果我身處那種情況的話，那是當然的。」

這下威爾嚴肅的表情看起來像是有所謀劃的樣子。查理懷疑地盯著他看。「你覺得這樣對你有好處嗎？」

「在你剛描述的情況下，還是——」

「我是說任何情況下。也許不會有人質疑你，畢竟曼哈頓現在滿大街都是歐洲貴族，但我敢打包票，媒體一定會揭穿你的。」查理直起身來，雙手抱在胸前，「不管貝爾考特追的是哪家閨女，我一定會找出答案，然後在《先驅報》用頭版刊出來。」

現在威爾臉上只剩下興味盎然的表情了，「可憐的兔羽勛爵，看來男人談個戀愛，還得讓全世界圍觀看好戲啊。」

「他如果是個窮鞋匠的話，怎麼談也沒人管他，或是窮報社記者也一樣。」這句話讓威爾瞇起眼，查理則無法隱藏戳到威爾痛處的快樂。

「科爾貝克先生，我和查平小姐即將締結的婚約無須《先驅報》關切，當然也用不著你關心。」

「我沒有要寫啊，」查理邊笑邊說，「雖然更好管閒事的記者可能會好奇你怎麼還沒繳械投降。」

「這不是投降的問題。不是每個人都願意在沒有充分準備下急著許下承諾的。」

「在婚姻的問題上，會有充分準備好的時候嗎？」

「當然。」

查理搖搖頭，「聽起來真枯燥。」

「看來這毫無疑問地就是你仍然還沒結婚的原因了。」

「我沒有陷入愛河。」查理看了威爾一眼，「你呢？」

威爾沒有看查理，「我剛說過了，我的婚約和別人沒關係，這是我和查平小姐兩人的私事。」

「放輕鬆，沒有閒雜人等要圍觀評論你。」

威爾的注意力依然在前方的道路上，「你不是應該把要問貝爾考特勛爵的問題謄寫下來嗎？」

看來對他來說充分準備是一切的要件，「我已經寫好了。」查理敲了敲自己的太陽穴，「隨著越來越多記者在貝爾考特勛爵那吃了閉門羹，這個清單就一直在變長。」

「你現在不寫下來，到時會漏東西的。」

「如果是重要的問題，我一定會記得。」

「要是他拒絕和你會面呢？」

查理咧嘴一笑，「那也許只能呼叫兔羽勛爵來挽救場面了。」

第四章

霍夫曼別墅座落於百老匯街和第五大道交叉口的黃金地段，其奢華氣派及繁複裝飾都沒有辜負威爾的期待，這裡人來人往熱鬧非凡，怕是連維多利亞女王駕到都不會有人發現。在挑高的的天花板襯托下，飯店大廳顯得出奇廣闊，富麗堂皇的寬敞空間以金、銀和銅作為裝飾——彷彿不能讓人聯想到昂貴金屬的顏色沒資格出現在這裡一樣。

但威爾必須承認，這裡還是帶著份矜持的優雅，即使寬敞仍品味十足——至少跟這裡的某些惺惺作態的住客比起來，可說並不做作。從這裡款步經過的女士們個個戴滿各色首飾，身子裹在豐厚的皮草外套中，威爾還來不及看清楚她們長什麼樣子，她們就已經消失在人群中。她們的男伴在衣著打扮上是低調了許多，但昂首闊步的姿態和對侍從頤指氣使的神態，讓他們的搶眼程度不落分毫。

這裡不像是習慣寧靜高雅環境的貝爾考特之流會適應的地方，威爾好奇他會不會在太陽下山之前就決定搬回克拉倫登去。查理顯然不這麼想，他已經去櫃臺詢問貝爾考特的下落了，現在還站在那裡和飯店員工聊天敘舊，好像他們是老朋友一樣。威爾本來以為有好消息，但飯店員工漸趨嚴肅的表情讓他擔心起來，便上前加入談話——不料飯店員工一見他來，就露出了迎賓的微笑。

「內史密斯先生嗎？」

「沒錯——」

「我的天哪！」員工露出燦爛笑容回應，「您大駕光臨真是太榮幸了。我才告訴科爾貝克先生，我相信貝爾考特勛爵尚未抵達會客室……」他指了下像是通向地平線另一端的寬敞走廊，「我這就去替您問問。」

「噢，我們可以自己走過去，就不麻煩你了——」

「這不麻煩，先生，我向您保證！」

「真是個認真的傢伙。」查理看著員工的背影評論道。

「他是挺會奉承人的。被這樣招待，不知道的人還以為我們也是貴族名流。」

查理清了下喉嚨，「嗯，他有可能確實如此認定。」

威爾一陣不安，「他如此認定？他為什麼如此認定？」

「確切來說，他並不是認定我們是貴族，」查理帶著股毫無來由的愉悅感說，「但他可能認為我們是有點權勢的人。」

這下威爾不安的程度讓他更想把狀況搞清楚了，「你引導他認為我們是有點權勢的人？怎樣的權勢？」

查理厭煩地吐了口氣，「如果我表明我們的記者身分，他一定會把我們轟出去。你想不想完成這個任務？」

「我想知道你為了和貝爾考特會面撒了什麼謊——」這時他突然想到其他員工們在查理介紹他時流露出的熱情親切，驀地恍然大悟，「你不會真的這麼做了吧？我的天，查理，我和強納森·內史密斯一點關係也沒有。我甚至沒有去過加州。」

查理聳聳肩，「加州嘛，就是充滿陽光，天氣溫暖，人人口袋裡都裝滿金子的地方。」

威爾忍不住想，如果在霍夫曼別墅的大廳往查理的鼻子打上一拳，會不會顯得太沒教養？「你不懂自己做了什麼好事！要是你一直這樣憑空捏造漫天扯謊，我們兩個都會被開除。」

「喔，你知道，用謊言拼湊起來的東西總是會在縫隙中崩潰啊。」

「一點也不好笑。」

查理拍拍他的肩膀。「別擔心，你就假裝你銀行裡有一千萬，我來假裝我是那個為有一千萬的客戶工作的人，所以現在你就是老闆。」

「如果我有——」

「你當場就開除我了。」查理微笑，「來吧，別讓貝爾考特勛爵太過辛勞，我們也走走，為他省點腳程。」

威爾已經不想見貝爾考特勛爵了，但查理又拉又推，甚至趕著他沿著長廊往會客室前進。到了以後，貝爾考特勛爵從對向快步朝他們走來，剛剛的飯店員工跟在後面，省了他們找尋正主的功夫。

威爾努力遏制住想消失在人群中的逃跑衝動。讓查理獨力為自己捅出的婁子收尾雖然理所應當，但要是他真的靠自己訪到了貝爾考特，威爾毫不懷疑他會在哈洛威的面前申訴自己拒絕配合的惡行。威爾不願相信哈洛威先生會贊同查理的招數，但《先驅報》在新聞實務上確實不那麼排斥有創意的作法。在人人都對貝爾考特勛爵抱著高度興趣的狀況下，對他進行採訪的機會實在太過誘人……到時報紙的銷量想必能合理化查理．科爾貝克使出的任何不當手段。

十分鐘。威爾決定就配合個十分鐘——並對上帝祈禱加州的內史密斯家族不會收到任何風聲。

從貝爾考特勛爵和善的藍色雙眸與親切的微笑看來，他對兩人的真實身分完全不起疑心。威爾在不只一份報紙上看過貝爾考特的照片，但他本人比那些照片好看太多了。他高䠷纖細，鬍鬚刮得乾乾淨淨，畢竟這樣迷人的五官和強壯的下頷無須鬍鬚襯托，而一頭黑髮則是往後梳得整整齊齊，只餘一綹狂放的鬈髮落在眉毛之上。不難想見女士們會為他心醉神迷，特別是他的微笑還那麼溫暖親切。

貝爾考特對威爾伸出手，親熱得像他倆是久別重逢的老朋友一樣。「內史密斯先生，很高興認識你。你是從加州來的對吧，這路途挺遙遠啊。」貝爾考特加深笑意，「我來紐約也花了好長時間呢。來吧，一起喝杯茶？」

「好的，當然沒問題，勛爵大人。」威爾發現自己居然結巴起來，趕緊努力試著——希望不要被看出來——做出一副冷峻高傲的神色。這時他意識到自己居然還沒有介紹查理，而且也不知該怎麼介紹，「請原諒我的無禮，貝爾考特勛爵，這位是——」

「內史密斯先生的私人秘書，」查理輕快地接過話頭，看似真心地鞠了個躬，「在下查爾斯．科爾貝克。很榮幸見到您，貝爾考特勛爵，您無法想像我有多麼榮幸。」

貝爾考特似乎完全沒發現這個尷尬的自我介紹有什麼不對勁。「紳士們，我才覺得榮幸呢。」他一揮手臂，將兩人請入房間，其內裝的華麗程度讓「會客室」一詞顯得有些辱沒了這地方。這裡應該叫會客大廳才對吧，威爾默默地想，儘管他懷疑阿斯特夫人的會客廳是否會比這裡還豪華。他自己喜歡更小而溫馨的地方，但薇奧蕾特應該會更中意這裡。

貝爾考特勛爵在裹著白絲綢的膨軟沙發正中間坐下，有如回家般自在，順手招來飯店員工請他們準備茶水。「內史密斯先生，你覺得紐約如何？是個充滿撲朔迷離的地方，對吧？」

「我得承認我覺得這裡有點讓人不知所措，」威爾回道，「有時候我真想逃回老家。」

查理看向他的目光危險地瞇起，「你還沒給曼哈頓足夠的機會向你展現她的迷人之處呢？」

「我很願意給曼哈頓機會，」威爾反駁，「也希望她能對我同樣禮貌。」

「我現在只想要可以喘口氣的機會而已，」貝爾考特勛爵笑著說道，「太多邀請了！」

「那場婚禮真是太豪華了，對吧？」查理追問。

貝爾考特勛爵的眉頭突然皺在一起，「婚禮？喔對，那場婚禮！十分盛大，十分盛大。」他啜飲了一口茶，然後做出茶太過燙口的表情，「那個女孩真迷人，新郎實在幸運。」

「我在想，說不定我們這一季還能再看到一場這麼氣派的婚禮呢。」

查理的語調幾乎是在調侃貝爾考特勛爵了，還好他似乎不感到被冒犯，威爾鬆了一口氣。「如果您是指梅修小姐的話，」貝爾考特用他不變的和藹語調回道，「她確實連續兩個晚上對我十分親切。我希望在紐約這不是代表我們非得訂婚的意思？」

查理掩在茶杯後的雙眼忍不住灼灼發亮，「關於這方面禮節的最新規矩，您得請教年輕小姐的母親才行。」

威爾警告地瞪了他一眼。他再這樣調侃勛爵，這採訪還沒開始就得結束了。但貝爾考特勛爵這次仍然沒有動怒，僅僅報以微笑，還拿了塊三明治，「您見過梅修小姐的母親了，對吧？」

查理忍不住笑了出來，「沒有，但我見過好幾個年輕女士的母親，我想她們能團結起來給出求愛流程的權威意見。如果您再次見到梅修小姐——也許是今晚在沃瑟姆夫人家的歡迎酒會——屆時請多留心。」

「沃瑟姆夫人……」貝爾考特挑起了一邊嘴角，但他的雙眼還是閃著高興的興致。「沒錯，她是個迷人的女士。既迷人又十分固執。我猜如果有四個待嫁的女兒，一個社交季又只有這麼多場舞會的話，是得這麼固執才行。」他轉向威爾，「很希望今晚能在沃瑟姆家看到你。特別是你還沒在社交場合正式亮相。」他輕笑了一下補充道。

威爾在僵硬的臉上貼上禮貌的假笑，「這個，勛爵大人，我很**樂意**接受邀請，但是——」

「我們才剛到紐約呢，」查理流暢接話，「而且我們沒有張揚，就是為了讓內史密斯先生可以在開始社交前稍事休息。」查理用責備的眼神瞟了威爾，「您不會想要累壞身體的，先生，即使沃瑟姆夫人真的願意考慮在最後一刻臨時邀請您——」

「讓我來一個最後時刻的邀請吧，」貝爾考特勛爵熱切地說，「沃瑟姆夫人好心允許我多帶三個客人，我想她衷心希望那三個客人都是徬徨無助的年輕單身漢。」他抿嘴輕笑。「您務必要接受我的邀請，內史密斯先生。到時我們可以再多聊聊，我很喜歡和您交談。但現在……」他搖搖頭，「我下個會面再五分鐘就該開始了，所以我得就此告辭，盡快趕路才是。」

威爾跟著貝爾考特起身，「您真是太客氣了，勛爵大人，但是——」

「您今晚是有空，」查理說道，也跟著站起身來，「要是您還感覺到旅途的勞頓……」他接著朝向貝爾考特傾身，「他是有些累著了，這趟東行十分顛簸，您也明白。但我一路上都稱職扮演著隨行照顧者的角色，確保他不讓自己過於勞累——」

「原來是這樣，那你今晚務必一起出席，科爾貝克先生，這樣一來我就完美完成沃瑟姆夫人的請託了。」貝爾考特握了下因震驚過度而呆滯的威爾伸出的手，「紳士們，今晚八點鐘。請做好跳舞的心理準備。」

他輕笑著離開了會客室。直到貝爾考特離開視線，威爾才回過神來，驚恐地面對剛剛發生的一切。「查理……」他說不出話來，至少他現在想說的話都不宜在這個精雕細琢的房間內說出口。在他們走回大廳的艱難旅程中，那些不適合說出口的話語仍舊在他焦躁的腦海中翻騰，威爾只能努力將它們抑制在角落。許多人，也許是太多人看到他和貝爾考特一起喝茶，現在紛紛前來攀談想取得八卦材料，當然，最緊要的目的是搞清楚他到底是何方神聖。查理見狀趕忙上前擋駕，用內史密斯先生需要休息作藉口，鼓起如簧之舌賞眾人軟釘子吃。

威爾不是不感激查理的救援，但那點感激很快在逐漸升起的惱怒中蒸發得一乾二淨，一等他們走到街上，他立刻發作。「我簡直沒辦法想像，你到底在想什麼——」

「你知道，我很常聽到別人這麼說——」

「我敢肯定——」

「但現在的重點是，我相信你有這樣的想像力。」查理走下人行道，加速衝過路上高速行駛的計程車，看來是要趕上對街的電車。「而且，我想你也完全了解我們這是碰上大大的好運了。我們可以再跟他聊聊，更棒的是，我們可以在他的原生棲息地近距離觀察此人，我寫出來的報導會比任何其他記者都更有深度。」

威爾緊跟著查理上了電車。「你一點也不在意自己把我置於怎樣的處境對吧？我和強納森·內史密斯完全沒有關係，到時候派對上可能有人會揭穿我的身分，說我是個騙子。我們會被請走、在眾人面前被羞辱，而且這將會是《先驅報》明早的頭條。我要怎麼和我的家人解釋——」還有薇奧蕾特。威爾苦惱地呻吟，把臉埋在手掌中，「這就是場**災難**。」

「看在老天爺的分上。」查理從走道對面的座位移到威爾旁邊，「你會把自己嚇破膽的，小史。就算派對上有人見過內史密斯好了，他們也不會知道你跟他有沒有親戚關係。搞不好你有呢，只是你不知道而已。我在報紙看上過這位強納森的照片，他就跟你一樣英俊瀟灑，我們就說你是個遠房表親就好，沒人會發現的。你今晚就幫我一個小時，讓我寫篇主編交代我們得交的報導。你呢，就順水推舟、聊聊天氣，然後隨心所欲地展現你高高在上的風度。」

威爾坐直起來，雙手盤在胸前，「我想我的聽力一定是出了什麼問題。我本來預期聽到道歉，但如果你剛有道歉的話，我沒聽見。」

查理哼了一聲，「我猜你應該是把每天都喝一品脫的醋當作是你的原則吧。」

總算稍微冷靜下來的威爾搖了搖頭，「算了。我這才想到，期待從你的糊塗腦袋裡撈出一絲一毫的明理是我的不是。我只能期盼哈洛威先生立刻終結你這荒唐的危險計畫了。」

「你覺得他會嗎？」

查理顯然很有信心哈洛威會表示祝福。威爾不得不好好考慮，要是查理的評估正確那該如何是好，接下來一路上，他都在心裡預演如何反駁查理用來說服哈洛威的種種理由，以免哈洛威跟著這傢伙——就像查理常說的——順其自然。兩人回到主編辦公室後，在哈洛威用校長看蹺課學生的譴責視線壓力下，威爾做出了錯誤的決定，讓查理來解釋他倆缺席辦公室的經過。查理沒有放過這個機會，每句脫口而出的話都讓哈洛威眼中興奮的光芒越燃越旺，顯然貝爾考特勛爵願意和他們交談深深打動了哈洛威。威爾也不能否認這確實是生出獨家報導的絕佳機會，而哈洛威對此勢在必得。

但威爾不是隨波逐流的那種人，他是在場唯一不被那能燃燒記者的狂熱態度影響的明理人，他必須承擔起實事求是的重責大任，「先生，我認為要採訪貝爾考特勛爵絕對有更容易的方法。也許我們可以邀他私下共進晚餐……」

「內史密斯先生，您在新布萊頓時進行過訪問工作吧？」

「是的，我有過經驗。偶爾。」

「所以你不是完全不懂嘛。」哈洛威倒向椅背，將雙手盤在腰前，手指無意識地繞起金錶的鍊子，「為了讓你放心，我可以告訴你，根據可靠消息來源，強納森·內史密斯深居簡出，就算離家也很少跑出舊金山的範圍，他在加州則有好幾個親戚。對於科爾貝克先生一開始將你假冒成內史密斯家族成員的決定，我並不贊同，但現在我們有機會能就貝爾考特的紐約之行寫一篇——也許不只一篇——賣座的報導，更不用說這中間還能衍生出許多故事。」

哈洛威站起身來，靠在桌子的一角，彎身向威爾說，「許多讀者對婚姻這門生意很有興趣。上流名媛、英國貴族，紐約想要知道這中間發生的一切，威爾。你現在處於一個專屬於你的有利位置，能提供大家這場男婚女嫁遊戲的真實內幕。不只貝爾考特，其他貴族在記者面前總是謹慎小心不漏口風，但這下在他們眼裡，你跟他們是同一種人。」

「但我不是——」

「當然啦，這需要一點演技。」哈洛威把手擺在威爾肩頭，明顯想讓他安心下來，「你不會是史上第一個靠耍點小把戲來挖新聞的記者。」他看向查理的目光內彷彿有千言萬語，「這要求你有膽識，還要發揮一點創意。我知道你平常做的是編輯工作，威爾，但我認為你也能勝任這個任務。」

威爾不認為他要是拒絕合作就會慘遭開除，但選擇不合作的話，他就得不到哈洛威的信任和欣賞，也就無法讓他在升遷的道路上取得更有表現機會、薪水更高的職位。花一個晚上假扮成別人的實際風險確實很小，畢竟本來就有不少姓內史密斯的人在外活動，而且參加沃瑟姆夫人派對的賓客也不可能遇過所有強納森或遠或近的親戚吧。威爾還想到，他其實可以避免談論自己，只要他鼓勵其他人多聊自己就好，人嘛，有機會就想自我表達，所以那倒不難作到。

是的，他**或許**能順利完成這個扮裝任務。

但是……

「我沒有晚禮服。」這是他最後的反對理由，而且他知道十分薄弱，哈洛威聞言只是輕笑了下。

「查理，讓樓下的助理幫內史密斯先生租套晚禮服。要最高檔的。」

查理清了下喉嚨，「我也需要一套。」

「啊，也對，你就租套便宜的就好。你可不能搶了你老闆的風頭。」

哈洛威說這話時對威爾流露出讚許之意和笑容，他先是感到意外，後來才意識到這個老闆在說自己。查理不滿地輕輕哼了一聲，只有威爾聽到，但他為此感到十分快意。

也許這場晚宴不是那麼糟糕。

第五章

查理認為，這個世界上應該沒有比二手晚禮服還要更讓人不舒服的東西了。這東西並不合身，搞得他三不五時就想拉拉自己的袖口。當然啦，哈洛威在這套衣服上花的錢完全比不上威爾那套天價西裝，中間差了不只五美元。

但查理不否認那是必要的投資。雖然威爾那頭奔放的鬈髮怎麼費心梳理也無法完全服貼，但他看起來並不突兀，高眺精瘦的身形經過無懈可擊的打扮後，即使是最刁鑽多疑、經驗老道的貴婦，也無法挑剔出什麼錯處。剛抵達的時候他確實看來有些緊張，但很快他就在臉上擺出非常恰當的似笑非笑表情，手則輕鬆優雅地端著香檳酒杯。查理覺得最有趣的是，他甚至還吸引了不少的注意力，主要來自過去一個小時來不停往他方向移動的好奇女士。

他和威爾光顧著抓住這個能訪問貝爾考特的好機會，完全忘了偽裝成一個單身多金又初來乍到的年輕男子，會為威爾招來多少人氣。這件事是福是禍現在還看不出來，有待確認。但到目前為止，這讓兩人在進場後完全沒有待在一起的機會，即使查理擔任的是隨從身分。威爾曾試著離開人群好尋找貝爾考特的行蹤，但查理有預感，貝爾考特恐怕同樣身陷女人包圍。照這個態勢，要私下和他交談幾乎不可能，雖然沃瑟姆夫人慷慨地開放好幾個房間給賓客，包括寬敞的舞廳和舞廳外的陽臺，但人實在太多了。而且還有伴奏的弦樂四重奏賣命大聲演出，連公開聊天都十分費力。

陽臺似乎是一個更好的場所——至少——那裡對於竊聽而言更有效率。查理走進涼快夜色，大膽地從人群中穿過，毫不在意是否有人注意到他，對沒有人會多看他一眼的二手西裝感到自信。是有好幾個人朝他投去好奇的目光，但應該只是因為他是威爾．內史密斯的隨從。並沒有人找他說話，他也樂於被冷落，畢竟他不知道威爾為了隱瞞身分跟其他人扯了些什麼謊。他想一定都是些不甚高明的謊吧，這傢伙看起來不像是機靈的類型。

為了避免露出馬腳，查理躲避著和其他賓客的視線接觸，偷偷閃進陽臺，隱在植栽陰影裡的角落，那裡不僅完美避開了其他人，還能觀察到來來往往的賓客。此時天降好運，梅修小姐的媽媽艾莉諾．梅修突然出現在他藏身之處，身後則跟著一群同樣端莊穩重的貴婦人。她們似乎也在找清靜避人耳目的地方，查理只好往陰影深處躲去，希望她們不會發現自己的存在。

這群婦人選定了樹蔭下圍成半圈的鑲金椅子，在石製燈籠的照明中安頓下來。這裡確實是上佳休憩地點，後方盛開的薔薇架更為此處添了幾分可愛。那架薔薇還有擋風抗噪的作用，女人們得以好好說上幾句體己話，說話聲乘著晚風都進了查理的耳朵裡。

「哎呀，他看起來真是挺中意她的。」

「他根本就是為她著迷。」

「不過才跳了三支華爾滋，她就收服了他呢。」

查理忍不住冒險往杜松子盆栽後偷瞧了一眼。這四個女人外表極其相似，年屆中年，名貴的綢緞衣裳上綴著精細蕾絲，身上還有閃出耀眼光芒的鑽石首飾。到目前為止還沒發話的梅修夫人挺著背脊坐在椅子的邊緣，用力絞扭著手中的手帕。她的一個同伴伸出手來拍了拍她的肩頭，「命運向妳微笑了呢，親愛的艾莉。蘿絲這孩子實在太靦腆了……當然啦，出身良好的紳士是不會喜歡太過奔放的女孩的——而且天可憐見，**這樣的**女孩現在確實是太多了——但蘿絲實在**太過**害羞了，嗯……」

「我們都很為她煩惱，」另一個女人接腔澄清，莊重地點了點她綴滿珠寶的頭顱，「這讓人心疼的小東西。貝爾考特勛爵確實十分迷人，但要替這樣的人物持家會十分辛苦的，我敢說，即使是更……」她清了下喉嚨，「善於社交的小姐也不見得應付得來。」

梅修夫人哼了一聲，聽得出有些許不忿，「貝爾考特勛爵本人看起來倒是不覺得我們家蘿絲的社交技巧有任何問題，否則他不會接受我們下週的午餐邀請了。蘿絲羞怯的天性無疑讓他想到家鄉英格蘭矜持端莊的淑女們。要我來說，這樣的好教養在這裡可是很難得的呢。」

綴滿珠寶的頭顱往後仰了一下，好讓眾人清楚看見她義憤填膺的下巴，「妳這是什麼意思？艾莉諾．梅修！妳該不會是在暗示我們家的艾美莉亞是奔放的——」

「不不不，當然不是啦，親愛的。我說的是**一般的**美國女孩們。說句實話，我不知道有多擔心要讓蘿絲嫁到那麼遠的地方去。」這下梅修夫人的抽鼻子聲聽起來確有幾分真心，「當然啦，我是絕對不會阻礙她的幸福的——」

「那妳覺得那個加州來的年輕紳士怎麼樣？」

查理一聽，凍住了正要溜走的腳步。這場派對可能有其他來自加州的年輕紳士，但……他靠緊杜松子樹，努力聽清這位艾美莉亞的母親接下來興高采烈的發言，「真是風度翩翩——而且他的言談真是太迷人、太謙虛了，他談論自己的時候就像他不能理解怎麼會有人會對自己這樣的小人物感興趣一樣。這種含蓄寡言虛懷若谷的風度，就是一個理想丈夫該有的模樣。而且我聽人家說，他在西部累積了一筆巨大的財富，等他表親過世以後還會分到更多。他是缺了個貴族的頭銜沒錯……」她聳聳肩，「這個安排還有其他好處呢，搭火車旅行總比跨海容易多了。妳說不定還能說服他在曼哈頓定居下來。」

「沒錯，確實如此。」這四人中最安靜的那位突然插了嘴，「我剛好有機會問問他對紐約的印象，他說他開始慢慢喜歡這裡了，雖然他運氣不好，一來這就遇上了個煩人的傢伙。」

查理即時把笑聲咽下肚裡。看來威爾應付得不錯，但即使如此，讓他孤身作戰太久實在不是個好主意。回到室內的查理從一個房間晃到另一個房間，每一間燈都點得亮如白晝，充滿了賓客的喧鬧。接著他看到貝爾考特和一群紳士在溫暖的爐火旁閒談，年輕淑女們在這群人周圍徘徊，雖想加入但被矜持絆住了腳步。查理猜想，貝爾考特應該是在跟大家分享倫敦上流社會的趣事。

「科爾貝克先生！」貝爾考特招手喚他過去。「我剛到處找內史密斯先生呢，你知道他可能的去處嗎？這位是以賽亞·諾克司……」他向站在火爐前雙腿叉開手背在身後的蓄鬍男子比了比。諾克司比貝爾考特高出一個頭有餘，魁梧的身形佔掉了火爐前許多空間，對於自己因粗獷外表對躲在紗簾後女士們造成壓力似乎渾然不覺，他聽到自己被介紹，和藹地對查理笑了笑，伸出一隻結實大手，查理便伸手一握。這時貝爾考特繼續說了起來，「諾克司先生任職於市區一家土地公司，他剛在告訴大家我們在西部買的土地的進展，真是令人興奮。我猜內史密斯先生應該也會很有興趣。」

「他去外面呼吸新鮮空氣了……」諾克司黑色雙眸中的思慮神情讓查理心下一頓，他眼神中帶著算計，對於金融家來說也許稀鬆平常，但這是輕鬆無害的宴會場合，便顯得不合時宜。「大片的土地是嗎？您在這裡有土地投資？」

「貝爾考特勛爵在喬治亞州和科羅拉多州都有地產。」諾克司的語氣像在指責查理居然連這個也不知道有些遲緩。

「不是我一個人的產業。」貝爾考特笑著說道，「我只是第一個上船過海來看看的人而已。」

查理這下忍不住好奇心了，「恕我多問，貝爾考特勛爵，這是說您加入了聯合投資嗎？」貝爾考特熱切地點著頭，「是啊，是一群在英國的好朋友，我們有七個人——啊，現在只有六個。因為今年夏天有一位退出了。但聰明好心的諾克司建議我們找一些美國投資人加入——讓事情運作得更順利，畢竟你們這裡有些人還是不太待見外國地主。」他說完又輕笑了下，旁邊的年輕小姐和兩三位先生也跟著笑了起來。人群中有一位年長的紳士頂著稀疏的灰髮，濃密的鬍鬚像是頭上闕如的髮絲都補償到下巴上了一樣，他傾身悄悄問貝爾考特，「您的土地上有任何礦產嗎？勛爵大人。」

「嗯……」貝爾考特也壓低了聲音回答——雖然在場每個人仍能聽清他的聲量，「我聽說土地上很可能有金礦，對吧，諾克司先生？」

「我不想散播這種無根據的謠言，勛爵大人。」諾克司回道。

查理差點笑出聲來，諾克司**不想**散播這種謠言，但想當然耳他這麼一說，大家就會更相信這是真的了。查理知道這種人在搞什麼把戲——他寫過這樣的故事夠多次了，經紀人兼起促銷工作，把握任何機會哄騙無知投資人，讓他們把白花花的銀兩投入可能——或可能不會——有報酬的土地資產。貝爾考特來紐約的本意也許不是釣個有錢新娘，但他要是出於信任把資產全交給諾克司，也許很快就會需要一個了。

那位灰髮紳士——提摩西．梅修，查理突然想起的人——他現在看來對這筆生意更有興趣了，這不令人意外，畢竟梅修先生是靠著釀造啤酒一步步累積財富，才得以躋身上流社會的。他當然不是華爾街的投機份子——也不是會被賭博吸引的類型，但金礦本身就有其誘惑力。

查理本想直接告退去尋找威爾，但諾克司臉上得意洋洋的笑容讓他忍不住想要攪和一下，「要是想加入的話，您現在收多少佣金呢？」

這個問題似乎嚇了諾克司一跳——也或許是問題的來源讓他感到意外。但他仍然力持鎮定，像之前一樣流暢地回答道：「五萬。」

這下換梅修先生臉色微變了，「五萬？這可真是高昂。」貝爾考特大笑出聲，「我也是這個反應……起初。」他攤開雙手，然後把其中一隻手掌貼在胸口，就像是要發誓一樣，「但這是我這輩子最明智的投資決定了。」

也許這筆生意就像貝爾考特說的一樣划算，又或者，諾克司給了貝爾考特說服其他投資人加入的動機。但查理不想把人想得這麼壞，貝爾考特看起來人還不錯，說不定只是因為自己寫過太多這類事情的報導，就變得憤世嫉俗了吧。他下定決心一定要採訪到貝爾考特，他只是需要找到正確的方式，他需要……

他突然想到自己需要的是什麼了。很遺憾，要那麼做，小史還得繼續扮演走入貝爾考特世界的鑰匙才行。這場戲還沒演完呢。

* * *

威爾並不特別喜愛宴會，即使是與會嘉賓不會勿將他當作別人的宴會也不喜歡。當然，眼下會被當作別人也怪不得旁人，是因為他自己主動誤導的緣故。

現在，身處沃瑟姆夫人家圖書室相對清靜的環境中，他忍不住再次為自己的行為懊悔了起來。這個假冒身分的勾當比他想的還要麻煩，有一兩次，當毫不知情的善心人士誠懇和他分享自己曾有幸會見強納森．內史密斯的親戚時，他的心臟都差點當場罷工。然後他會趕緊假裝出一副很有興趣的樣子——至少，作為親戚也不能對對方毫無興趣——並且假裝對那些他從未見過的人很熟悉。扯了一晚的謊讓他幾乎淹沒在羞愧裡，他得一直提醒自己，今晚回家以後，他就能回去當那個普通的威爾．內史密斯了……一個保住工作的內史密斯。

但在假冒一個初抵曼哈頓、多金又年輕的單身漢三個小時後，他終於明白，一個沒有婚約的黃金單身漢在不熟悉的環境裡會處於怎樣的危險之中。他已經收到超過兩打邀約，午宴、宴會和舞會不一而足，他總是結結巴巴含糊其詞打哈哈帶過，但這招已經使到快要抵擋不住了。禮節上來說他不能丟下隨從獨自離開，於是只好躲來這個安全的角落喘口氣。

當他溜進圖書室的那一刻，被裹在圖書室昏暗的燈光和沁涼的靜謐中，他實在不想離開這裡。他坐進已熄滅火爐旁舒適的皮製椅子，聽著門外傳來隱約模糊的交談聲，享受著這個距離感。如果有人進來，它只需要假裝自己是累壞了。畢竟，他還在從某種可怕的疾病中恢復。只不過他已經忘記自己隨口說的是什麼病了。

他開始打起瞌睡來，直到被開門聲驚醒。他本來希望來人是查理，但失望發現這不速之客又是一名年輕女性，看來對方是想遵循當下勇敢追愛的潮流，要積極敲下內史密斯作為秋季舞會男伴的檔期。

通往灑滿月光的陽臺很是誘人，但威爾心裡明白那是不智之舉，他站起身來準備向走進房間的女孩打招呼——但女孩發出驚呼，快速躲到遠離他的椅子後，讓他嚇了一跳。他突然明白過來，這女孩以為圖書室沒有旁人，「請原諒我的唐突……您是梅修小姐對吧？」

她勉強扯出一個微笑，威爾趕緊報以微笑，往後退了一步。她看來最多十八歲，一頭黑髮，身穿粉色禮服，戴著手套的手緊抓著一束玫瑰花苞，不知道保護她的年長女伴去了哪。他知道自己不能給她添麻煩，便說：「我很抱歉，梅修小姐，我這就離開——」

「喔，沒關係。請見諒，內史密斯先生。我只是進來喘口氣。」

看來她也很想遠離那些嘈雜人群，威爾點點頭，「當然，但我猜我留在這裡頗為不妥。」

「但是你先找到這裡的。」她低頭看向手中的花束，漫不經心地拔下一片花瓣，「沒關係，反正我得去和母親會合了，要不她會擔心的。」

「我懷疑她會先找到您，如果您沿路留下玫瑰花瓣記號的話。」威爾朝門口邁了一步，「您不介意的話，我去找她好了，我會告訴她您在這裡。」

「啊，先不用沒關係。」她看來似乎有些尷尬，「我知道這很傻——」

「沒這回事。我個人的話，一場宴會只要超過兩個人我就會寧願待在家裡的。」

她笑出聲來，抬起因為害羞而垂下的雙眸看了他一眼，「我也是，但母親堅持……」她臉上的笑容暗了下去。

「是的，我久聞母親們戮力逼迫女兒出席舞會的不懈努力。私人秘書也不徨多讓啊。」

她看來沒把他可憐兮兮的語調當真，「您那位科爾貝克先生是個非常好心的紳士。」

聽到這句話要吞下冷哼可不太容易，但威爾完成了這個壯舉，「我那位科爾貝克先生為了他的工作可是犧牲奉獻……」他嘆了口氣，「有時不管再大的犧牲奉獻他都不在意。」

她把頭一歪，臉上的笑意加深了些，「我敢說他只是為了你好。」

「只要他沒有以我的名義接受更多邀請，我說不定能原諒他。我這輩子從來沒有收過那麼多——」他突然打住話頭，意識到自己正在扮演一個富家公子哥，「嗯，尤其是在離家這麼遠的地方。曼哈頓可能不是那麼明智的選擇。」他努力打了圓場，又開始自嘲起來，「我想我得在杳無人跡的森林裡，找個沒人到得了的地方待著才行，那才是我的歸宿。」

這個想像讓他突然十分想念家鄉，他在想，也許這個星期天他可以逃出紐約回史泰登島待一天，但薇奧蕾特可能不願意……

「那裡一定有很多值得探索的好地方，」梅修小姐輕輕說道，「我是說西部。」

「確實有很多很好的地方。」威爾輕笑作為回應，「梅修小姐，請原諒我。我在紐約待得還不夠久，實在是一切都不習慣。」

「我相信你一定會習慣的。大家都很想幫你融入這裡。」她說著忍不住輕笑起來，「我猜你現在手上的邀請一定多得快讓你受不了了。」

威爾聽出她話裡的惆悵，「梅修小姐，可能是我多心，但我猜您是想要邀請我一起喝茶？」

「我們星期四要舉辦一場午宴。」她看起來更加害羞了，但態度熱切誠懇，「只是場小小的午宴，完全比不上這場豪華的舞會，我想您一定不會有……」

「我尚未正式接受任何邀請——」他不忍心澆熄她眼中期盼的光芒，「但是自然，我沒辦法狠心拒絕一個小午宴的，這是我最喜歡的聚會類型。」

她整張臉亮了起來，「真的嗎？您真是太好心了。到時候我一定會請人把圖書室的火生起來，您要是累了，請盡情在那裡休息。」

「您真是體貼的主人。現在，讓我們看看能不能找到科爾貝克先生和梅修夫人吧。」

用假身分接受邀請無疑是太大意了，但他感覺這是蘿絲·梅修人生第一次邀請紳士參加午宴，他沒辦法冒著傷害如此溫馨甜美女孩的風險拒絕她的邀請。她的母親必然邀請了貝爾考特勛爵，到時他才會是眾星拱月的對象，這樣一場小小午宴不至於讓他穿幫的。而且，只要一等午宴結束，內史密斯先生就會在回老家加州的路上了。

威爾挽著蘿絲離開避風港，發現查理在舞廳外逡巡，好像在找人的樣子——威爾接著會意過來，他找的對象應該就是自己。查理的晚禮服還是讓他很不自在，儘管他看起來仍與在場每位賓客一樣是十足十的紳士。那個褲腳對於一百八十公分的身高來說是短了些，但女士們顯然並不介意。以一般的標準來看，查理下頷稜角過於明顯，尖挺的鷹勾鼻顯然曾經斷過而有些歪斜，整體不算俊美，但也絕非樣貌普通。他豐厚的褐色鬈髮帶點紅色，剪成了俐落短髮，一雙鋒利彷彿能看穿一切的深藍眼睛，帶著新生兒的好奇和坦誠——但那是他身上僅有的一點與純真有關的連結。威爾懷疑即使是惡魔也沒辦法露出像他一樣狡猾的笑容。

「科爾貝克先生看來很擔心。」蘿絲在他倆穿過寬敞的走道走到舞廳時說。

「如果他打著我的名號四處接受邀請的話，他最好是該好好擔心一下。」雖然只是玩笑話，但威爾一想到這個可能性就渾身不自在。這把戲可不能一直繼續下去，很快他們就會穿幫的，而且，某個部分的他已經開始為倉促地接受蘿絲的邀請而感到憂慮了。要是因此被揭穿，那就是他的錯，而且這事傳揚出去的話，不少他在意的人會因此瞧不起他。

而這些如果會讓查理擔心，他也會在他們走近時隱藏得很好，「你在這啊，我以為你回家了。」他咧嘴一笑，就像他只是開個小玩笑，接著對蘿絲鞠了個躬，「梅修小姐，就我所知，您的父親正急切搜尋您的下落，我很願意護送您去找他，但我現在也已失去他的行蹤了。」他與威爾的目光相遇，像是有所疑問，「我完全沒機會和貝爾考特勛爵交談——」

「您星期四可以和他聊聊，」蘿絲說道，「他會參加我們的午宴。」

「我們也會。」威爾在查理提出疑問前搶先澄清。

查理臉上的最後一絲擔憂立刻蒸發了，「週四的午宴嗎？您真是太好心了，梅修小姐。」

蘿絲用雙手環抱著花束，垂下雙眸，「我該去找我父親會合了，晚安。」她對威爾說完，接著用更小的聲音對查理也說了晚安，就靜靜地走了。當查理終於開口詢問時，他傾身靠向威爾以便他能聽見，並用同樣的音量低語道，「在聚會的人群裡我們是不可能採訪貝爾考特的。我們得邀貝爾考特到家裡喝茶才行。」

威爾驚訝地瞪著查理，「你說哪裡？我寄宿的地方嗎？那裡連招待一般人都嫌寒酸。」

「我住的地方也許可以。」查理高興地說，「你可以過來親自確認一下，我們得想個辦法採訪貝爾考特，採訪結束以後，你要是想找藉口躲掉梅修小姐的午宴也可以。」

「我不願失信於她，但我打算星期五就回加州，所以現在開始別再接受任何邀請了。」

查理看來十分遺憾，「真是太可惜了，這裡有好多故事可以寫成新聞——」

威爾憤憤不平地吐了口氣，「要是再繼續這個勾當下去，**我們自己**就會上新聞！你現在有跟貝爾考特聊天的機會了，請知足。」

「貝爾考特。」查理點點頭，「也許還有諾克司。」

「諾克司？」

「土地公司的銷售員，」查理回道，「他在到處尋找投資人，而且聽起來已經成功收服貝爾考特了。」

「貝爾考特在這裡買土地？但是——」

「你以為他是來這裡兜售貴族頭銜的嗎？」查理的笑容裡帶著尖刻的嘲諷，「也許他來之前打的不是這個主意，但如果他在諾克司介紹的買賣上損失慘重，搞不好就會需要年輕女子搭救了。」他朝著蘿絲離開的方向瞟了一眼，「話又說回來，如果諾克司成功說服梅修先生，他女兒最後搞不好也得找個有錢的美國公子呢。」

「諾克司想拉梅修先生入伙？」威爾和提摩西．梅修不過初識，但這位紳士看來是個正直溫和的好人。他浸淫上流社會的時間肯定沒有太久，以致於他還沒培養出在這個圈子生存所需的淡定且不屑一顧的態度。

查理的笑容意味深長，似乎在暗示他知道威爾腦子裡在轉什麼念頭，「你應該要知道，諾克司可不只在打貝爾考特和梅修的主意。」

這句話嚇了威爾一跳，他愣了一會才搞懂這荒謬的情況，「他這是白費心思了。」他笑著說，「但你確定他並不正派嗎？應該也有推銷員是作正經生意，真的幫人賺錢的吧——」

「是有某些案例。」查理搖搖頭說，「我只是看過太多騙人的勾當了。」他看著威爾的雙眼突然瞇起。「如果諾克司靠近你並對你施展話術的話，別聽他的。他那張嘴天花亂墜且毫無誠信可言——」

威爾大笑，「查理，他兜售的東西我身上所有的錢都掏出來也買不起。」

查理只是搖搖頭，「你是那種有積蓄的人，尤其你又有踏入婚姻的愚蠢想法的打算——」

「聽我說——」

「啊，別介意，我並沒有想要意指什麼。我只是想警告你小心提防以賽亞．諾克司，他會用一張巧嘴騙走你的錢，把你剝得一文不剩。」

「我知道怎麼保護自己，我不是你想的那種天真鄉下人。」

查理又咧開大大的笑容，「初來乍到就遇上麻煩人物了不是嗎？」

「如果你是說你自己的話，沒錯，我同意你的說法。」因查理對自己財務狀況的關心而感到困擾的威爾瞬間失去和他理論的力氣。「我保證，我不會加入諾克司先生的任何生意，事實上……」威爾努力忍住哈欠，皺起眉頭，「我要去和主人道晚安，然後回家好好睡個覺了。明天星期天我得和薇奧蕾特的家人共進晚餐，所以我星期一再去拜訪你。你想在哪裡碰面？」

「百老匯街上的董尼德大宅。」

「查理，你別鬧了，我已經很累了——」

「我沒開玩笑。」查理看起來幾乎有點怯生生的，「我在那裡寄宿。」

威爾還是一臉難以置信，「你和卡洛琳．董尼德住在同一個屋子裡？」

「她收留房客，我猜是因為獨居寂寞的關係。」

「她知道你是記者嗎？」

「當然，不是每個人都覺得這個職業對人有害的。」

「我也沒有這樣覺得，但她不是深居簡出不愛熱鬧嗎？我無法想像她會喜歡邀請貝爾考特喝茶後招來的流言蜚語。」

「可能不會。」查理顯得很洩氣，「如果她不允許，我們得想辦法讓貝爾考特邀我們去他的旅館，或者是找間餐廳的包廂才行。老哈洛威可能不會喜歡這筆支出——」

「他目前還滿願意投資製作這場鬧劇的。我們先問問董尼德小姐，如果不能得到她的許可，再看看能不能和貝爾考特在他下榻的旅館碰面吧。如果他認為我們對投資土地買賣有興趣，想要知道更多詳情的話……」

「不行，諾克司這個吸血鬼聞到血味的話——」

「看在老天爺的分上，我會跟貝爾考特說我想和他單獨談談，我只是有興趣，但還沒決定要真的加入投資……」威爾哼了一聲，「我猜那時才跟他說這個是有點晚，但有時候人必須將就一下。」

查理臉上重新有了笑容，這次難得地帶了點同情，「要當個總是想做好萬全準備的人真難啊。」

「尤其是當你得和一個總是想隨機應變的人一起合作。」

查理泰然自若，「你感覺挺樂在其中。」

在某方面來說，查理沒說錯，但威爾不想承認，「晚安，科爾貝克先生。」

查理大笑出聲，「祝你好夢，小史。」

第六章

當希爾達的敲門聲把查理從安穩舒適的深沉睡眠中喚醒時，他的第一反應是自己是否犯下錯過早餐的滔天大罪。為了逃避希爾達的怒火，他一邊在心裡準備好接下來要滔滔不絕從嘴裡流淌而出的討饒言語，一邊跳下床應門，結果發現根本就不是叫他去吃早餐。是他有訪客。七點鐘。星期一早上。

他能理解，威爾應該是急著要把他所謂的「鬧劇」盡快終結，但在早餐前就跑來造訪似乎還是過於急切了點。查理下樓以後，發現他坐在接待室，那張在房間裡最硬最不舒服的椅子上，「看在老天爺的分上，小史。別告訴我這是你平常的起床時間。」

威爾看來心事重重，「我已經連續兩個晚上沒睡好了——」

「所以你是來復仇的嗎？」查理重重坐上長沙發，沉進椅背打了個哈欠。「我還沒機會問董尼德小姐，你知道的。她星期天總是在教堂裡待上大半天，但……」他淡淡一笑，「那不是我的地方。昨晚我回到家的時候她已經去睡了，今天她還沒下來。你可以回家小睡一下，等中午再過來嗎？還是——算了——你跟我一起上樓，我有張沙發，你可以將就一下。」

「查理，我們應該放棄邀他喝茶，直接去旅館拜訪即可——」

「等等。」查理努力把自己撈起來，「別在這裡討論，太容易被聽到了。」他瞟了餐廳門一眼，看到希爾達在餐廳裡忙進忙出的模樣。查理比了個手勢要威爾跟上，領著他走進卡洛琳圍牆後的花園，一個從很久以前就擺脫人類束縛的天堂。在清晨冷冽的日光下，最後幾朵仍在堅強綻放的玫瑰看起來和查理一樣困倦異常。「好了，你現在可以隨意說話了……」他又打了個哈欠，然後和威爾一起坐在長了青苔的石凳上，「你說不請他參與茶會？」

「我們沒辦法這樣演下去，」威爾說，「如果我繼續假裝是強納森．內史密斯的親戚，遲早會有人發現不對勁的。想到那會引起怎樣的醜聞……」他搖了搖頭。「你可能不會想在《先驅報》發這個新聞，但其他各家報紙不會錯過這樣的消息。」

「喔，我們也會發的。」查理勉強扯出個疲倦的笑容，「我會以第一人稱寫這篇報導。」

威爾發出不敢置信的低喊，「這件事要是走漏，對《先驅報》的名聲會是重大的打擊，你明白吧？」

「打擊不會大到他們要開除我的地步。」查理突然很後悔自己下樓前沒有套上件外套，求生本能讓他別無選擇地靠向威爾身上的羊毛大衣，雖不理想，尚可接受。「那蘿絲．梅修的邀請呢？你不是說你接受了嗎？」

這個問題加深了威爾眉頭的摺痕，「那有點莽撞了，但我不能狠心拒絕她，她跟我一樣討厭宴會。」

查理瞇起眼睛盯著他看，「有什麼東西不招你討厭的嗎？」

「有的，努力保住我的工作。」

「嗯，這件事得到了哈洛威的許可，他希望你加入。」

「要是這件事暴露了，他會想要開除我的。」

「他沒那麼不講理，畢竟，這是他讓我們去幹的，他知道這麼作有風險。現在唯一的困難是，如果你去了蘿絲的宴會，這事就得盡快結束，你不能到處去逛別人家，但完全不邀請別人作客。」

「我不預計到處去逛別人家，我的打算是在蘿絲的宴會上散布我要回加州的消息。這樣一來，就不會有更多邀請，這場扮裝遊戲也可以結束。至於採訪，如果我們可以去旅館拜訪貝爾考特，在那裡和他談話，這整件事就算是圓滿落幕了。」

「我們可以試試看，但根據我的情報，貝爾考特很少待在旅館，在的話身邊也會圍繞著一群人。」查理有種不祥的預感，說不定最好的採訪時機早就已經溜走了。貝爾考特更換下榻地點的消息已經傳出去了，現在城裡每個記者都會想方設法混進去，帕爾默，那隻老鼠，當然也會躲在霍夫曼別墅的走廊裡伺機而動。「我們最好早點開始行動。要是其他記者在旅館看到我，我們的小計謀馬上就會被戳破。」

「嗯，我們還沒想到可以好好和他談話的隱蔽地方，但我們得臨機應變。」

「我還是可以問董尼德小姐，她可能會很配合。」

「記者們會跟著貝爾考特一起過來，她不會喜歡的。」

「我們或許可以想方法偷偷把他帶進來。他會喜歡這個喘息機會。」

「但如果我們被發現了呢？董尼德小姐可能會被捲入這場醜聞。」

「啊，也是。」查理喪氣地靠在威爾肩頭，把疲倦懊喪的頭顱墊在溫暖柔軟的羊毛上，

「戴爾莫尼科餐廳總是會有包廂。」

「哈洛威先生願意破這個費嗎？」威爾看來對靠在身上的查理並不介意。他似乎也向後靠了靠，就只是一點點，彷彿終於開始意識到失眠的夜晚對自己產生的影響。「我想我們是無計可施了，就讓我自己去旅館和貝爾考特談吧——」

查理突然彈坐起來，「如果採訪我無法到場，那報導就沒有我的功勞。總之，這個時間我們不能打擾貝爾考特，我去拿件外套，我們找個地方吃早餐吧，可以嗎？」

「對我生氣也沒用，」威爾輕輕地說，「我跟你一樣進退不得。」他站起來，「你回去睡吧，我十點再來找你。」

「嗯，如果你要用如此惱人的態度講道理的話，」查理打了個哈欠，「十一點再來怎麼樣？」

這時上方傳來的窸窣聲響嚇到了他。他們這麼努力小聲談話，他沒想到……

「科爾貝克先生？」

查理還沒來得及抓著威爾逃進會客室，就看到卡洛琳從她陽臺上茂密的常春藤中探出頭來，對他燦爛一笑，「您在這啊，早安。」

他從來沒在早上九點以前在樓下看到董尼德小姐過，所以一點也沒想過她可能會起得很早，只是都在自己的房間活動。再說，除非天氣溫暖晴朗，她也很少走到這陽臺上來。「早安，女士。我很抱歉我……」他焦慮地瞟了同樣被嚇得六神無主的威爾一眼，「這位是威廉·內史密斯，董尼德小姐，他也在報社工作，他是編輯。」

「是嗎？」卡洛琳對威爾微笑，「早安，內史密斯先生。請原諒我擅自打斷你們。」

「完全沒有，董尼德小姐，能見到您是我的榮幸。」

查理本來想訕笑威爾分外恭謹的聲音，但在卡洛琳的眼皮下卻沒有這個膽子。她的神態從容如常，他看不出她到底聽到了多少。有良好教養的人就是這點討厭，別人完全看不出他們內心真正的想法。「我們無意打擾您。」查理開口說道，但卡洛琳只是擺了擺手讓他不要介意。

「紳士們，請到會客室坐，我讓希爾達生了火。內史密斯先生，您一定得留下來用早餐才行。」

威爾猶豫地看著查理，但他的教養再次勝出，「是的，當然，董尼德小姐，您真是太客氣了。」

會客室內的溫暖令人欣喜，為擔心被訓斥的查理注入一絲力量。他不認為自己犯下的錯誤足以構成驅離的充分理由，但根據他的個人經驗，每個房東夫人對於名下房產各有令人捉摸不定的原則。有的連房客彼此調情都可以不計較，但有的只要你懶坐在門廊前就會被掃地出門。

但穿著繡上細小雛菊作為裝飾的日裝翩然下樓的卡洛琳卻滿臉微笑，端坐在已顯陳舊的沙發上像隻歡快的蝴蝶。看到她的笑容，查理這才稍微放心，選在她對面的位置坐下。威爾則是回到他先前選擇的直背椅上——看來卻十分自在。然而，他似乎沒有要開啟談話的意思。查理本想抖出準備好的道歉說詞，但卡洛琳快了他一步。

「紳士們，請原諒我偷聽了你們的談話。我並非有意為之，但你們說話的內容吸引了我的注意……」她臉上露出幾近羞愧的神情，「人聽到別人在說自己好話的時候，實在很難不聽下去。我想知道……」她輕蹙眉頭，纖細的五官籠上一絲憂慮，「你們想邀請貝爾考特勛爵到此作客？來喝茶？」

「是的，女士。」查理聽到威爾不安地變換姿勢，努力提醒自己要好好固定在座位上，「我們想採訪他……嗯，紐約每個記者都想採訪他，但我們……」他清了清喉嚨，「我們並沒有對他坦承以告自己的身分——」

「我們撒了謊，」威爾輕聲地說，「貝爾考特勛爵認為我是強納森·內史密斯的親戚，而查理則是我的私人秘書。哈洛威先生——我們的主編——期待我們能藉由偽裝完成採訪，但我們得找個恰當的地方邀請貝爾考特勛爵，才能在無閒雜人等干擾下和他安靜談話一小時。」

「我明白了。」從她輕微移動的嘴角和雙眸溫暖的光芒中，看不出他倆撒的謊是否對她造成任何困擾，「嗯，紳士們，我不介意邀請貝爾考特勛爵來此喝茶，但還有一個問題……」

查理沒想到問題居然只有一個，「是的，女士？」

「如果我要讓別人認為內史密斯先生在寒舍作客，這不能是謊話。在內史密斯先生結束紐約度假行程前，他必須住在這裡。」

這荒謬的情境似乎讓她興味盎然，查理不能否認眼下狀況確實荒謬，威爾的興味則是一點也盎然不起來。

「住在這裡？我不能造成您的不便——」

「這裡的空間再多一名房客也綽綽有餘的，內史密斯先生。」她向他保證。

「是的，那當然，」威爾的困窘更加明顯了，「只是我……嗯，我的意思是……我不知道我適不適合待在這裡。我想您對房客一定有嚴格的要求才對——」

「看在老天爺的分上，別吞吞吐吐的。」查理說，「房租是一週十塊錢，小史。」

威爾的眉頭一下鬆開了，他轉向卡洛琳問，「真的嗎？」

她對他的不可置信報以微笑，「我知道我能租到更好的行情，但曼哈頓生活現在可是大不易——年輕有為的紳士總會遇到需要買頂新帽子才能抓住的大好機會啊。」她站起身來，「當然，我對房客篩選十分嚴格，得有人為他們引薦才行。但我敢說，科爾貝克先生願意告訴我他對你的品格有何意見。」

她一臉期待地看向查理——與此同時，威爾的目光也落在查理身上，威爾臉上主要是警戒之色，但也藏不住因淪落到得仰仗查理對他的品格進行評斷而感到的惱怒。依他看來，查理不會放棄這個能戲耍他的機會。

他的判斷也不完全錯誤。

「嗯，說句實話呢……」享受著威爾眼中越來越顯而易見的憂慮，查理忍不住讓自己猶豫的姿態從一秒延長為兩秒，「當然，我與內史密斯先生相識未久，但是……」他努力不讓話語中露出悔恨之意，「我敢說我從來沒見過這麼無情且決心堅守規矩的人，他會是個模範房客。」查理嘆了口氣，「也許讓您應該知道比較好，我們對貝爾考特撒的謊完全是我的主意，內史密斯先生根本不想參與其中。但我們的老闆欣賞這個計謀，覺得我們應該堅持下去，直到我們完成採訪再說。」

如果威爾對於這番表白感到驚訝，那他掩飾得天衣無縫。「是我同意加入這場科爾貝克先生所謂的計謀，而我十分感謝您，董尼德小姐，願意讓我們有機會完成採訪。如果我沒有誤會您的意思，這只是一個暫時的安排——」

「如果您願意的話，我們也可以說這是一個觀察期。」卡洛琳愉悅地說，「我們可以邊用早餐邊討論細節。」

威爾顯然是那種遇到女士意志就會即刻軟化的類型。在早餐時卡洛琳提出的所有規定，他幾乎連眼睛都沒有眨一下，而談話結束時，他同意接下來會在董尼德大宅住到十一月底。唯一讓他真正露出一絲猶豫的時候是，當查理提醒卡洛琳會有必要的額外煤炭支出時才顯露出來。至於會客室十點後不得留客的規定，對威爾看似沒有絲毫影響，但查理覺得薇奧蕾特可能不會喜歡這一條。毫無疑問地，威爾希望這個新地址能讓她十足地印象深刻。

早餐結束後，查理主動提出幫威爾回去收拾行李，同時也好奇威爾原本的生活到底有多節約。實際狀況比他想像得還要糟糕。儘管威爾的寄宿處離董尼德大宅僅數個街區，但移動方向朝東延伸，因此這一小段距離幾乎把他們帶入這座城市治安最壞的那些街區之一。查理懷疑要不是薇奧蕾特的緣故，威爾搞不好會住到碼頭邊去，「你該不會住在四樓吧？」

「我得承認四樓很誘人，一週只要五元——」

「我的天，我猜薇奧蕾特不會接受吧？」

「薇奧蕾特不會來這裡找我。」威爾走上布滿灰塵的門廊，同時那些地上的縫隙也十分引人注意，查理小心翼翼緊跟在後。

「等你們結婚以後，你覺得她會來這裡找你嗎？」

威爾責怪地瞪了他一眼，「我們要是結婚，一定會找個體面的公寓的。」

「你要讓她等那麼久嗎？」

「不會很久的，我已經存了一小筆錢，我只是想要再多存一點。」

前廳的家具不足且黯淡陰沉，但查理猜測，點上煤氣燈也不能為這個地方添增風采。更需要燈光的是黑暗的走廊，但威爾並沒有理會它，他默默地走上二樓，流暢又絲毫無須思考的腳步，顯示他已經習慣這個房子的種種特點。

在第一道門前停下後，威爾立刻打開了門，毫不擔心身後的人是否會看到房內任何失序的跡象。查理本來滿心期待能看到哪怕是一點點單身漢的混亂，於是他探頭檢視掩在近乎磨穿的天鵝絨隔簾後的睡眠區——卻忍住了要發出的哀嚎，「我不知道你這種所有東西從不亂扔，都不用夫人幫你收拾的人，要怎麼讓她保持開心？」

威爾拉開窗簾，讓窗外淡淡的陽光照進比樓下前廳整潔得多的起居室，「查理，你多大？」

「二十八，怎麼了？」

「你有在交往的女孩嗎？」

啊。「嗯……目前是沒有。」

「如果你想要聽聽我對於你該如何擺脫單身有什麼意見，請告訴我。」

查理大笑出聲，「即使是最美的女孩也不能讓我改變生活習慣的，這我可以跟你保證。」

他在書櫃旁的扶手椅上坐下，「你要把這些書都帶去嗎？」這裡大概有百本書，它們擠滿了書櫃，擺設架上也堆滿了書，並且佔據了壁爐架上方的每一寸空間。

「我會再回來拿。」威爾從床下拖出一個行李箱，把箱子裡的書全部拿出來，讓查理感到有趣的是，他只在箱子的一小部分裡裝了衣服，就開始穿梭於房間各個角落，打包五花八門的零碎物。一個黃銅燭臺，裝了兩張相片的可對折相框，刻了名字的鉛筆盒，接著還有包在手帕裡的一只茶杯和茶碟。最後入選的是一條海藍色的被單，這個放進箱子裡後，就沒有多餘的空間了。威爾只好對著他從床墊下掏出的一個上了鎖的小小盒子猶豫不決。

「那是你的針線盒和針插嗎？」查理打趣地問道。

「這是我父親從軍時用的左輪手槍。」威爾小心翼翼地將它放在桌上，「他十年前過世時留給我的。」他打開盒子，裡頭躺著一把外表陳舊但一塵不染的手槍，「這是我所有東西裡唯一沒有實用價值的物件。」

「如果搬回這裡，你可能會發現它的用途。」查理站起身來，「樓上到底在吵什麼？」

「四樓的夫妻挺常意見不合的，」威爾漫不經心地說。他闔上盒子，鎖上了鎖，「我得承認，離開這裡我很高興。」他看來彷彿大夢初醒，「你介意幫我拿幾本書嗎？」

「還有那把左輪手槍，如果你願意——」威爾猶豫了一下，查理露出請放心的笑容。「我會小心拿著的。」

「你父親把槍留給你了嗎？」威爾從他先前的語氣裡聽出了些什麼。

「我的父親在戰爭快結束那段時間一直待在戰俘營裡，我不知道他的槍或身上其他東西到哪去了，我猜都被反叛軍帶走了吧。」查理無法繼續說出更多的話，因為威爾帶著同情的目光堅定地鎖緊著查理。

「你父親告訴過你當時的情況嗎？」

「他……」查理清了下喉嚨，「沒有。」

威爾一臉瞭然，「你要小心盒子的鉸鏈，它們有點鬆。」他把鎖上的盒子遞了過去。「我再找幾本書，然後我就準備好了。」

盒子比預期來得重，木盒表面因磨損而顯得異常光滑，像是一個沒抓好就會從手中滑落一樣。他把威爾給他的輕薄書本塞進大衣裡，然後把盒子緊緊抱在胸前。一手抱著書一手提行李箱，威爾領路走下樓。儘管樓上打開的窗戶仍然讓他們對四樓持續的叫罵聲響清晰可聞，查理還是忍不住慶幸自己終於回到新鮮的空氣之中。「這種地方一個星期要花你十塊錢？」

「八塊。」

查理把懷裡的盒子抱得更高了。他一點都不感到愧疚，即使一週多出了兩塊。「哈洛威給你的起薪是四十，對吧？你負擔得起新房租的。」

「我沒辦法存得像之前那麼多，而且小薇想要一個夏日婚禮。我只是得好好想清楚夏天會不會太趕了……」

「你最好趕快想清楚。」查理用肩膀撞了下威爾，讓他注意停在路邊的雙座馬車。薇奧蕾特──裹著皮草滿臉笑容著的薇奧蕾特，查理還注意到──她似乎很親暱地窩在車上另一名一身穿剪裁合身的黑色禮服、繡花馬甲背心還帶著絲綢禮帽的金髮瘦削男性身邊，查理對車上的男子咧開笑容，「早安。」

「早安。」男子困惑地回禮，但薇奧蕾特很快揮手讓他別作聲，接著將突然變得焦慮不安的目光全力投向威爾。

「親愛的，你這是在做什麼？你該不會是被……」她把裹在手套裡的手指壓在唇上，但餘話仍從她的指尖溢出，「……趕出來了？」

薇奧蕾特的質問和她英俊的旅伴似乎都沒能造成威爾的困擾，「當然不是，我是要換到新的住處……」他對年輕男子露出和煦的笑容，「早安，艾略特早安。我來為你介紹，這位是《先驅報》的查爾斯·科爾貝克。查理，這位是艾略特·蘭姆，他的姊姊瑪麗嫁給了薇奧蕾特的哥哥詹姆士。」

「早安，科爾貝克先生──」

「你要換到別的住處？」薇奧蕾特靠向威爾，明顯在努力壓低自己的聲音，「你打算什麼時候通知我這件事？」

儘管薇奧蕾特是那種蹙眉也好看的女孩子，但查理還是覺得她太頻繁的皺眉，讓人難以發現她的魅力。但面對她的非難，威爾則驚人地完全不為所動。

「我本來會先通知妳，但這件事是今天稍早臨時決定的。」威爾將行李箱放在路旁說道，「那裡離這只有一兩個街區，就在百老匯街上——」

「嗯，那裡不會有太大的改善。這麼突然，你一定沒有時間好好調查過。你怎麼知道它會適合？」薇奧蕾特朝查理狐疑地看了一眼，「我猜是你建議他搬的？」

她不高興是因為威爾沒有先跟她商量過。查理在心裡努力地提醒著自己，「我向您保證，那裡是這一區最體面的寄宿公寓——」

「科爾貝克先生，您也住在那裡嗎？」

顯然這個事實抹煞了那裡有著任何體面的希望，「我住在那裡好幾年了——事實上，久到房東董尼德小姐還因此讓我為威爾的品格背書呢。」接著他把臉上無法抑制的笑容迅速改為一種最溫柔且具貴族模樣的高尚神色，「我當然很樂意地向她保證威爾是一個誠實可靠，值得信任的人——而且擁有少有人能比的耐心。」

薇奧蕾特聞言臉上少了些許血色，威爾則恢復了一點鎮定，「小薇，和我一起吃晚餐吧，我把這整件事解釋給妳聽——」

「我要和我的家人一起吃晚餐了。」薇奧蕾特把背脊豎得筆直，一隻手則放在艾略特的大衣袖口上，看似心不在焉的動作「我們是來邀請你加入的，但看來你在忙，那就——」

「我明天可以見妳嗎？」

薇奧蕾特似乎還在努力找回內心的平靜，「好啊，都可以。」她一邊要艾略特再等一下，一邊又皺起了眉頭。「你該不會是要提個行李箱走到新住處吧？你怎麼不叫計程車？」

「這只有幾個街區的路程，」威爾答，「而且這地方幾乎沒有你認識的人。我想，艾略特會幫忙保密的。」

艾略特笑出聲來，「我保證不漏一點口風。」

「你是位君子，而且查理的口風也是可以信賴的。」

查理聽出了他沒說出口的「應該」，但很明智地決定證明威爾的看法，薇奧蕾特則顯然地完全不接受這個保證——而且甚至不悅程度也沒有絲毫下降，「那我們就先走了，讓你們慢慢閒逛去吧。」她這次刻意地拍了拍艾略特的袖子，「走吧，親愛的。」

艾略特抬抬帽子作為道別，「祝你們好運，紳士們。」

馬車離開路邊加入車潮，薇奧蕾特則自始至終沒有往後多看一眼。威爾的嘴角悶悶不樂地抿成直線，他提起行李箱重新開始移動時，兩眼充滿愁緒。查理不確定說什麼才能讓他開心一點，說不定威爾根本不想接受別人安慰。大概不是——至少不是讓一切煩惱根源的那個人。如果他們有好好利用和貝爾考特交談的機會，威爾本會和薇奧蕾特一起共度早晨，而不是拖著他的行李到新住處，並希望讓他及查理能夠完成報導，不在因為哈洛威的命令而束縛在一起。

一位更通情達理的記者應該會建議威爾獨自前往酒店會見貝爾考特，喝點茶聊個天，然後把帶回足夠完成一篇專欄的資訊才對……

「查理？」

查理猛然回過神來，往旁邊的威爾充滿罪惡感地看了一眼，「你改變主意了嗎？」

「你說搬家嗎？不是，不是，我只是……」威爾呼出一口氣，「我想道歉，薇奧蕾特有點不高興，她不喜歡我總是埋首工作，也不喜歡我不向她的父親求助。而且我猜對她來說，發現我要搬家且沒提前告訴她，這讓她有些震驚，她不知道我們現在正在合作——」

「而且她不喜歡我。」查理笑著說，「沒關係。我真的只是很……」他慢了下來，但不敢看威爾的眼睛，「我很抱歉為了要和那傢伙單獨相處幾分鐘，得把陣仗搞得如此之大。不該這麼麻煩的，但我似乎總把簡單的事情弄得非常麻煩。」

「你不用承擔所有責任，我也有不對，我在宴會裡不該躲起來，還接受了我不該接受的邀請。」

查理面對撲面而來的風皺了皺眉，「我們最好盡快把內史密斯先生送回加州，要不然未來的內史密斯夫人很快就會把我們送進地獄了。」

威爾沉思著苦笑了下，「她很可能會那樣做。」

第七章

晚餐結束過後好一陣子，威爾才真的有機會坐下來喘口氣。在相對安靜的環境中——考慮到百老匯就在他的窗外——他努力整理思緒，儘管還沒能擺脫震驚。不止一次，他思索為何自己會參與這個荒謬的計畫，成為董尼德小姐家中的一員，只為了邀請貝爾考特勛爵喝杯茶。

僅僅幾分鐘思考後，他承認自己對先前的住所有多麼厭惡，難以下嚥的食物、樓上從不停息的爭吵、成群結隊的老鼠大軍，還有總是陰冷潮濕的空氣。雖然董尼德大宅的家具老派又使用多年，但良好的品質讓一切仍熠熠生輝，優雅的氣氛也絲毫未減。他屁股下的床鋪十分柔軟，房內的小沙發和桌子堅固——而且乾淨——火爐邊還擺了桶份量充足的煤炭。自他抵達以後，沒有聽到一句爭論，也沒有見到任何老鼠的身影……

還有晚餐！雖然希爾達一開始用懷疑目光把他好好打量了一番，但她顯然覺得他營養不良，因為她每道菜都盛得很豐盛，並對他一點不剩地全部吃完感到滿意。查理警告過威爾要小心溫柔地對待瓷器，而從希爾達收盤子時嚴厲的表情越來越放鬆的表現看來，他應該是安全過關了。

這讓他感到自己不可思議地受歡迎，而且董尼德小姐也親切地想讓他有賓至如歸的感受。他被介紹給所有房客，而且所有人都非常和善好相處。但最令他感到有趣的是——也確實讓他感到意外——科爾貝克先生。查理在董尼德小姐面前可說是風度滿滿無懈可擊的紳士；而這只是其中之一。自從威爾踏入董尼德大宅的那一刻起，查理就守候在他跟前跟後，像個保護欲過盛的兄弟一樣，不停給予建議與鼓勵，還會低聲警告哪些事是禁忌。他似乎決心要確保威爾能好好享受待在這裡的時光，晚餐時甚至持續愉快地聊著天，好像是為了防止威爾被其他房客丟出的連串問題淹沒。

威爾不知道該怎麼理解這一切。這就是那個折磨他好幾天，把他捲入一層又一層謊言的困境，讓威爾絕望無法脫身的人。真的，他曾預期過自己跟查理搞不好最後會鬧到雙雙被關進監獄，但他從來沒想到自己居然會有喜歡查理的時候⋯⋯

嗯，也許喜歡一詞太過強烈了，但他現在比較不會想要找個最近的橋把這個男人丟下去了，特別是在他的未來計畫還有可能被挽救和重新拼湊起來的情況之下。感謝上帝，他慶幸自己沒有失去工作，但薇奧蕾特從未對他如此不滿。他認為為此他需要好好道歉，儘管他不確定自己還能做出什麼不同的選擇。在接受董尼德小姐的邀請前告訴她可能就會錯失搬來的機會了。雖然沒有看過房間就決定搬進來是很衝動，但他對這個結果很滿意。他甚至不介意查理就住在走廊對面。

一陣，短促輕敲的敲門聲讓他從自己的思緒回過神來，他苦笑了下，看來說自己不介意也許**言之過早**。

他站起身來應門，發現穿著襯衫的查理站在門口，咧開的嘴角讓他臉上帶著熟悉的惡作劇神情，「給你帶了些東西。」

「是嗎？」威爾警惕地後退一步讓他進來，查理邁進房裡，把手裡的東西奉上——那是一個有花邊的枕頭——帶著期待的神色。威爾接過來，翻來覆去地觀看，枕頭一側繡上了歡樂海景，明亮的藍色和綠色鉤勒出天空和海岸，亮橘色的太陽則掛在灑滿貝殼的沙灘上方。顏色雖然有些花俏，但自有一種迷人魅力，「你這是從哪裡弄來的？」

「這是我母親做的。她做了好幾個，其實。以前她會在夏天的時候做這個來賣。這些很有用——你知道的——如果想家的話。」查理晃到床邊坐下，「當我剛搬來曼哈頓的時候是這樣。」

「你常回去嗎？」

「偶爾，回去見見朋友。」

威爾突然明白過來他的言外之意，「這是你母親留下的有紀念意義的物品。」他說著，一邊把枕頭遞了回去，「我不能——」

「沒關係。我只是借你用一陣子而已。」查理把枕頭靠在床柱尚。「趁我還記得……」他從口袋裡掏出一個小信封，「這裡面有用來寫請柬的紙，還是你寧可讓我親筆——」

「我們還是不要為難別人去解讀你那令人難以辨認的筆跡好了。」威爾拉下書桌的蓋子，坐了下來，「我明天一早就把這送去給貝爾考特勛爵——」

「你明天早上不是還有個佳人需要安撫嗎？」

威爾忽略了那嘲諷的語氣，「薇奧蕾特的姑媽住在旅館附近，我送完了請柬以後可以直接去見她。」

查理站起身，站在威爾身後看他寫字，「你知道，你沒做錯什麼。」

威爾懸在紙面上的筆頓了一下，「她只是有點焦慮而已，自從我離開島上後，我們就很少有時間在一起，而且這次搬家又讓她感到震驚。」

「確實搬得很匆促，我想。」

這聽起來幾乎像是在道歉了，威爾轉頭面對查理，「你可能會想知道，昨天晚上我回家的時候，發現我的房東一塊煤也沒留給我，我是穿著大衣睡的。」

「聽到這個我很遺憾。」他藍眼睛裡閃出的光芒說明了相反的意思，「你今晚要是把煤用光了，只要走到走廊對面，我可以賣些給你。」

「當你哪天厭倦報業了，查理，你可以考慮當租屋管家，你的生意一定會很成功。」威爾把筆沾了墨水，在查理走向門口的時再次猶豫著，「不管怎麼說……謝謝你。謝謝那個，還有用來思鄉的東西。」他朝著枕頭點了下頭。

查理咧嘴一笑，「祝你和你的未婚妻好運。」

煤炭熬了一宿，留給了威爾幸福且舒適的夜晚，讓他睡到很晚才醒。延遲了請柬的送達行程，他只好趕緊搭計程車去找薇奧蕾特，卻發現她和一群朋友正要一起出門。她允許他在前廳把她帶到一旁，讓其他人先走。「我沒想到你今天能抽出時間。」她冷冰冰地說道。

威爾懷疑這不是她說的不是真話，但他決定不要在這件事上招惹她，「小薇，和我一起吃早餐吧，好嗎？」

「我有其他的計畫，你昨天應該問我的。啊，不過你昨天忙著帶著你的家當在百老匯街上走來走去嘛。」在戴手套的過程中，她停頓了一下，投以一個冷峻的眼神，「你搬完了嗎？還是你今天要繼續拿著睡衣和刮鬍刀在城裡逛大街？」

「現在，小薇，如果我有機會先問過妳的話，我一定會問的。但如果我等那麼久，可能就會失去搬到更好地方的機會了——」

「所以你願意接受那個只認識幾天的討人厭記者提供的更好機會，而不是那個心裡處處為你著想的女人。」

「那是完全不同的事情。查理只是幫我說了幾句好話，他並沒有幫我付房租。」

「我看不出有什麼不一樣，我也只是幫你在爸爸面前說了幾句好話——」

「他想給我們一棟不是自己賺來的房子，然後讓我去做一份我不適合的工作。小薇，公平點，我沒有要求妳放棄什麼……只是等我安頓一下。妳也沒有比我更喜歡那個之前住的可怕租屋處——而且已經搬好了，所以妳不用擔心卡洛琳．阿斯特會看到我拖著床墊在百老匯街上走——」

「別幼稚了，威廉。」薇奧蕾特移動到走廊裡掛著的鏡子前，開始操心起頭上的羽毛裝飾。她看向鏡中威爾的眼神充滿責備，「你最好不要繼續和那個記者混在一起，不然遲早會失去你的教養。」

威爾笑出聲來，「小薇，看在老天爺的分上。妳不想知道我搬到哪裡去了嗎？」

「喔，當然。」她用力地把帽子的別針插進正確的位置上，「我無法想像你搬去了多好的地方，以這所產生的費用來說。你用哪個新的破地方取代了舊的那個呢？」

「事實上，我在卡洛琳．董尼德小姐的住宅裡租了個房間。」

薇奧蕾特瞪著鏡中的威爾一會兒，然後才轉過頭去看他，眉頭皺得比之前更深了，「威廉．內史密斯，我**一點**也不覺得好笑。」

她快要走出門口時，威爾才從震驚中回過神來，並追了上去。「薇奧蕾特……」馬車窗戶裡探出幾張關心的臉。威爾決定無視她們，在階梯的半途上抓住了薇奧蕾特的手，「薇奧蕾特，和我一起吃早餐，我把一切解釋給妳聽。」

「我已經告訴你我有計畫了。如果你想，下午可以來拜訪我……除非你要去范德比爾特家喝茶。」

被激怒的威爾放開了她的手，「我要和貝爾考特勛爵喝茶。」

薇奧蕾特淡淡笑了下，「代我向他致意。」

他在她轉頭離去前捕捉到她眼中露出的憂慮。馬車裡的年輕小姐們急忙將她迎上車，對於她受傷的心靈表達出同情。威爾希望自己能把說出來的話都收回去，他不但沒有照希望的與她重修舊好，還讓她既受傷又困惑。

但呆站在這裡等待也不能解決問題。他招了輛計程車，把請柬留在霍夫曼別墅的接待員，接著去《先驅報》附近的餐廳吃早餐。當他一走進城市部門辦公室看到查理已經在埋頭奮力寫稿時，他就意識到自己不是唯一一位擔心貝爾考特會如何回覆的人。但無論他在做什麼，顯然都沒有全神貫注。他立刻從椅子上起身，來到威爾的桌邊。「你有和貝爾考特談過了嗎？」

「他留了話說不要打擾他。接待員收下了請柬。」威爾拿起桌上的籃子裡拿出還沒編輯過的稿件，坐了下來，「我猜他應該不到十點或十一點不會起床。」

「現在快十點了。」查理靠坐在桌子的一端，把雙手插進口袋裡，「我以為你不會那麼早來。」

「薇奧蕾特有其他約會。」

查理眉毛一抬，「她還跟那個叫艾略特的傢伙出去嗎？」

「她是和幾個年輕女士一起出門的，我猜裡面有一兩個是她的表親，至於午宴不會有任何紳士加入她們……」威爾皺起眉頭，「嗯，我沒多問。」

「你也許可以問一下。」

威爾停下搜尋鉛筆的動作，「你這是什麼意思？」

查理的笑容看來有些同情意味，「艾略特．蘭姆是個英俊的傢伙，當然你也不差，但艾略特看起來很喜歡……出門享受生活。我敢說他幾乎每個晚上都出門。」

「我也會享受生活，適度地，就像任何需要顧慮銀行帳戶存款的人一樣。」

「這就是問題所在，」查理說，「你就是太該死的適度了。你這樣要怎麼迷住薇奧蕾特呢？帶她在城裡瘋狂玩樂一番，那種最不適度的狂歡。」

威爾哼了一聲，「你最好不要亂用你拼不出來的字。」

查理顯然被這句話激怒了，「ㄅㄨˊㄕ——」

「看在老天爺的分上。查理，我敢向你保證，你對不適度的定義和薇奧蕾特可是大大不同。」

「也和你的大大不同。」查理靠回桌邊，嘆了一口長長的氣，「沒關係，我知道怎樣才能讓你高興起來。」他遞出手中的稿件，「給你大殺四方。」

威爾笑了出來，「你什麼時候變得這麼信任編輯了？」

查理聳聳肩。「你不會在這篇文章裡找到什麼。就是常見的酒類法律討論罷了。真的，這根本不值得費心。」

「這則新聞比帕爾默先生關於海蛇的娛樂新聞值得花心思多了。」

「對不起，你再說一遍？」

威爾揮了揮剛從籃子裡拿出來的稿件，「有人在長島目擊海蛇……」他掃了稿件一眼，「長約四點五公尺且塊頭像桶子般粗壯。沒有跡象表示目擊者先生在看到那東西前有沒有喝酒。」

「這則新聞本身就足以讓人下判斷了吧。」查理聽起來非常忿忿不平，「你知道帕爾默昨天晚上被派去哪嗎？他去聽一場有關鬼魂的演講。然後，今天在我桌上的任務是什麼呢？

堪薩斯州的作物報告，還有已經請辭無數次的威廉·布魯克菲德這次確定、肯定、**終於**、再次請辭公共事務委員的職務了。」

「是嗎？太不幸了。我聽說他幹得不錯啊。」

查理的笑聲聽起來更像是呻吟，「我開始對薇奧蕾特感到一絲同情了。」

「鬼魂和海蛇沒辦法讓你更上一層的，查理。你想一輩子領死薪水嗎？」

「貝爾考特可以讓我拿到版面，」查理冷靜地說，「到時候我就可以領稿酬了——」

「到時候你會比現在更需要編輯。」

查理坐了起來，「你對於增進他人的信心真是一點幫助也沒有。」

「我不知道你的信心有增進的必要。但如果你想聽點好話，至少這次你把『委員』這個字拼對了……」希爾達·古瑞突然到來的身影讓威爾的話說到一半停了下來，「太快了。恐怕我們兩個的信心都要被打擊了。」

「喔，該死的，」查理咕噥著，然後跳下桌子，「哈囉，希爾達！家裡都好嗎？」

「正如可預期的那樣。」希爾達不敢置信地環顧四周，然後彎下腰從地上撿起一團被丟棄的紙，「這個地方總是這麼……」

「乾淨整潔，通常是的。」查理接過那團紙，轉頭扔進垃圾桶，然後又悄悄地把桌下另一團紙踢到桌子底下，「來，請坐——」

「我沒辦法逗留。董尼德小姐派我來轉交這個的。」她從裙子上的一個隱藏口袋裡掏出信封，遞了過來。「我不知道如果**是我的話**，是否會接受這麼臨時的邀請——」

「但他接受了，對吧？」查理急忙拆開信封。

威爾起身，走到他身旁，「他接受了嗎？」

「接受了。」希爾達似乎很反感，「真像個男人。根本沒有時間計劃合適的茶會。感謝上帝，我上個月不知哪來的靈感把那些窗簾都洗過一遍了——但現在我們得花錢請隔壁的男孩們來好好打掃地毯。」

「威爾和我可以幫忙，」查理說，「我們會幫妳搞定一切。」

希爾達哼了一聲，「我不會讓你們去市場的。要是真派你們去，大概只會買回來一些不新鮮的魚，而且什麼好東西都沒有。」

「還是我們幫忙買花好了，」威爾建議，「董尼德小姐會喜歡的。」

希爾達一直不悅的神色似乎稍微緩和了一些，「不要買太花俏的，你知道董尼德小姐的品味。」她對查理說。

「只挑最時髦的雛菊。」查理信誓旦旦地說。

「我們會挑合適的花。」威爾搶在希爾達責罵之前發話，「還有所有妳需要的東西。」

希爾達看來鬆了口氣，「我們應該應付得來，只要蛋糕不失敗就好。」

「如果失敗了，我們會去買一個來。」查理跟著她走到門口，「你搭電車來的嗎？」

「我不是走路來的，」希爾達說著，語氣中帶著一絲幽默，「而且我也沒有傻到會花錢坐計程車——」

「才不會。」查理說，「跟著我。我幫妳招一輛。」

她對此嘖了一聲，但沒有真正拒絕。把希爾達送上車後，威爾再次讀了貝爾考特簡短但友善的回覆，發現他的受邀不只讓自己感到安心，同時也有愧疚。「這件事結束以後，我應該會非常高興。」

查理沒有回到自己的位置上，反而再次坐上威爾的桌角，「你擔心這次碰面我們也問不出什麼有價值的事嗎？」

「我其實沒有想過這個問題，坦白說，我……」威爾搖搖頭，「我就是個騙子，查理。我讓這個人相信了我是某位我不是的人。我不希望他知道真相。」

「他不需要知道。內史密斯先生要回加州，而貝爾考特勛爵最後還是要回英國的，你們倆重逢的機會那可是小的不能再小了。」

「可是報紙刊出採訪內容的話呢？」

「如果貝爾考特問起……」查理咧嘴一笑，「就跟他說你一點也不知道我是報社記者就好。」

「查理，你得等到蘿絲的宴會之後才能刊登這篇報導，內史密斯先生必須徹底離開並被遺忘。請告訴我你會等到那時候。」

這話只激起了聲大笑，「內史密斯先生可能會徹底離開，但他不會被輕易遺忘的——」

「查理。」

查理愉悅的神態轉變成惱怒的哼聲。「你為什麼這麼緊張？即使你的心上人這麼希望，但你和這些人不屬於同個圈子。等午夜鐘聲一響，你就會變回那個以刪除我用心寫出的文字為樂的小小編輯，接著只要你獲得查平小姐的原諒，你的人生就可以重歸以適度為上的正軌了。」

威爾並沒有被此惹惱。他在位子上垮下雙肩，雙手交叉疊在沒被查理佔據的桌面上，把沮喪的下巴靠在上面，「有一件事你倒是說對了——」

「不只一件吧，我希望。」

「曼哈頓**不是**新布萊頓，」威爾繼續說著彷彿查理並沒有打斷他。「而現在，我願意付出我帳戶裡的每一分錢回到那裡。」

查理從抽屜裡撈出一支藍色鉛筆，放在威爾面前。「好好改改帕爾默關於海蛇的報導吧。你會感覺好些。」他站起來，想了一下，把一隻手輕輕搭上威爾的肩膀，「我會等內史密斯先生上路回家以後再刊出報導的——然後我說的是加州，不是新布萊頓。這樣可以嗎？」

威爾抬頭看向他苦笑的表情，「真的嗎？」

「真的。但如果接下來幾天有人成功訪問到貝爾考特，我永遠都不會原諒你。」

「我可能沒有你的原諒我也能好好活下去。」威爾回道。

查理嚴肅地點了點頭，「我猜想你可能可以。」

✦第八章

在貝爾考特勳爵到達的一小時前，查理認真思考著，從希爾達對新兵發號施令的天賦來看，她或許可以成為一位出色的戰場指揮官。在清掃完壁爐並將每個墊子都仔細整理好後，查理被指派去將銀器擦拭出更耀眼的光芒。他發現這個工作並不會太無聊，因為他一邊進行，一邊可以看到威爾在花園裡使出渾身力氣捶打著地毯，查理懷疑這讓他感到放鬆。但他自己還是有些焦慮，儘管卡洛琳已承諾將他們安排在很少使用的後側會客廳，那裡不用擔心會有外人來打擾。他想不出有什麼理由會使這個茶會失敗，接著他試圖從和威爾即將結束的強迫合作關係中尋求一點安慰——即使他必須承認這段合作並沒有他想像中的那麼痛苦。

很快地毯重新在地面鋪展，花園在清掃了落葉後恢復了一些體面，在溫室訂的花也送到了。儘管在澤西花卉展受過洗禮，那些花大部分查理都還是認不太出來。既然威爾知道該怎麼做，查理就讓他選擇了，只是又接受了一個遲來的建議，讓他們加入了卡洛琳最愛的淡粉色玫瑰。

妝點了花卉又灑滿秋天柔和陽光的會客廳看來十分怡人。正當門鈴響起時，卡洛琳身著星期天才穿的藍色絲綢洋裝走下樓，滿臉微笑著，在沙發上端莊且安靜地落座。也許是她已經有十多年沒見過以前社交圈的訪客，但今天造訪的這一位，比起那些人身分要尊貴太多了——查理好奇她是否為此感到一絲得意？但他覺得她太善良了不會這樣想，不過這種得意洋洋的心情他很樂意替她代勞就好。

儘管一整個下午都在烹飪，依然整潔合宜的希爾達上前去應了門，並很快地領著貝爾考特勛爵出現在會客廳門口。他仍是衣冠楚楚長袖善舞的模樣，先是像老朋友一樣和威爾打了招呼，且當威爾介紹卡洛琳時，非常得體地躬身表達敬意。談話先是從天氣開始，然後輕巧地轉向了范德比爾特家的婚禮——引入話題的貝爾考特對此絲毫不避諱，反而對此侃侃而談，以至於讓卡洛琳順勢地詢問他是否專為出席婚禮而來。

「喔，不是的，」貝爾考特說。「嗯，不完全是。我主要是想來親眼看看我的投資。您知道，就是那些土地……」他突然轉頭看向威爾，「你得好好考慮要不要加入我們的小團體，我們可以一起出發參觀，那一定會是場熱鬧的聚會。」

「嗯，我……」威爾猶豫著。

「請原諒我的好奇，勛爵大人，」卡洛琳打斷了他，「您是說在西部的土地嗎？」

「西部……還有南方，我相信。」貝爾考特的笑容十分靦腆，「諾克司先生對我解釋過不止一次，但恐怕我的地理知識實在有點缺乏。」

「您慢慢就會習慣的，」卡洛琳回道，「您打算待一陣子嗎？」

貝爾考特清了下喉嚨。「這個，我也說不準。如果我們真的決定要前進西部的話，我猜旅程也得花上好幾個月吧。要走的土地很多。」他愉悅地補充道。

「您不會是要獨自上路吧？」卡洛琳轉向威爾，「旅程不能說毫無危險，是吧？」

查理哼了一聲。「如果他們覺得能賣你點東西的話，是不會對你開槍的。」

貝爾考特露出大大的笑容，「這我們得問問內史密斯先生，我敢說他來回過好多次了。」

「他肯定是去過不少陌生的城市。」查理嘗試抑制住在威爾責備的視線下嘴角呼之欲出的笑意。「話說回來，內史密斯先生已經擁有在加州的土地了，我不確定他有沒有興趣入手更多。」

「沒錯。」威爾難掩聲音中如釋重負的放鬆感，「目前我們專注於開發手上的土地——而你知道，開發一向是所費不貲的工作。」

「我敢說勛爵大人會理解的，」查理說，「毫無疑問地，他在家鄉擁有大片的土地。」

「土地永遠不嫌多。」貝爾考特聽起來像是在引用諾克司的話。他輕啜了一口茶，對希爾達放在桌上的白色檸香蛋糕投去讚賞的目光，「真是漂亮，這蛋糕像是一朵隨時會飄走的雲似的。」

「希爾蒂烤的蛋糕是最棒的，」查理說，「我們都來一點吧？」

卡洛琳切起蛋糕，在每個人盤子裡放入慷慨的份量，而查理趁此絞盡腦汁思考怎麼把貝爾考特帶回原本的話題，「即使內史密斯先生願意考慮諾克司先生的生意——」他迎向威爾錯愕的眼神，他帶著警告意味地搖了搖頭，「他自然也想要回去和家人確認過才能作決定。」

「啊，那是自然。」貝爾考特說。

「我極不願意將他們蒙在鼓裡，」威爾說，「特別是數目如此龐大的投資。」

「我完全明白。」貝爾考特說。

卡洛琳放下盤子，端起了茶杯，「勛爵大人，您在英國有許多親族嗎？」

「很不幸地沒有，董尼德小姐，我在世上已舉目無親了。」

「真是太遺憾了。我也身陷同樣的處境，有時難免感到淒涼寂寞。我想若您的莊園遠離城市，境況又尤其艱難……」她露出讓人卸去防備的羞赧微笑，但查理察覺這也是有意為之的情感流露，「也許我這樣假設有點唐突了，勛爵大人，請原諒我的冒犯。」

「喔，一點也不。我自己確實經常感到孤寂，我猜這是我為什麼喜愛旅行的原因。它會讓人分散注意力。」貝爾考特開心了起來，「也許您可以加入我們前進西部的壯遊。」

「我對投資並不擅長，勛爵大人。」卡洛琳輕聲回道。

「這樣啊，但我發現土地是門非常可靠的投資。」貝爾考特突然笑出聲來，「您知道，我想很多人認為我來到紐約是為了追隨馬爾博羅公爵的腳步，找個有家底的女子拯救我的不幸。但自從我全心信任諾克司先生之後，我的不幸都得到了解決。」

「有些人，」查理大膽地說，「可能對於您是否在追求蘿絲．梅修感到十分好奇。」特別是，她的父母。

貝爾考特挑起雙眉，「追求？」

「這……」查理希望自己看起來不要像威爾那樣那麼不自在，「你們倆看起來相處得十分融洽，希望您別介意我如此直白。」他清了清喉嚨鄭重地說，「勛爵大人。」

貝爾考特臉上再次出現了平易近人的微笑。「『有些人』你指的是整個紐約嗎？」他目光掃向威爾，「也包括在場的人？」

這不是指控或反對的語氣，但威爾小心翼翼地說，「我無意冒犯您的隱私，勛爵大人。」貝爾考特發出低笑，「當然，我相信你無意如此。實話告訴你吧——」

門鈴驟然響起，緊隨其後的是希爾達迅捷的腳步聲。卡洛琳朝關上的房門看了一眼，「我想不出來有誰會在此時造訪。我曾經在每週三接待客人，但已經很久了……」眾人聽見一陣來自門廊的交談聲，但過了一會聲音很快退去，接著在輕輕打開的門縫中，出現希爾達探視的雙眼。她的視線閃爍著焦慮從貝爾考特再轉到卡洛琳身上。

「希爾達，一切都還好嗎？」

「請原諒我的打擾，女士。」希爾達走進房內，勉力彎曲瘦長的身子行了個搖搖晃晃的半屈膝禮，「請原諒我的打擾，勛爵大人。董尼德小姐，適才是弗雷德里克．基斯利夫婦來訪，我不知道——」她的臉皺了起來，「我該告訴他們您週三會在家嗎？」

卡洛琳似乎很驚訝地盯著希爾達好半晌，「嗯……好的，麻煩妳了，希爾達。」在看到貝爾考特臉上茫然的表情後，卡洛琳露出真正懊喪的神色笑了笑，「請原諒我，勛爵大人。讓我再為您倒杯茶。」

「別因為我的因素而把客人打發走，」貝爾考特說，「我喜歡有很多人作伴——當然，如果他們是記者那就另當別論了。」他笑著加上但書。

此時門鈴再度響起，查理努力咽下差點出口的過於鮮豔的詞語，「照這個情形下去，我們的三明治就不夠了。」

希爾達將身子探入房間，查理從沒看過她臉紅成這樣，「董尼德小姐——」

「基斯利夫婦又回來了嗎？」卡洛琳帶著些許警戒問。

「不是的，女士。是伊蒂絲和莉莉安·布倫頓前來拜訪內史密斯先生。」

查理看了威爾一眼，威爾幾不可見地輕輕聳了下肩。卡洛琳吐出一聲乾笑，「我想我們引來一些人的注意了。」

「我真該搭電車來的。」貝爾考特說著，顯然被事態的發展逗樂了。

兩張極其相似、頂著大量羽毛裝飾帽子的中年女性臉龐出現在希爾達肩後，在走廊上發出輕聲的驚呼。希爾達垂下雙眉、抿緊了嘴脣，在她忍不住開口斥責前，門鈴響了第三次。

卡洛琳站起身來，「我來處理吧，希爾達。」

貝爾考特也隨之起身。「午安。」他對著布倫頓家的兩位女士打了招呼，希爾達只好明顯心不甘情不願地側身讓出空間，好讓這兩位女士踏入房中。然而，讓卡洛琳從另一個方向通過，顯然又是另一回事了。

「我馬上去應門。」希爾達冷冷說完後，大步沿著走廊離去了。卡洛琳用最禮貌的語調介紹了新來的客人，並邀請她們入座。在她們毫不客氣地把這裡當自己家的同時，端坐位置上的女主人表面平靜無波——但查理感覺到她的舉止中帶著一絲緊張，像是剛被風敲擊了一下，呼吸還無法喘過氣來一樣。接著希爾達宣布詹姆士和西薇婭·法靈頓造訪，卡洛琳再次優雅地將這對夫婦介紹給在場的其他賓客，就和她對布倫頓一樣。

等到這對訪客在越顯擁擠的會客室中找到位置坐下，卡洛琳笑著向客人告罪，說自己得去幫忙希爾達再沏一壺茶、多做點三明治。查理坐不住，起身跟著她走進廚房，發現希爾達正用著比平常還大了一些的力氣切著小黃瓜。卡洛琳默默地燒水，連查理進門也幾乎沒有抬頭，希爾達則向查理使了個鼓勵的眼神。於是他朝卡洛琳走近，「我想我該來幫忙，畢竟這場茶會是我的主意——」

「謝謝你。」卡洛琳吐出一口長氣，抿緊的唇線軟化了些，扯出一抹極淡的笑意，「我馬上就會進去，我只是……」她搖搖頭，「我知道自己這樣很傻，我有點被震驚到了。過去二十年來他們不聞不問。甚至連父親過世都沒來弔唁。而現在只因為貝爾考特勛爵坐在我的會客室裡，他們就爭先恐後地踏進我家的大門，這真是……」她再次抿起雙唇，搖了搖頭。

「噁心透了。」查理幫她把話說完。「要不我們早點就把貝爾考特勛爵帶去吃晚餐？這樣您就可以好好說他們一頓，再把他們都趕出去。」

卡洛琳的笑聲聽起來還是有些虛弱，但她看向查理的雙眸中出現了溫暖的光芒，「我們應該好好把茶喝完，然後他們就會離開了。很抱歉他們破壞了你的採訪機會。」

「沒這回事，我正在收集足夠的材料來寫篇報導。」查理笑著說。「即使緩慢，但我正在努力。您等準備好了再回來就好，我倒想看看，人多口雜以後能聽到怎樣的八卦？」

她臉上的笑意沒有退去，比起責備，她的目光裡更多的是感謝，尤其在他從口袋掏出手帕遞給她以後。穿過廚房門，他在轉角和匆匆忙忙、看起來和前一天一樣困擾的威爾撞個滿懷。查理沒等威爾開口詢問就說了起來。「你能相信這些人在多年冷落她後，還敢像這樣露面？真是群沒血沒淚的傢伙。」

「她還好嗎？」

「她很受傷，但她肯定不會讓**這些傢伙**看出來——」眼見威爾轉身走向會客室，查理趕忙停下話頭，「小史，等等……」查理抓住威爾，但他試圖甩開他。

「放開我，查理。我要讓這些人通通離開。」

「你不能這麼做，卡洛琳不希望我們這樣做。即使面對這些已經遺忘自身教養的傢伙，她也想維持良好禮儀。」查理放開手，但眼神嚴肅地盯著他。「你得遵守本色繼續當個紳士。或至少當個你在扮演的紳士。」他說完咧嘴一笑。

現在換威爾一臉嚴肅了，「金錢無法成就紳士。」

「沒錯，但能掩蓋那些粗糙的地方。」

卡洛琳展現出一位善良且具慷慨風度的女主人典範，隱藏著自己的每一絲傷痛，反倒是查理很想將這些又吃又喝且聊天聊得毫無愧疚感的人們的頭撞在一起。顯然最寬容的做法是盡可能且快速地將貝爾考特帶走，好讓這些侵門踏戶的人散去。

但這說得容易做起來難，畢竟所有人的注意力都集中在貝爾考特身上——還有渾身不自在的威爾——而且隨著茶會進行，查理開始注意到貝爾考特巧妙地應對每個向他提出的問題。這大概是貴族出身的人自我保護的習慣，但親眼見識到還是令人嘆為觀止。茶會結束時，查理注意到這人從未直接回答任何一個問題，但是游刃有餘地舞動於對話之間，其他賓客對此則渾然不覺。

門邊，圍繞著興奮的閒聊聲，貝爾考特抓住威爾的袖口，傾身向他說了幾句話。威爾看來有些不知所措，但仍微笑點了點頭——查理猜想，這是進一步的邀請，而他覺得不太適合拒絕。直到最後一個客人向卡洛琳致上了不甚誠懇的謝意，並在威爾明顯冷峻的嗓音中道別後，查理才逮到機會，問他那到底是怎麼回事。

「撞球。」威爾苦笑著說。「今天傍晚在他的酒店中打撞球。聽起來他邀了好幾個紳士，而且我不認為這會給我們太多機會來挖掘出更多資訊……或者根本沒有機會，在看到他今天口風多緊後，我敢打賭。」

「你也注意到了？嗯，我不介意接受挑戰。撞球桌旁少不了要喝上幾杯，我想貝爾考特也不會例外。醉醺醺的貝爾考特搞不好會說出什麼，誰知道呢？」

「你記得自己別喝太多，否則他說的話你一個字也記不起來。」

貝爾考特酒店裡的撞球室對僅供獲得邀請函的貴賓以外都是封閉的。查理和威爾發現自己被引領一個像是小型宮殿的房間，金色的壁紙、豐厚的地毯，牆壁上掛著鍍金鏡子和品味有待商榷的藝術品，壁爐明亮的爐火旁擺著舒適柔軟的椅子，提供著充足的美酒和雪茄，還有一群侍者悄聲地來來去去，隨時滿足客人提出的需求。四張撞球檯桌都已被人群包圍，最後一張因有貝爾考特大人的加入，顯得更為熱鬧。他輕鬆地打敗了以賽亞·諾克司，但諾克司看來一點也不為此感到驚慌，只是站立在桌邊的一角，全神貫注地與身旁的一群紳士們交談——查理認出其中一些式曾在名流版面上出現過的臉孔。而且從威爾毫無血色的面容和眼中閃現的焦慮看來，查理知道威爾也認出來了。

「小史，你最好先來一杯。」

「我最好把一些理智給敲進去！我到底為什麼會同意這個——」

「你在沃瑟姆家表現得不錯。這次會更容易些，沒有女人在場。你不必那麼在意你的禮節。」查理從路過的侍者手中拿了兩杯香檳，「只是要小心諾克司。他要是看到你一定會馬上把你當成目標。」

「你不覺得有點不公平嗎？你根本不認識這個人。」

「我不相信任何想推銷東西的人。」

威爾笑了，「假裝他們正在賣報紙好了。」

「一份一分錢、可以拿在手裡的報紙，和聽人家說說就得掏出五萬元入股的土地，兩者是完全不一樣的。」

「《先驅報》不是那種一分錢的報紙。」

小史看起來很憤憤不平。查理只是笑了笑，「一流的報紙可不便宜。你會玩撞球嗎？」

「一點點。」

貝爾考特贏了這局後，查理看到錢在手裡不斷地來來去去。他不知道他們賭多大，但他很肯定這看起來不是他負擔得起的遊戲。當貝爾考特邀請他們加入賭局時，威爾禮貌拒絕——這引來以賽亞．諾克司的嘲笑。「別讓自己遠離樂趣，內史密斯先生。勛爵大人並不總是會獲勝。」

「就我目前為止的觀察而言，我想我不會是那個例外。」威爾微笑著回答。

諾克司點了點頭表示理解，「如果您不想靠球技賺錢，也許我能說服您認真考慮投資。」

查理無法繼續保持安靜，「你是說考慮另一種賭博嗎？」

「投資土地不是賭博，科爾貝克先生，」諾克司顯然習慣被質疑，用熟練的幽默態度回話，「勛爵大人將土地出租給養牛場，已獲得不少收益。他還是一座礦場的部分持有人。」

「賺錢的礦場嗎？」

「它會的，」貝爾考特從球檯的另一邊回道，「而且就我所知，那個地方在風景十分優美的鄉下。也許我會在那裡蓋座木屋，定居下來也不一定。」

「您要小心，勛爵大人。」查理拿起球桿，夾在身體與臂彎之間，「要是待在這裡太久，你可能會想要歸化，變成一個普通的美國人。」

「然後拋棄我的爵位嗎？」貝爾考特咧嘴一笑，「你覺得那樣做的話，美國的淑女們還會想嫁給我嗎？」

「我不知道戀愛中的女人對爵位名頭是不是那麼看重。梅修小姐的母親對這件事的意見可能比較武斷一些。」

「贊成還是反對？」

查理大笑出聲，「這取決於她的目的，我想。夫人但我覺得梅修夫人不希望讓她的女兒離家太遠，無論新住所是否多有名望。」

侍者清潔檯面後，貝爾考特再度上場。習以為常地取得領先，「這個可愛的女孩非常羞怯，但我認為那很迷人。我過去幾天遇到的淑女裡，有好幾個人行為驚人地前衛。」

諾克司被這番話逗樂，「我可是警告過您的，勛爵大人。美國的女孩子整體來說相當……就說是充滿自信好了？」

「她們勇於追求自己想要的東西。」查理一邊說，一邊朝威爾遞去一個意有所指的眼神。

「這不代表她們沒有定性。」威爾保持著高深莫測的微笑，「我不知道梅修小姐是否能習慣倫敦的上流社會，勛爵大人。但如果您有意願申請公民身分，她可能會對您前往西部的冒險旅程感興趣。」

貝爾考特一臉波瀾不興，看不出威爾對梅修小姐心境的理解和關心，是否對他造成疑惑。他們只能從接下來落空的一桿聊作猜測，但貝爾考特一笑置之，風度翩翩地把球檯讓給了威爾——顯然他說自己說只會一點並非謙辭。雖然規則上允許，查理還是沒有給予他的隊友建議任由他犯錯。畢竟他們不是要來這裡和貝爾考特在球檯上一決雌雄，而是想和他多聊聊，輕鬆歡樂的氣氛已經讓貝爾考特鬆了點口風，而且過量的香檳可能增添了些作用。如他就這樣搞糟了比賽，但冷靜穩重的諾克司帶領他們一路保持領先時，這一切都不重要了。

當他們贏了比賽後，諾克司建議交換搭檔，顯然想以此博取威爾的好感。查理客隨主便，希望藉此從微醺的貝爾考特口中引導出更多不經意的閒聊——出乎他意料的是，主動開啟話題的是諾克司。

「如果梅修小姐喜歡在西部的生活，那她的父親想加入我們就不奇怪了。那會是相當不錯的結婚禮物。」

「你不用替我敲邊鼓，」貝爾考特笑著回道，「我幾乎不太了解這個女孩呢。」

「婚姻確實是急不得。」查理表示同意。

這個話題讓威爾的桿頭錯過母球不只兩寸，他不悅地瞪了查理一眼，「沒人在急。另外，我不確定梅修小姐是否有特別心儀的定居之處，她只是不喜歡宴會而已。」

「是嗎？」貝爾考特顯得很困惑，「我們該拿不喜歡宴會的小姐怎麼辦呢？」

「感謝老天她……」威爾話說到一半，急忙煞住嘴唇，似乎對這種輕率的回應感到懊惱。查理朝著他謹慎的表情笑了笑。

「我們也不是要替你敲邊鼓。」

「聽著。」貝爾考特邊說邊漫不經心揮著球桿，「內史密斯，我很想交你這個朋友，所以我最好直接了當地問問你，你對梅修小姐有什麼想法？」

空氣被沉重的靜默所籠罩，還好有撞球的敲擊聲和附近人群低聲交談的聲音，讓這片寧靜不至於太過令人難受。香檳顯然讓貝爾考特有點過於直率了，但威爾只是笑了笑，好像他的提問並無絲毫不合常理之處。「我確實把您當作朋友，勛爵大人。如果您和梅修小姐共結連理，我會是第一個真心祝賀您的人。」

「嗯，那好。」貝爾考特費了些勁地擠出了個笑容，「請原諒我，好嗎。我有點失態了。以賽亞，老朋友——」

「要呼吸點新鮮空氣嗎，勛爵大人？」

「正合我意，請原諒我們，紳士們。」

這個告別方式實在太突兀且奇怪了。查理等他倆應該走得夠遠以後，才衝去把門偷偷開了一縫，發現兩人沒有朝街門走，而是向著電梯前進。諾克司急躁地用力連按好幾次按鍵——然後，出乎查理意料的是，他竟然抓住貝爾考特的手臂，驚人且凶猛地傾身靠向對方。無論他們的對話內容是什麼，在他連串冒出又快又急的詞語攻擊下，貝爾考特整個人看起來像是萎縮了不少。他乖順地點著頭，正眼也不敢瞧地將一隻手怯弱地舉在半空中，以示順從。

「查理……」威爾擠到查理肩後，「你在幹嘛？」

「我在偷偷偵查諾克司和貝爾考特。」

「查理，看在老天爺的分上——」

「我覺得你也該一起看看，這真的非常奇怪……」查理試著將威爾推到門前，但威爾拒絕配合，只好用身體把他壓在門板上，「如果我用說的，你是不會信的。你得親眼看到才行。」

「絕對不行。我才不會插手……」威爾突然間安靜下來了，身體也不再抗拒。查理繼續觀察著，準備諾克司或貝爾考特一走進電梯轉過身，就得馬上把威爾拉進門內。但不等他出手，威爾就瞪著雙眼退回門內，「這是怎麼一回事？」

查理聳聳肩，「他們認識好一陣子了。也許諾克司已經習慣貝爾考特平易近人的天性，開始對他頤指氣使起來了？」即使他是這麼說，但這套說詞連他自己也不信，「又或者，諾克司只是在警告貝爾考特要多小心。他喝了酒以後是不太謹慎。」

「那個感覺可不僅僅只是警告他多小心。我們最好現在就走。」

「再等一下吧，他們也許會回來。」

「貝爾考特肯定是要去睡了。」

「那我上去問問。」查理往電梯走去，但威爾馬上把他拉住。

「我們不能打擾他們。」

「我是記者，小史。我就是以打擾別人為生的。你可以待在這裡等——」

「查理，別去，你想讓你的鼻子斷第二次嗎？」

「是第三次……」他勉強露出了笑容，「你怎麼猜到的？」

「這不難，即使沒有任何證據，」威爾點點自己的鼻樑，「諾克司的塊頭比你大得多，你夠聰明就最好記得這點。」

「諾克司不可能整晚都守著他吧。」

「就我們所知，貝爾考特喝了酒除了亂說話也會亂跑呢。」

「你只是想要試著把我留在這裡吧。」

威爾把面向門口的查理轉了向，把他推向一張撞球檯，「這張球檯還沒人在用。我們玩到一百分，如果他們沒回來，我們就走。」

「一百分？」查理哼了一聲，「看來我們整晚都得待在這裡了。」

「那是什麼意思？」

「你打得糟透了。」

「我才不……」威爾僅持續皺著眉頭一會兒，他的眼裡閃過了一絲悔意，「我真的打得不怎麼樣嗎？」

查理自己也覺得有點後悔。可惡的威爾．內史密斯，為什麼他會有這種使人良心不安的能力？「只要有人教你就會進步的。」他把一根球桿遞給威爾，「隨便挑一顆球，試著敲一桿。」

威爾苦笑了笑，但仍然彎下身來，把球桿架在姿勢完全不對的手上，然後把手臂向後拉。查理在他把球打飛之前，抓住了他的手腕，「你別把頭低成那樣，如果能看到整張球檯，計算角度會更容易。兩隻腳站開一點，手指靠近一點……」他在威爾旁邊彎下身，調整威爾張開的手指，好給球桿更穩定的支撐，「現在試試看。還有，不要把你的手肘抬起來，拜託。」

威爾照做了，而球應聲而動，準確地擊中了目標，他驚訝地抽了一口氣，查理笑了起來，「這桿還不錯，但如果我是你，我還不會跟別人賭錢。」

威爾淡褐色雙眼裡的愉悅隨著威爾臉上的笑容充滿光彩，「謝謝你。」他轉開目光，對於自己的反應感到有些不好意思，「說到打賭，我想這場鬧劇已經進行得夠久了吧，你不覺得嗎？」

「我們明天就來寫報導，預計星期天寫完。所以你最好在那之前就做好計畫準備離開。」

「我會在梅修家的午宴上提到這件事。」

查理咧嘴一笑，「你走了我們都會很傷心的。但，這挺有趣的吧？」

「我不確定我會這樣使用那個形容詞。」

「不適當嗎？」查理知道他在想什麼，「你怎麼不帶薇奧蕾特去戴爾莫尼科餐廳吃晚餐呢？我敢說她一定會開心。」

「看在老天爺的分上，如果每次跟老婆吵架我就得賄賂她，婚姻很難進行下去。」

「怎麼會？她可能會喜歡的。」

「我明天會去找她，我們會冷靜且明理地把事情說開。」威爾開始收拾檯面上的撞球。「我會提醒她，不是每次作決定前我們都有時間可以互相商討。她冷靜想想就會知道這個簡單的事實，然後我們就能重歸於好了。」

諾克司不愉快。」

「事情是這樣運作的？」

「就我的理解是如此。」

那麼。「你覺得我們打個小賭怎麼樣？如果我贏了，星期四你得去問貝爾考特為什麼和

威爾瞪著他，「你有什麼堅持的地方嗎？」

「少來了。你跟我一樣好奇。」

「你要是想知道，就自己去問他。」

「我問他才不會好好回答，我只是個可憐的秘書。」查理把球桿遞給威爾，「先拿到五十分的人得勝，我讓你三十分。」

「就算你讓我四十五分，你還是會贏我——但我是不會拿與我無關也與你無關的事去質問貝爾考特的。好記者的職業習慣不代表失去對隱私的尊重，特別是需要小心處理的私人事務……我想你對這點十分了解，科爾貝克先生。」威爾把球桿交回查理手上。「比起再玩一局，我更需要好好地睡個一覺。要是他們回到這裡，請代我向貝爾考特致歉。」

查理聳聳肩，「你是在賭我不會上樓，是吧？」他半開玩笑地說，而威爾淡淡地笑了一下，但他眼神清亮——而且彷彿思緒重重。

「你想怎樣就怎樣吧。我表達的意見對你來說無足輕重，這點我沒有心存幻想。但我也沒辦法把你從這裡趕出去並丟到計程車裡，所以只能讓你自己和良心拔河了。」他轉身就

走，但突然回眸，「如果你真的帶著斷了的鼻樑回來，麻煩當個好人，別把我挖起來抱怨。我明天早餐有個重要約會。」然後他笑了笑——這個混蛋——走了，留下查理無事可做卻又固執地在火爐旁一邊啜飲著威士忌一邊等待著。

「愛唱高調，自以為是……」查理一口吞下大半杯威士忌，感覺酒液燒灼著喉嚨。人天性裡的好奇心確實是個危險的東西。他的鼻子——和下巴及肋骨——都可已為此證明。

威爾應該要懂的，他自己也在報業待了這麼久。但他過度健全的禮儀教養總是贏過**他自己**，而且想來會始終如此。他明早和薇奧蕾特談過以後，會繼續留在報社嗎？查理並不怎麼確信。

對於諾克司和貝爾考特之間到底發生了什麼——查理有各種猜測，也許是為錢起爭執，也可能是為了爭奪戀人口角——這讓他無法忍受地想要上樓詢問，只為了**明白真相**。而且如果當他決定要上樓，他是絕對不會被那個來自二流報社的編輯評論所阻止。

午夜過後的某個時刻，失去清醒但鼻子完好無損的查理站在酒店外的人行道，尋找著計程車。威爾說的話有些部分很正確，但他對誤判了自己意見的重要性。查理現在只想趕快回家、爬到床上，然後對老天爺許願，讓薇奧蕾特．查平會風風火火地回去新布萊頓，並拖著倒霉的內史密斯先生一起。

第九章

威爾回到家後不到一小時就上床準備就寢，但無奈地發現，自己對一夜好眠的期待有多高，失眠的苦楚就有多深刻。不得不承認，也許良心的愧疚是多少有在發揮作用。他和查理應該一起負責這個任務，但他臨陣脫逃了，留下查理一個人等著極有可能不會再現身的貝爾考特——而且還要抵抗去他的房間探詢到底的誘惑。

威爾自己也好奇得不得了。諾克司臉上的怒氣和貝爾考特一臉羞愧難當的悔意——這都顯露出他們的關係裡有不可告人的一面。威爾不想多作猜測，更不願意去追問。查理作為記者自然會想上樓查個清楚，雖然威爾不相信他會這麼作，但擺脫不了心裡持續湧上的不安。

現在他被徹底的悔恨感所困，而唯一的消解之道是回到酒店確認查理是不是已經被送去了某間醫院——或是更糟。但就在他扣上褲子的扣子時，他聽到樓梯上傳來沉重的腳步聲，探出房門的視線即時捕捉到查理走上樓梯的身影，他的頭低垂著，步伐十分蹣跚。查理自言自語地哼著歌，這是一個令人安心的跡象，看來他只是喝醉了，並沒有受傷。當查理走到自己的房門前時，威爾也到了，看也不看威爾的方向。

「查理——」

「小史，你不會是在夢遊吧？」

查理開了房門就要走進去，但威爾抓住他的手臂讓他留下，「你還好吧？」

查理終於看了威爾一眼，嘴唇上掛著沒好氣的笑容，「你是不是不管什麼事都想指教我。告訴我怎麼編輯、怎麼調查、怎麼寫報導，如何正確地把自己灌醉……我覺得你最好進來監督我。我可能會把睡衣穿反並且躺在地上睡著。」

「查理……」

但他已經進去了，把威爾一個人留在走廊上。謝天謝地，整棟房子還是靜悄悄的，但威爾沒辦法讓自己躺回床上。相反地，他走進房間。查理把大衣和帽子都扔在地板上，還試著從背心的束縛中逃脫。他顯然認為威爾也跟著他進來了，因為他一邊掙扎著脫掉身上的衣物，隨手丟在地上，一邊嘴裡還在劇烈地喋喋不休著。

威爾關上房門，「查理，如果你肯給我個機會——」

「喔，天啊，」查理激動地說，「如果你是要責備我怎麼做自己的工作，那別來煩我。」他用力一揮手臂，擺脫了袖子，整件襯衫落在地上。「如果你是要罵我喝醉了，那麼——我沒醉。我只是累了，而且……」他扯著褲子上的釦子，用著足以將它扯掉的力氣，「可惡，該死。我可是個連上天都知道的老實人。我拚死努力學習怎麼做好這份工作，每篇報導我都花了無數個小時做到好，但當像特倫鮑爾那樣的笨蛋把我的心血改成催眠聖品的時候，還只能點頭並微笑……」

他倒在地上，用同樣令人擔憂且強硬的手法粗魯脫下靴子，差點把靴子上的釦子全扯下來。「我好不容易等來可以寫篇重量級報導的好機會，眼看從此能讓自己更上一層樓，而且哈洛威還會向全城大力誇獎我，但我這個蠢蛋就是愛給自己惹麻煩，搞得這篇報導不是我一個人想怎麼寫就怎麼寫的——」查理站起身來，疲倦地嘆了一口氣，無精打采地在放睡衣的抽屜裡亂抓一通以後，看起來覺得自己對於就寢所作的準備已經很足夠了。他終於第一次轉頭看向威爾，「如果你想知道，我沒有上樓而且貝爾考特也沒有下來。我喝了幾杯就走了。」

「我知道，而且我不應該一個人走掉的。我很抱歉。」

查理瞪著他，好像對於這個道歉不知該作何反應。威爾輕輕把他推向床舖。「這篇報導由你主導，查理，這一直都是屬於你的。現在先睡一下吧。」

查理顯然已經筋疲力盡到無法做其他事情，只能順從威爾的建議，「應該上樓的。」他喃喃自語著，隨後消失在一堆被單和毯子之下。「你知道，這裡頭一定有什麼古怪。」

威爾當然知道。但凌晨一點實在不是討論這件事的好時機。雖然決定不討論，但難以不想、翻來覆去許久的威爾隔天的早餐之約還是睡遲了，只發現薇奧蕾特和她姑媽正準備要出門。薇奧蕾特看起來也是一樣疲憊，好像她也在深夜外出似的。她眼裡深重的憂慮讓他感到不安，他請求她給自己十分鐘的時間，希望她能同意，沒想到她不但同意還邀他進門喝杯咖啡。他們在園景房裡極不舒適的藤椅上坐下後，薇奧蕾特悠閒地端起咖啡，漫不經心地像是她不過是在出門前找件事情來消磨一下時間。他猜她是在等自己開口。

「我想跟妳談談我們今後的計畫——」

「啊，你的意思**是**我們結婚以後，我對於我們的事也能發表意見，是嗎？」威爾還沒開口，薇奧蕾特就對他綻出了明艷的笑容。「我知道你道了歉——我也很高興你道歉了，親愛的——而且我也該為了你搬離那間可怕的寄宿公寓感到高興，但我得承認，對於你近來總是和下層人士廝混在一起，我很憂慮——」

「小薇，查理．科爾貝克不是什麼壞人……」呃，也許不是壞人並不是他想準確表達的詞語。威爾懊悔地笑了笑，「老闆指派我和他一起合作一篇報導，所以我恐怕還得花更多時間和他相處，但我答應妳，小薇，我不會因此染上什麼不光彩的壞習慣。」除了說謊以外，他想。他不認為那能說是習慣——至少還不是。他也在向她撒謊，但她無法和他說明更多。小薇也許能保守祕密，儘管她能忍住和好友分享的衝動，但也很可能會對於他深陷於這種不僅可能會讓他出糗，而且會牽連到她的關係而感到窘迫。將她蒙在鼓裡這件事讓他很不舒服，但這件事再過幾天就能解決，他就能避免墜入在任何人的評價之中——包括她的。

他的保證沒能如預期般產生影響。薇奧蕾特雙眉依舊深鎖，嘴巴抿成一條憂慮的直線。只覺得益發不安的威爾起身，把椅子挪到薇奧蕾特旁邊，「薇奧蕾特，我們會挺過來的。當然，兩個人在一起的途中總會碰上一些挑戰……」他握起她的手。「我們剛重新開始，遇到了一點困難，妳也會耐心守候的，對吧？」

她的臉放鬆下來，但眼中仍閃過一絲失望，「我已經很有耐心了，威爾，你沒感覺到嗎？」

他捏了下她的手，「妳對**我**真的很有耐心。我知道我一直很固執，拒絕了妳家人試圖幫我們減輕負擔的好意。但如果我們能靠自己解決，妳想想看這將意味著什麼？妳不願意擁有一個能自己闖出一片天的丈夫嗎？」

她輕輕笑了出來，「我更希望有個不要因工作過勞累壞身體的丈夫。威爾，你最近有睡夠嗎？」她抽出一隻手，把擋住他眉毛的頭髮往後撥。「你該不會整天都在工作吧？艾略特說記者都到處喝酒還——」她垂下雙眸，「追著女孩子跑——」

「我想那些大部分都是體育部門的人在做的事情。又或許是犯罪線的記者們。」威爾傾身緊抓著她的視線。「我在追求的只是更厚的錢包。卡洛琳．董尼德那裡只有男性住客，所以在那方面妳也不用擔心……」看到她退開的姿態和臉上不悅的神情，他急忙安慰她，「那是一棟迷人又舒適的老房子，比我之前那個地方好得多了……」但薇奧蕾特抽回了手，焦慮地把它們交握在膝蓋上。威爾吃了一驚，又嘗試了一遍，「真的，小薇。找時間來喝下午茶吧，妳自己親眼看看——」

「我不能去。」薇奧蕾特抽了口氣。「威爾，你知道別人都怎麼說她的嗎？」

「說她有點古怪嗎？」

「她躲在那棟房子裡二十年不出來，那一定不只是有點古怪而已……」薇奧蕾特皺起臉來，「當然啦，一個女孩在年輕時做過那些不檢點的行為後，可能不會想在上流社會的眾人面前露面。」

「不檢點的行為？」威爾試圖忍住笑意，「你是說，因為她從未結婚？」

「她要是願意的話，大可嫁給任何體面的紳士。她單純**拒絕**了。在她的父親不允許她嫁給那個掃煙囪的工人之後。」

他終於忍不住笑了，「她愛上了掃煙囪的工人？」

薇奧蕾特驚訝地瞪著他，「威爾，你對這個世界上的事有花心力注意過嗎？」

威爾笑出聲來，「如果這是有新聞價值的事。我不確定卡洛琳．董尼德多年前的戀情是否屬於那個範籌。」

薇奧蕾特責備地看著他，「我敢說她的家族一點也不覺得這件事有趣。她可憐的父親就是因此才英年早逝的——」

「我以為他是因為生意出問題才去世的。」

「報紙可能是這樣寫的，但——嗯，記者不一定總能挖掘到事情的真相吧？」

「那個記者得非常愛管閒事，才能揭露被深埋的真相……」威爾腦中浮現了一個可能符合條件的傢伙。「不管怎麼說，就我看來，卡洛琳．董尼德是個能幹又好心的女士，而且她也沒那麼古怪。」

「你一定沒看過她打扮得像個二十歲的少女，在百老匯街上和年輕男子親暱談笑的樣子，你也不知道她在花園裡**唱歌**——」

「忙著園藝的時候唱歌不奇怪吧。我也會。」

「沒錯，在新布萊頓別人就覺得你很奇怪了。想想看百老匯街的居民會覺得這有多難接受。」

「我不知道百老匯街的街坊是怎麼聽到她在花園唱歌的，除非他們是在偷看她的牆。不管怎樣，談笑和唱歌都不是什麼大不了的事。小薇，妳如果這麼擔心她的名聲，那我不勉強妳來喝茶……只是我希望妳能來。我覺得妳會喜歡她的。」

薇奧蕾特的五官因為愁緒而皺在一起，「威爾，你不明白。你說你在為了我們的未來而努力——我也是。如果我們不夠謹慎和努力的話，是沒辦法在有名望的社交圈立足的。父親接下來一年裡想在曼哈頓為我們舉辦幾場晚宴，讓我們能結交有益的朋友。如果別人把我們和舉止古怪或不體面聯想在一起，他們就會避而遠之了——那時我們怎麼辦呢？」

威爾做了個鬼臉，「晚宴？」

薇奧蕾特像是要把身體裡所有空氣吐盡般深深嘆了口長氣，「親愛的，如果我們不出席晚宴的話，你打算怎麼交上朋友呢？」

「我想用普通的方法慢慢認識就好了，像是在教堂或工作上遇到的人，在公園裡散步碰到的人——」

「這件事很重要，你別拿來說笑。」薇奧蕾特輕聲地插話道。

「小薇，請原諒我。我認為交朋友這件事沒必要這麼嚴肅，我們有很多時間可以建立友誼啊。而且，老實說，我寧願找那種不會因為我認識了一些有奇怪習慣的人而對我有壞印象的朋友。」他說著忍不住露出笑意，「親愛的，就連妳也有一些可愛的怪脾性呢。」

薇奧蕾特沒有回以微笑，「我希望你不要住在那裡。」

「小薇，妳真的在為無關緊要的事情擔心。連貝爾考特勛爵本人都去了董尼德小姐家喝茶。」

「那位可憐的先生在城裡待的時間還不夠長，什麼情況都還不清楚。」薇奧蕾特靠回椅背，像是交談耗盡她的力氣，「至少答應我，星期天過來用晚餐的時候，別提你在哪寄宿可以嗎？」

「我保證一個字也不提。」

「然後答應我五月就搬家好嗎？一旦我們送出請柬，其他人就會更加注意——」

「咦，我們還沒有非常確定就在六月吧。」

她驚訝地眨了眨眼，「我們定了呀。六月三號，那是我們認識的十週年紀念日。」

「其實，要是能等到秋天真的會更明智——」

「威爾．內史密斯！你到底**想**和我結婚嗎？」

「我想等到我有能力撐起一個家時再娶妳回家。」威爾伸手握她的手，她沒有拒絕。「妳在這裡過得很愜意，但這和在只有兩個房間一個廚房的房子生活完全不同。六月結婚當然沒有問題，但開銷會增加……」他搖了搖頭，「我想我們還是得實際一點。」

她一臉憂傷，「你知道，我不覺得你**有**感情用事的能力。」她抽出手來輕輕拍了下他的手。「沒關係，姑媽在等我，我現在不想跟你爭論了。我得好好想一想，那……」她站起身，

「星期四我們一起吃午餐——」

「我得工作，星期五好嗎？」

「好啊，都可以。來吃晚餐。」她的目光中充滿柔情，威爾吻了她同樣溫柔的雙唇。結

束這個吻時，他突然咧嘴一笑。

「也許我們該現在就私奔去結婚。」

薇奧蕾特笑出聲來，「我父親永遠不會原諒我們的。」

他知道，她還有更多原因——畢竟她爸爸對她十分寵溺——，她畢竟是個務實的人。他沒戳穿這點，但在離開時就笑了笑，滿懷期待他倆能商量出個合理的婚禮日期。他也期待查理的報導能大有進展，威爾走進繁忙的都市新聞辦公室，裡面沒有看到他的身影。默頓．帕爾默似乎沒有注意到威爾進來，突然停下手上飛快的打字工作，招手要威爾過去。

「你在找科爾貝克嗎？」

「事實上……」

默頓從椅子上跳起，把身子探出窗戶，大聲喊著查理的名字。威爾及時跟著把眼神看向窗外，看到沒穿外套頂著風的查理出現在拱廊階梯上。他一隻手拿著鉛筆，另一隻手抓著被風吹得飛來飛去的紙，比著手勢要威爾下到街上。默頓瞪著他看了好一會兒，「你們兩個為了接近貝爾考特真是想出了妙招。真希望想出這個主意的是我。」他靠著窗扇，雙手盤在胸前，「你一定很遺憾這段奢華生活即將結束吧？」

「正好相反，帕爾默先生，我再高興不過了。」

在默頓把臉上的所有質疑化為語言之前，威爾逃離辦公室到了樓下，沿著拱廊走到盡頭，發現查理坐在一個能避開行人對新聞室好奇目光的角落。「你在這裡工作？」他在查理旁邊的階梯上坐了下來。「不是因為帕爾默先生的緣故吧？」

「帕爾默？」查理皺起眉頭，「他幹嘛了？」

「他因為我們接近貝爾考特的方式想責怪我們。」

這顯然比起得意地笑了一聲還不值得一提。「他把錢輸給我了，想怎麼怪就怎麼怪吧。喏，拿去。」查理把那疊紙的一大半交給威爾。「不如你現在就開始編輯，發現我漏了什麼就告訴我。」

「哈洛威先生看過這些了嗎？」

「一個字也沒有，這是我們合作的報導，你記得吧？」

「嗯，沒錯，但你通常……」威爾沒說下去，意識到查理現在並沒有被挑釁的心情。「我們應該要上樓嗎？」

「天哪，不要。我頭很痛，樓上的吵鬧聲可幫不上忙。」

「這裡也沒特別安靜，對保持平靜也沒有幫助，」威爾注意到，一邊用力握緊手上差點被風威脅著要吹走的稿紙。「我們去找間咖啡廳吧，喝杯咖啡也許會讓你感覺好一點。」

他期待著報導像查理所有的作品一樣富有表現力及冗長。他們坐在一間幾近無人的咖啡廳，威爾坐在查理的對面，手裡拿著鉛筆——卻發現稿紙上已經被藍色鉛筆改得面目全非了。

「這是你編的？」

在咖啡的蒸氣前弓著身，查理哼了聲表示同意。

威爾靠上椅背，「你怎麼不每次交稿前自己都做一次呢？」

「我有啊，」查理打了個哈欠，「但我之前是照我自己的喜好編輯的，這次的編輯是依照你的風格。」

他聽起來像是極度不悅的樣子，但威爾忍不住笑出聲來，「你編得很好——」

「但你還是要作些更動。」

「只有一些而已。」

「你還要改的話，我想點份早餐來吃。」

等他倆把稿件一交到哈洛威手中後，查理就消失在另一條新聞之中，而威爾則是回到都市新聞辦公室和那堆待編輯的稿件面前。坐在辦公桌前閱讀新聞，而非外出追逐新聞，這似乎對他來說多了點新意。查理一定也很高興能再次獨立作業吧。

在經歷了一個星期的刺激探險後顯得有點平淡，那也是正常的。等哈洛威先生批准那篇報導後——而威爾也向蘿絲·梅修和其他人說過再見——他就能回到原本心安理得的工作生活了。

此刻，不斷有干擾使他的注意力從眼前的頁面上移開。哈洛威先生經過門口不只一次了，但卻什麼也沒說。默頓·帕爾默在他旁邊靜悄悄地走來走去，偶爾向他投去懷疑的目光。查理則是傍晚才回到辦公室，看起來神魂不屬，並且毫無預兆地就把威爾拖出座位，「走吧，小史，哈洛威要見我們。」

「他對報導不滿意嗎？」

「他……」查理聳聳肩，「我以為經過兩年訓練我已經能辨別他的所有情緒了，但他五分鐘前眼中流露出的那道光芒……」他搖搖頭，「他看起來不像生氣，但我不知道他在想什麼。」

「也許帕爾默刺痛了他的良心？」

「我不認為他有那種東西。不管怎麼說，我們的所作所為沒有問題。大體上是。」

「那為什麼我們心裡總是有愧呢？」

「我們沒有。」

「我們沒有嗎？」

「我沒有。」

「你沒有嗎？」

查理停下腳步，轉頭用冷峻的眼神盯著他，「我想你還是回家好了，我會跟哈洛威說你突然身體不太舒服——」

「這是我們的報導，我們要一起捍衛它，不管是好是壞。」

「你要是希望情況好一點，就讓我來說好了。」

「根據過往的經驗，我沒成功阻止你說話過。」

路德．哈洛威坐在他的辦公桌前，動作俐落地把一疊編輯過的稿件分成兩落，威爾朝兩疊紙各偷了一眼，徒勞希望能猜測接下來會發生什麼的一些線索。但哈洛威先生顯然早已決定要刊出哪些報導，稿紙飛快地被翻閱過，以致於沒人看得清楚。

威爾知道，查理顯然也在試圖看出點什麼，但他也放棄了這種無意義的努力，哼了一聲就坐進旁邊的椅子好整以暇等著。威爾慢慢地仿效了，這時哈洛威說話了，「內史密斯先生，請坐。」

「是的，先生。」

分揀工作完成後，哈洛威先生把其中一落挪到桌角，另一落則留在面前。他打開抽屜，拿出一份特意分開的稿件——他們的稿件，威爾一眼就認出來了——然後放到眼前那落的最上面。「這篇報導……」他用力地在稿件上點了下手指，「太優秀了。事實上，真是天殺的令人激動。」

「令人激動？」查理聽起來充滿警戒，無疑地擔心著他接下來的職業生涯都得和威爾攜手合作。

「紳士們，我們眼前有個絕佳的機會。」哈洛威先生往前挪了挪屁股，把手臂放在桌上十指交叉。「你們現在有個獨特的機會，能用內部視角提供與之有關的社會新聞，所以說，我想好好利用這個機會。如果你們願意在接下來幾個月，繼續扮演你們的角色的話——」

「幾個月？」威爾脫口而出後才意識到自己居然打斷了上司的發言，「先生，請原諒我的唐突，但——**幾個月**？」

「嗯，整個社交季，」哈洛威先生回，「只是希望你們繼續出席宴會，然後繼續產出像這篇報導一樣的故事……」他揮揮手上的稿件。「我們每個星期會發幾篇，也許不只幾篇，如果你們寫得出來，讀者們也買單的話。」他的臉浮現微笑，「我想他們一定會的。」

「但如果我們被發現了呢？」查理問道。

「我們就說這是個社會實驗，或用這類藉口搪塞過去就好。當然事後會有一些人提出抱怨，但即便是名流也喜歡自己的名字見報，風波不會持續太久的。」

如果他真的拒絕參與這項社會實驗，威爾不願去想像他能保住這份工作多久。查理似乎對這個想法越來越感興趣，但從他仔細閃躲威爾視線的舉動，看得出他並不想強迫威爾接受。當然，查理的私人秘書角色比較輕鬆。要繼續扮演富有的內史密斯先生這個角色代表得去更多的宴會、舞會和晚宴——這也意味著穿幫的風險會大大增加。也代表他還得繼續欺瞞薇蘿絲，甚至他要努力避免讓梅修先生一家出現在報導中。另外，這還表示他得避免任何與薇奧蕾特的外出活動——或信任她並讓她成為計畫的一部分。以她來往的社交關係而言，不管怎樣都有極高的風險。

他忍不住想，也許自己要在《**紐約時報**》找一份編輯工作，是不是沒有那麼困難。

「哈洛威先生，說實話，我不認為自己能夠——」

「等一下，」哈洛威先生喊了一聲，臉上露出微笑，「請**你**見諒，內史密斯先生，我忘了提一件事。報社當然會支付你們所有的支出，另外，因為我非常理解我們對你們的要求，兩位紳士的每週薪資將提高十元。」

「整個社交季都有加薪嗎？」查理問道，好像他不敢期待能有更慷慨的待遇了。

「不僅限於這個社交季，科爾貝克先生，這至少會持續到你能以版面計稿酬為止。我相信那用不了太久。」

「噢。」查理的聲音帶點沙啞了，「嗯，那還不錯。」

「我想也是。」哈洛威先生顯得很滿意的樣子，「內史密斯先生？」

接下這個任務絕對是愚蠢的決定，即使每週多十元的薪水也一樣。他接下來兩個月得參加的舞會和晚宴搞不好會多過他過去二十七年累積的總數。他得仔細記下自己被問過的每個問題、回答的每個答案——並且在回答問題時格外謹慎提防。他也得特別小心對待那些對他展現興趣、尋求他的陪伴的年輕女士——尤其是蘿絲。這表示他連朋友都不能交。

但……這樣他就更能負擔起一場六月的婚禮？薇奧蕾特會很開心的。

儘管心裡對此仍然感到不安，威爾終究還是迎向哈洛威先生的目光，「你是說到一月嗎？」

「大齋期前也許還會有一兩場宴會，但我們可以讓你的身分在二月初就動身回家。如果在那之前你還沒被揭穿的話。」

「至於報導，」威爾說，「我猜你不是只想要一些閒聊的八卦而已吧。」

「這**是**社會專欄，」哈洛威先生提醒他，「讀者期待看到大量的瑣碎軼事被報導，而不止是嚴肅的新聞。一點八卦內容是可以接受的。」

「是的，先生……」威爾在椅背上挺直背脊，雙手交握在腿上。他開始接受即將面對的風險了，但他認為自己得把老闆期待他提供什麼先搞清楚，「**一些**八卦……但也許不能多到讓讀者懷疑這是不是沃德．麥卡利斯特起死回生了吧？」

「嗯……」哈洛威先生猶豫了下，但他臉上的笑容似乎暗示著兩人這正是他想要的。

查理忍不住帶著厭惡哼了一聲，「我寫的東西比麥卡利斯特好看多了。」

威爾這才意識到自己答應了什麼，他得和查理．科爾貝克再密切合作兩個月啊。老天保佑他們。

✦ 第十章

查理站在梅修夫人舞廳裡較溫暖的角落——朝著不幸地被畫在天花板上的太陽、星星和小天使們——送去感謝的禱告，慶幸在那群饑渴獵取舞伴的女人眼裡，自己只是個私人秘書。

威爾就沒那麼幸運了。他又一次在舞池裡——再次——和一位不停咯咯笑的金髮女孩共舞，無懼波卡舞曲嘈雜的背景音樂，鼓起肺活量毫不間斷地說著話，威爾只能不停微笑和點頭。雖然他不顯疲態，但查理還是敏感地察覺，他大概已經開始後悔自己答應延長這個兩個月的假扮任務了。蘿絲．梅修的午宴是個精心布置的陷阱，查理從來沒有在其他地方看過這麼多未婚年輕女性。主人蘿絲則是再度與貝爾考特相擁共舞，和有個滔滔不絕舞伴的威爾一樣，她也顯得十分安靜。

有不顯眼的身分作掩護，查理穿梭一場又一場對話之間，收集所有可利用的八卦材料。當他意識到自己這麼努力是想幫忙威爾分憂時，他已經快蒐集到能寫五六篇報導的份量了。這個可憐傢伙的良心並不像他的那樣無法自我評估——而且威爾可能太過專注於要扮演的角色，甚至根本沒注意到眼前這些等待挖掘的豐富八卦礦藏。等到因為跳舞過度而雙臉緋紅鬢絲散亂的威爾把查理拖到一邊，明顯需要發洩他的鬱悶時，查理知道自己的判斷完全沒錯。

「你覺得我們可以走了嗎？」威爾警戒地環顧四方，像是擔心簾子後面會突然冒出個想跳舞的年輕千金小姐一樣。

「我們還沒吃午餐呢。」查理指出問題。

「那我們去外面走走吧，我得喘口氣。」威爾從燕尾服口袋裡掏出手帕，擦了擦頸後的汗水。「或去樓上？」他絕望地看了那邊一眼補充道，「任何能遠離這個舞廳的地方——」

「怎麼了？」

「怎麼了……」威爾不可置信地看著他，「你有眼睛嗎？天哪。」他壓低聲音，「她們到處跟著我，**前仆後繼地**和我調情。打量我的方式就像……」

「就像你是駿馬秀裡的頂級種馬一樣？」

威爾看著他目瞪口呆了一分鐘之久，才露出熟悉的責備表情，「我想我真的寧願你沒有把我的處境訴諸言語。」

「真抱歉，我以為你在等我幫你把話說完。」

「讓你誤會是我的不是。」威爾把手帕收回口袋中，「查理，我不知道我是否能忍受兩個月這樣的日子。」

「不會那麼糟的。我已經聽到足夠我們寫一個星期專欄的素材了，無論如何，夠我們撐到十一月底。即使接下來我們收到更多邀請，我們也可以禮貌又充滿遺憾地拒絕。十二月和一月我們也繼續保持，然後你就幾乎不用拋頭露面了。」

威爾看起來有些振作了，「我收回我之前對你的看法。」

查理大笑出聲。「現在你得把是什麼看法告訴我了。」

「噢，我想你早就知道了。」

他眼中露出苦笑，威爾回到了火線之上，而查理則再次走過客廳和花園，希望能再挖出點什麼八卦。他沒過多思考威爾對他的看法是**什麼**，因為那可能會讓他免不了思考威爾對他還有什麼看法——而這不可避免地得出結論，無論威爾對他的看法是好是壞，他挺享受威爾花了心力想到他的——但這種思考毫無意義，畢竟威爾快訂婚了，而且一開始可能並不怎麼喜歡他。

但不管怎麼說，讓他的思緒朝那個方向遊蕩也是一種愉快的折磨。他常常為某個人的吸引力所傾倒，即使對方沒有任何回應自己情感的可能性。他和威爾因為各種情況才好不容易有個令人愉快的和平協議，而且也或許他們現在以一種查理可以找到樂趣的方式合作，但威爾對人有所保留——而查理無疑是其中之一。

如果他放任自己繼續投入其中，這份關係可能會變得只有不愉快的折磨。如果他只是想找那種類型的陪伴，還是回平常去的地方吧。

當經過舞廳時，他在門口徘徊直到終於看到了威爾的身影，此刻他正和蘿絲．梅修共舞。他嘴角上帶著真誠的笑意，而蘿絲顯然被他說的話逗得笑出聲來。那瞬間查理真想衝進去把他抓住並從舞池上拖出來。如果威爾蠢到愛上蘿絲，蘿絲也同樣喜歡他的話，整件事不但一點也不有趣，還會成為徹徹底底的災難。他本以為威爾會更有理智……

「你不喜歡跳舞嗎？科爾貝克先生。」

被這突然的聲音嚇了一大跳，查理趕緊把最愉快的笑容掛到臉上，然後轉過頭發現身後是梅修先生，他看起來是個善良和藹的人。「老實說，先生……」他把臉上的笑容換成可能有點過於明顯的無奈表情，「我猜對大部分男子而言這是個迷人的陷阱，但我不太想被捕獲。」

提摩西．梅修的眼睛變得更明亮了。「你真是個憤世嫉俗的人，親愛的朋友。但我知道有件事能讓你欣賞這些你所謂的陷阱。想來點白蘭地和雪茄嗎？」

「白蘭地和……」查理忍不住笑了出來，「白蘭地和雪茄能讓改變我對跳舞的態度嗎？」

梅修先生輕笑，「不能，但聽好奇的老先生叨念可能可以。」

查理突然明白他指的可能是什麼了，「我覺得白蘭地和雪茄聽起來再好不過了。」

梅修家的圖書室與其餘的梅修宅邸簡直是完全不同的世界。查理懷疑梅修夫人一定是把這裡交給梅修先生讓他按照他的喜好全權打理。當她把宅邸的每一寸都鑲上金銀、刻上浮雕再加上各種華麗裝飾，而圖書室則像座安靜清爽、遺世獨立的胡桃木孤島。桌子和扶手椅看起來都有歲月的痕跡，應該是從前一個住所運來，不是新買的。石頭壁爐前的地毯有磨損的痕跡，從那對立燈有點歪斜的燈罩看來，它們應該常常被移動位置。就連桌上那對不同的花瓶裡隨意插著的玫瑰，看來都更像是梅修先生的手筆，而不是夫人的主意。這是個能讓人感到放鬆自在的圖書室。

查理和梅修先生先後面對面在火爐邊坐下，然後查理只是先小心翼翼地閒聊了下，如果梅修先生想談土地買賣和金礦的事，最好是讓他主動開啟話題。他看來有些莫名傷感，查理有些不明所以，直到對方終於放下手上幾乎沒動過的白蘭地，用憂傷的眼神看著查理，「科爾貝克先生，我極不願意向你詢問這件事，畢竟我不了解諾克司先生和你的雇主之間有何關係。如果諾克司先生取得了內史密斯先生的信任——」

「他沒有。我的意思是說，他們之間目前沒有商業合作關係，我也不認為之後會有。這樣您放心了嗎？」

梅修先生微笑，「老實說，我倒希望內史密斯先生對於諾克司先生的生意操作有更多了解。這不是說我不相信貝爾考特勛爵對諾克司的評價，但在接受諾克司提出的買賣之前，我想確認他的可信度。」

查理不得不小心應對。「您是想在西部買土地嗎？」

「確切地說，我考慮的地方是科羅拉多。那裡像是個打造釀酒廠的絕佳地點……」他猶豫了一下，臉上的微笑像是多了點困窘，「我就實話跟你說吧，科爾貝克先生，我不希望蘿絲離開我們到英國生活。喔，如果她愛他的話，我不會阻撓。但我想也許我能鼓勵他留在這裡，並且——」

「讓他管理在科羅拉多的產業。」查理說。

「就是這樣。但我不知道他適不適合這個工作，也不知道他願不願意考慮——雖然就我所知，他在英國沒有任何親人。」

「這也是梅修夫人的希望？」

梅修先生輕輕哼了一聲，「她想到能和貴族結上親戚就高興得不得了。但對此她和我一樣感到煩惱。」他又拿起白蘭地酒杯，「貝爾考特勛爵在科羅拉多也有土地，但我沒辦法確定他是否想在那裡進一步開發。我不認為他知道自己的產業。也或者諾克司先生並沒有對他完全坦承。」梅修先生沮喪地嘆了口氣，「我想再進一步調查，盡力保護蘿絲，但……」他搖搖頭，「有的時候，我忍不住希望她能愛上個一般人，住在隔壁就好。」

查理忍不住輕笑出來，「貝爾考特看起來人還不錯，至於諾克司先生……」他不敢貿然發表意見。「我知道一些土地經紀人的詐欺技倆，但老實說，我不了解以賽亞．諾克司。但如果他鼓勵您投資，卻不堅持讓您派人或親自前往視察產業，我想我會開始擔心。」

梅修先生點點頭，「我知道他和貝爾考特勛爵要前往西部，但當我建議我可以派人跟他們一起啟程，去看看附近的地產時諾克司先生閃爍其詞沒有答應，他說貝爾考特勛爵僱傭他，是希望他在這趟旅行中全心投入照顧勛爵的需求。如果我想加入，他需要我好好表現一下誠意。」

查理忍住不讓自己的笑聲聽起來太過諷刺，「現在誠意的代價是什麼呢？」

「投資金額的一半。如果我視察完以後不滿意，他會退還金額，當然，會扣掉旅途的花費。」

「就您所知，他是否和別人提出過類似的合作條件？」

「我不知道他是否有，但我和幾個朋友提過這件事。甚至還說我很樂意介紹他們和諾克司先生認識。」他的聲音聽起來有點後悔，「我接下來一定要更謹慎。」

查理肅穆地點了點頭，「你不會想變得跟報紙上的那些人一樣損失一切。」

梅修先生眉頭的皺紋變得更深了一點，「這類人，有很多嗎？」

「土地看來是最安全的投資。」查理說，「但這也使得它更容易被誤導。」

「我不是那種投機的人。」梅修先生一邊承認一邊站起身來，「謝謝您的建議，先生。我耽誤您太久了。」他停了下來，臉上再次浮現笑容，「我希望內史密斯先生應該感覺好多了吧？」

先是被這個問題嚇了一跳，查理晚點才想起威爾捏造的疾病，「噢，是的。自從我們抵達後，他恢復得很好。我猜紐約的空氣對他很有幫助。」

梅修先生挑起一邊的眉毛，「這位先生的體質真是特殊。」

查理大笑出聲，「我想內史密斯先生在很多地方都很獨特。」

「蘿絲說在沃瑟姆的宴會上內史密斯先生對她非常友善。我親愛的女兒在太多的關注下總會感到不安。她的母親對此很不滿意。」當他們走出圖書室時，梅修先生接著說。「她希望蘿絲找到個好歸宿。但像這樣讓女孩們趕赴一場又一場宴會，直到她們對於抓住一個未婚的體面紳士感到絕望又焦慮的情況，我實在不能認同。這真能算是好歸宿嗎？」梅修先生搖搖頭，「我只祈禱她能找到個好男人。」

查理想到，蘿絲和威爾沒能在更好的情境下相遇實在可惜。威爾就是那種會讓梅修先生滿意的一般人；甚至是那種查理覺得在親密關係裡會合得來的人——在不同的情況下。

他自己也一直希望找個好男人啊。

繞回舞廳時，查理發現那位一般人正坐在一張小沙發的一頭，蘿絲坐在另一頭，兩人試著在梅修夫人嚴厲的目光中進行對話。在查理加入作為掃興的第三方前，貝爾考特勛爵現身，把蘿絲邀去跳舞了。最新的事態發展帶走了不屈不撓的梅修夫人，毫無疑問地，是要去找個更好的觀察地點。

查理在威爾身旁坐下，靠上蓬鬆得像要爆開的靠墊，「真是打瞌睡的好地方。」

威爾偏著頭懷疑地打量他一眼，「你可能沒有注意到，但即使是私人秘書也得講究儀態。」

查理咧嘴一笑，「想念我的陪伴了吧。」

「並沒有。蘿絲有意思多了。」

這刺痛了他，「你收集了不少花束，不是嗎？」

威爾看起來壓抑下一聲嘆息，「我對梅修小姐沒什麼想法。」

「那你對查平小姐還有想法嗎？」

這解放了那聲被壓抑著的歎息。「你離我遠一點。沒蒐集夠寫篇專欄的材料前不准回來。」

「做件好事可以回來嗎？」

他責備的神情出現一絲微弱的興趣，「好事？」

「我認為我成功打消了梅修先生和以賽亞·諾克司做生意的念頭。」

「這樣公平嗎？我們不知道諾克司先生是否真的不懷好意。」威爾的眼神毫不放鬆地盯著查理，「你太憤世嫉俗了，查理。」

「我們調查人們最黑暗的一面，在這種狀況下你要怎麼不憤世嫉俗呢？」

威爾考慮了一下，「寫一些關於人性光明面的報導？」

查理哼了一聲，「誰要看啊？」

「我會看。」

「你是會。」查理表示同意後再次靠向椅背，十指交握擺在背心上，「你和蘿絲都聊了什麼？」

當威爾陷入沉默，查理忍不住轉頭，看到他側臉上露出的笑意。但威爾只是聳聳肩，「我不能洩漏淑女的祕密。」

「那你能洩漏自己的嗎？」

威爾笑出聲來，「我沒什麼祕密，至少沒有會被你知道的祕密。」

「聽起來是在挑釁我了？」

「我就知道你會這樣想。」

「所以你**想要**那些祕密被發現吧。」

「被你嗎？天哪，才不是。」

「那是被蘿絲發現？」

「我把蘿絲看作我的朋友，但我不會讓她負擔這些事情。這不太恰當。」

「那薇奧蕾特呢？」

威爾猶豫了——接著輕聲笑起來，笑聲中帶著一點難以察覺的失落，「薇奧蕾特已經知道那些重要的部分了。」

「你有不重要的祕密？」查理發現自己忍不住放低了音量，「像是？」

威爾帶著一種友善的目光盯著他——這幾乎可以被誤認為是親切了，「總是戒不掉記者的習慣。你怎麼不邀人跳舞呢？這麼多不夠了解你、不知道該和你保持距離比較安全的可愛年輕淑女呢。」

查理順從地站起身，走向其中一個房間，雖然他已經沒了偷聽的心思，而且他和人說話調笑的份量也已經比預期的多了——雖然不是和任何在場的年輕女性。道別之後，他和威爾並肩坐在回家的計程車上，他反思，威爾不知道**自己的**祕密大概是件好事。那種意外的吸引力會在一段時間之後消退，就像他對阿奇、還有之前一兩個其他男子的感覺一樣。只要在城裡逛逛一個晚上，將會對他的治癒大有裨益。而且跟要去面對薇奧蕾特的種種所見所聞的威爾相比，他的夜晚想必更為有趣。

但就在查理差不多吃完晚餐，換好衣服準備出門時，希爾達敲門說有人來拜訪他。查理驚慌地穿過走廊，衝進威爾房間，把在打瞌睡的威爾狠狠搖醒。

「我們有訪客。」查理把威爾正在看的報紙丟到一邊，拉著他站起身來，「梅修先生一家人來了。」

「蘿絲和她的父母？」威爾用手指梳過頭髮，「為什麼……」他伸手拿起搭在椅背上的外套，「你覺得我們穿幫了嗎？」

「不可能。」

「但如果就是呢？我們該怎麼辦？」威爾焦慮地吐了口氣，「我想只有一條比較體面的出路了。」

「那是？」

「下跪乞求道歉。」

查理做了個鬼臉，「我以為你會建議要去國外幾個月避避風頭。」

「你以為我真的是加州有錢的內史密斯家族啊。」威爾一邊扣著外套釦子，一邊努力擠出幽默感，再次試圖梳順自己的頭髮。「我來解釋，好嗎？畢竟是我同意繼續進行這場鬧劇的。」

「你認為我會撒個更大的謊來讓我們脫身。」

「嗯，你不會嗎？」

現在顯然不是爭論的好時機，「好，那你解釋吧。但不要自己承擔所有責任，是我開始這場鬧劇的，記得嗎？」

威爾哼了一聲，「我到死都會記得的。」

在走下樓梯之前，查理停下腳步仔細聽了聽，但樓下一片寂靜。威爾推了他一下，「大家都不在嗎？」

「班和卡洛琳聽演奏會還沒回來，阿奇去工作，戴維晚上外出了。只有我們和希爾蒂在家。」

「還有梅修一家人。」

「沒錯。」查理跟著威爾下了樓，聽到了那裡傳來的聲音——和笑聲。他在客廳門外拉住威爾，「如果他們真的發現了的話，」他低語，「他們感覺還滿能接受的。」

「也許他們來有別的原因。」威爾大膽假設。

「你可以問問他們。」希爾達突然說，嚇得查理倒抽了一口氣。他轉頭瞪著她，但當她先瞪向他時，他放棄了，他乖順地接過她手中的托盤，跟在威爾身後進了會客室。

當他們出現時，蘿絲從椅子上跳了起來，在羽毛帽襯托下的小臉朝著威爾綻出明亮的笑容，「晚安，內史密斯先生，科爾貝克先生。」她轉頭看向從舒適的沙發上緩緩起身的父親，「我很抱歉，這個鐘點還唐突造訪——」

「我們確實抱歉。」提摩西．梅修點了個頭致意，在威爾的邀請下再度坐回沙發上，「然而，我們有不得不在這個時間點來的理由——」

「我們來邀請你們一起去聽演奏會，」蘿絲熱切地繼續說道，「明天下午，帕德雷夫斯基先生要在卡內基廳演奏。你們願意來嗎？我們會度過最美好的時光。」

「嗯……」查理慌忙地想要找出個拒絕的藉口，「我記得內史密斯先生明天似乎和股票經紀人有個會議——」

「帕德雷夫斯基？」從他聲音中流露出的敬畏看來，威爾和紐約的每個人一樣，都是屈服於此的狂信徒，「我們當然會參加，很高興收到你們的邀請。」

查理即時把笑聲咽下肚裡。「很高興。」他表示同意，「要來點茶嗎？」

威爾幾乎藏不住鬆下來的那口氣，他一邊自己去倒茶，一邊熱情邀請蘿絲坐進卡洛琳舒適的扶手椅。習慣了威爾拘謹的天性，查理注意到威爾在蘿絲身旁顯得多麼自在——他們聊著演奏會、戲劇和其他社交場合用來維持禮貌談話的話題時，那畫面是那麼和諧迷人。他可能只是在展現紳士風度，但蘿絲顯然很喜歡聊一些不是八卦的事。查理漫不經心地想著，也許他可以把薇奧蕾特介紹給貝爾考特勛爵，如此一來，蘿絲和威爾就能毫無顧忌暢聊兩人的共同興趣了，而且也許更進一步。要在最適合的時機遇到對的人，是多麼的可惜。戀愛永遠不會完全沒有阻饒；儘管在世界上任何事情當中，戀愛最應該是如此的……

突然看到阿奇站在走廊裡的查理咧開笑容，「晚上不用工作了嗎？」他站起身迎接走進會客室的阿奇，「杜蘭先生，容我為你介紹提摩西．梅修先生和蘿絲．梅修小姐。」

阿奇握了梅修先生的手，對著蘿絲害羞地笑了一下，「我無意打擾你們的來訪……」他看著威爾和查理，「伊莉莎白街上的電廠發生了一些問題，好幾條街道的路燈都不亮了，回家的路上還請多加小心。」

「喔，天哪。」蘿絲轉向父親，「我們找計程車會很麻煩了。」

「我打電話叫家裡的馬車來接。」梅修先生站起身來說。

「董尼德小姐沒有安裝電話，」阿奇說，「先生，如果您不反對，等您們準備好，我來護送您和梅修小姐平安回家。」

阿奇是個天生的紳士，查理認識他沒多久就對此深信不疑。蘿絲似乎也對這個舉動感到很欽佩。她轉向阿奇時，眼神中閃著好奇的光芒和默默的讚許，「謝謝您。爸爸，我想我們不能拒絕杜蘭先生的好意幫忙。」接著她充滿歉意地看著威爾，「我們這就告辭了，希望您不要介意。」

「這樣的情況下，我當然不會介意。」威爾握了梅修先生的手，「那麼，明天見了。」

「兩點整，紳士們，」梅修先生愉快地說，「謝謝你們的茶。杜蘭先生，我們走吧，路其實不遠。」

阿奇對著蘿絲微笑，「我立刻替你們招輛計程車來。」

「這麼迅速嗎？」她害羞地笑著，但眼神中有抹促狹的光芒，「那我們最好跟緊你了。」

「聽候您的差遣，梅修小姐。」

從未有如此正經八百的話，居然能被溫情脈脈地脫口而出。兩人之間的目光交流……查理從中看出了些端倪，雖然他自己從未有過這樣的經驗；就在那個微小、不被預期的瞬間，有一股甜蜜又不容錯認的親密感情——在此刻綻放著，就像是命中註定一樣。那個合適的時機……也許只注定給一些人。

當梅修一家走後，查理回到樓上拿外出的大衣；但一等他踏進房門，他又不那麼想出去了。他也許能在一片黑暗中平安地找到個溫暖的港灣，喝點小酒找個人作伴度過今晚，但他發現自己並不真的想這麼做。他想要的是……

他不知道自己想要什麼，但在小酒館和吵雜的舞廳間穿梭往來，尋求與某些與舊相識來場幽會的機會並不是他要的。他正打算早點休息，但門上的輕響把他從思緒中驚醒，他不知道自己是否有和**任何**他人相處的心情，但他還是勉強地開了門。門外是若有所思的威爾，沉默著直到查理開口邀請他以後，他才踏進門來。進門以後，他卻什麼也不說，只是來回踱步。查理忍不住問他是怎麼回事。這個問題讓他像洩了氣的皮球，他在床邊坐了下來，臉上的鬱悶又加深了。

查理在他身旁坐下，「別這樣，小史。你就說吧。」

威爾抬起頭來，直視查理的目光，「我想道歉。」他大聲嘆了口氣，「我讓你陷入了這個麻煩的困境，但我也飛快地延長了它。我是說……」他無助地搖了搖頭，「帕德雷夫斯基，天哪。要買到票幾乎是不可能的。一想到能聽他的演奏……我就沒辦法錯過它，查理。這真是多麼難得的機會。」

「就像成為城裡第一個採訪到伯爵的記者一樣難得，對吧？」

威爾苦惱地笑了笑，「如果你是要說我和你一樣糟糕的話，我承認。」

「噢，你可不知道我為了報導要過哪些手段呢。不管怎麼說，我覺得梅修先生送我們票是因為我而不是你。至少，我希望如此，如果這代表他改變了和諾克司一起投資的想法。我保證，我們的專欄裡面不會出現梅修這個名字的。」查理拍拍他的背，「你知道，他們會很高興你能接受邀請。只要你好好扮演你的部分。社交季很快就會在你發覺之前就過去了。」

威爾臉上的苦笑仍然沒有褪去。「謝謝你試圖安慰我那些刻薄尖酸的部分。即便是那些我自己造成的。」

「喔，這沒什麼。」查理往他靠近，「說，你有沒有寫信給那位美麗的女士通知她關於晚餐的事了嗎？」

威爾點點頭，「我猜她一定會不高興，她的姑媽對隆重的晚餐聚會非常重視——」

「薇奧蕾特想跟大家炫耀她找到了個好對象？」

「我猜她只是希望我的出現能讓她姑媽圈子裡那些人閉上嘴吧。」

「嗯，路燈不亮她也不能責怪你。要找到計程車可能得花上一個小時。」

「我應該跟著阿奇一起走的，我想。」威爾站起身，走到寫字桌前，上面擺著一些查理完成到一半的報導，「這些都是社交版的稿件嗎？」

「夠我們一個星期的份了。」查理站起來，「但還沒準備好讓你編輯。」

「還是合作寫稿吧？」威爾輕聲問。

「你會編輯的，你忍不住。」

「你已經自己編輯過了，」威爾在桌邊坐下後注意到。他才剛開始閱讀，就忍不住驚訝抬頭。「茉德．哈定……她的父母不是剛宣布她的訂婚消息——」

「沒錯，對象是約翰．鄧巴的長子。」查理坐到床上，「天造地設的一對，大家都這麼說。」

「然後她要私奔了？和一個**牧師**？」

查理聳聳肩，「瑪格麗特．克拉里奇在午宴洩漏了這個消息，他傳播得比我見過任何火焰都還快。」

威爾皺起眉頭，「牧師也會私奔？」

「如果他們不能走正常管道結婚的話，我想是的。」

「她的父母試圖阻止這件事嗎？」威爾接著讀下去。

「克拉里奇小姐說哈定小姐的父母承諾女兒，只要她不逃走，會把她送到國外一年。」

查理向後仰，用手肘托著身體。「哈定小姐強調，不管怎樣她都要作為傳教士出國傳道的。」

「那鄧巴先生的長子呢？」

「看來是心碎了。但克拉里奇小姐和她的朋友們想必會使出渾身解數安慰這可憐的人。」查理向後躺到床上，閉起雙眼，「他會成為本社交季城裡最搶手的單身漢。」

「嗯。」威爾靜默了好半晌，「這篇稿件寫的是肖像畫家——湯瑪士．拉帝馬——取消了所有委託準備出國……這是名流新聞嗎？」

「你還沒讀完全部。」

過了幾分鐘後，威爾輕輕地哼了一聲，查理一聽忍不住咧嘴一笑，「你覺得史隆先生會去追他嗎？」

「如果拉帝馬先生確實引誘了他的夫人，我想他是下定決心了。」稿件沙沙作響著，「愛德華．史隆也在沃瑟姆家的派對上。他有種獅子的威嚴，看來有副火爆脾氣。」

「沒錯，那篇故事可能會在某些時候變成真實的新聞事件。」

接著威爾靜默了好半晌，查理抬眼偷偷地看他，才發現他那雙淡棕色的眸子定定地看著自己，「怎麼了？」

「你比我更不喜歡這個任務。」

「我不認為它很有價值。」查理坐了起來，「但是，確實也有很有趣的時候。」

「不是嗎？」威爾把稿紙整齊疊成一落，「你現在在寫的那篇，是關於奧爾福德先生突然決定前往歐洲——在結束他的股票經紀業務後的事？」

「他可能是厭倦了那個總是跟在屁股後面的警察吧。」查理站起來，從書桌抽屜裡撈出一本筆記本，「說真的，現在還有人出國是為了度假嗎？」

「薇奧蕾特有這個打算。」

「是嗎？」這個話題轉變讓查理措手不及，他不確定自己希望繼續聊下去。他把筆記本丟到扶手椅上，跪在火爐旁開始生火，「再過幾年？」

「我想她心裡希望能更早一點。」威爾乾笑著說，「她想讓她的父親送我們一趟旅程作為結婚禮物。我得承認我沒那麼喜歡這個主意。」

「你如果覺得自己編輯的薪水能帶她出國旅行的話——」

「我沒那麼覺得。」威爾撿起筆記本，在扶手椅上坐了下來。「查理，你覺得……」他倒向椅背，「我是不是很不可理喻？」

「你是說哪個部分？一場你無論如何都會讓你負債的海外旅行嗎？」

威爾淡淡笑了一下，「查平先生提供了我一個工作職位，他還讓我們可以住進他在市區的房子，他也很可能會資助我們的海外旅行。我想薇奧蕾特能很容易地說服她的父親為她作任何事。」

查理拍掉手上的灰燼，站了起來。「她對於自己面對你時沒那麼有說服力這件事，一定感到非常抓狂。」

威爾心不在焉地用鉛筆敲著筆記本封面，「我不知道自己這樣是不是不公平？我可以要求她放棄習慣的生活，卻不肯放棄自己的？畢竟，我可能會發現自己喜歡為輪船大亨工作的。」

「也許她**可以**輕易說服你。」查理把那疊稿件遞給威爾，「這給你編輯。我會把奧爾福德那篇寫完。」

威爾像是大夢初醒，抬起困惑的雙眼，「我以為你今晚要出去。」

「我寧願待在這裡把這些專欄寫完然後交出去。」最好是在威爾決定辭職之前完成，「再說了，我們明天還有個行程，我不能整晚在外遊蕩吧？」

「喔對，那我回自己的房間——」

「你還是待在這吧。」查理坐進威爾對面的椅子，「浪費煤炭沒有任何意義。」他愉快地補充說。

儘管威爾笑著，但眼裡的困惑仍在，「好吧。如果你受得了我在你眼的話。」搖晃著鉛筆。

「這可不容易。」查理反駁道。但很值得。

第十一章

威爾醒來時，清楚意識到身下的床不是自己的，他甚至沒有換過衣服。在清晨斜射在毯子上的日光中，同樣穿著常服的查理抓著毯子的另一頭，躺在他身邊。他想起他們昨晚撰寫並修改了三篇專欄，一直工作到半夜十二點——在他們應該去睡覺時，查理又想到一個可能具有報導價值的專欄，威爾便留下來幫他增潤細節。

威爾的記憶只到他們肩並肩坐在床上，進行最後一次編輯。就查理幫他蓋上的毯子來看，他一定是先睡著了，而查理看來在睡著前完成了編輯。

威爾輕輕地從查理的手臂下抽出稿件，救出半埋在枕頭下的鉛筆，「查理？」

查理語氣堅定但含糊不清地回了幾個字，顯然是希望能阻止威爾進一步把他叫醒。威爾傾身靠近他，「查理，已經過八點了。」

查理嘆了口氣，「壁爐架上的時鐘嗎？」

「沒錯。」

「那個早就停了。」

原來是這樣。威爾撈出懷錶，「天哪，已經超過**九點**了，我們得在演奏會前交出一篇專欄稿件——」

「時間很充裕啊。」眼睛還懶得張開的查理靠近了一點，抓住了威爾的袖口，「等暖和一點再起來吧。」

「那得等到三月。」雖然不太情願，威爾還是輕輕掙脫查理的手。他覺得很舒服，還有些睡意——而且查理的靠近讓他更加溫暖了。他不能再否認了。但以那種方式喜歡查理……不。已經過了作這種冒險的年紀了。他不再是寄宿學校感覺孤單的學生。他即將步入婚姻。他還有一份不穩定的新工作需要擔心。而且他知道這種不檢點的行為會導致什麼。

「查理……」

「嗯？」半夢半醒的查理拍了拍被單，「那就待到三月吧。」

威爾忍不住笑了出來，「我還以為你沒在聽呢。」從查理能碰到的範圍溜開後，他站起身把散落的稿紙收集起來。當他準備好下樓吃早餐時，查理已經在浴室了，威爾可以聽到浴室裡迴蕩著一首老派祝酒歌。接著查理下樓，幾乎沒吃早餐，就準備好在十點離開了。他們趁著辦公室安靜的時候用打字機打好專欄稿件，一完成便看到哈洛威先生出現。

「早安，紳士們。」他看著都市新聞部裡為數不多且睡眼惺忪的記者們蜷縮在他們的位置上，「今天在奧蘭治鎮有一個新落成的圖書館……」他停下話頭，等著響起的哀號聲結束，「誰要去？到那裡的路上可以好好睡一覺。」

這似乎並沒有讓這個工作變得更吸引人。哈洛威先生目光掃射過一張張辦公桌，視線逐漸變得尖銳，查理則在打字機後努力把自己縮小，威爾只能看到他被風吹得稍顯凌亂的頭髮。其他記者也互相恐懼地緊縮著，等待刀刃落下。

「科爾貝克先生。」

派稿單飄落到了查理桌上，他盯著它，然後看向哈洛威先生像是準備好要抗議的樣子。

但沒有抗議出現，威爾知道他顯然不想破壞哈洛威先生對他的好印象。

威爾站了起來，走到查理身邊，「哈洛威先生，很抱歉……」他把聲音壓低，儘管他知道整間辦公室都豎著耳朵，「我們受邀出席一場演奏會，相信這是採集專欄材料的好時機，我怕自己一個人應付不來。如果您能允許——」

「你是說能寫出更多專欄報導？」哈洛威先生瞥了威爾手中的稿件一眼，「你們現在寫了多少？」

「完成四篇了。」查理小心翼翼地站了起來，扯了下打字機上的紙，「到目前為止。」

「不錯。」哈洛威先生看向威爾的目光中有滿意也有好奇，「看來兩位找出彼此合作的方式了。無論如何，帶上科爾貝克先生去參加演奏會吧……不會是要去音樂廳那場演奏會吧？就是那個迷住全城女士的鋼琴家？」

「就是那場，先生。」

「內史密斯先生也懂音樂嗎？」

「您對以演奏會為主題的報導有興趣嗎？」查理問。

「是的，先生。」

「如果內史密斯先生願意嘗試看看的話。」哈洛威先生饒富興味地看著查理，「如果我哪天想發一篇關於包厘街舞廳的稿子的話，我找的會是你。」當他轉身繼續去找得在天寒地凍陰雨綿綿中前往澤西的可憐傢伙時，威爾就傾身靠近查理。「你在辦公室也哼哼唱唱的嗎？」

查理出乎威爾意料地臉紅了，「我可能時不時會哼一下，這對我想事情有幫助。」

「你也許可以拓寬一下自己的曲庫，除了包厘街，還有很多地方可以找到有意思的音樂享受。大部分更有品味。」

「來自一個可能只有坐電車經過以外，從沒去過包厘街的人說的話。」

「我不和你爭論。帕德雷夫斯基先生會證明我的觀點。」

「如果我得從頭到尾聽完他的演奏，你是不是也得嘗試一下你錯過的東西才顯得公平？」

威爾幾乎沒忍住笑聲，「以目前的狀況來說，我不確定我們在包厘街現身妥不妥當。」

「那等舞會結束，晚禮服變回破衣裳的時候呢？」

「那時我就是已婚人士了。」

「那你就更有理由去放鬆一下了。」

「薇奧蕾特可能就再也不和我說話了。」

查理看來已經準備好對此發表意見了，但默頓·帕爾默拯救了威爾，他手上緊抓著派稿單走過他倆，看起來相當憤憤不平——朝查理——用著他的雙眼。默頓走出辦公室後，查理撤下臉上勉力擺出的同情神色傳變成幸災樂禍地眨了眨眼，「我覺得我已經開始喜歡這個叫帕德雷夫斯基的傢伙了。」

兩人在趕回家換裝的路上用三明治和咖啡打發了午餐。即使如此，但等到他們在第七大道下了計程車，時間已超過兩點了。迎接他們的是音樂廳大廳裡洶湧的人潮。噪音和推擠一樣令人不適，出席的聽眾們都帶著興奮的燦笑。蘿絲突然撥開人群，朝威爾快步走來，開心地握著他的手，「我好擔心你們沒能趕上，我們已經到很久了。」她看向查理，猶豫了好一下還是忍不住開口，「昨天晚上杜蘭先生平安到家了吧？路上一片漆黑，他好心把我們送到門口才離開。我知道他一定繼續去幫助其他迷路的人了……」

查理咧嘴一笑，「別擔心阿奇，他最喜歡解救迷路的人了。」

「那就好，我太高興——」蘿絲似乎突然意識到自己的熱切關心會引來怎樣的解讀，害羞地對威爾笑了笑，「跟我來，來杯香檳，好嗎？」

蘿絲一邊拉著他走一邊繼續說話，威爾沒有打斷，但在人聲鼎沸聲中實在聽不清她說了什麼。查理則是抓住威爾的大衣，希望他們能慢下來，但蘿絲在前頭走得太快了，威爾別無選擇只好轉頭抓住查理的手腕以免和他走散，查理則一點也不反對。等他們好不容易找到蘿絲的父母，人群已經開始走進演奏廳了。

梅修先生帶著大家走到視野最好的樓廳前座第一排，在蘿絲和梅修夫人之間坐下，把蘿絲另一邊的空位留給了威爾。梅修夫人對這個安排似乎不太滿意，但她只是帶著勸誡意味盯了女兒一眼，接著對威爾送去一個彬彬有禮並期盼他也能彬彬有禮的眼神。查理靠向威爾，悄悄地說，「小史，你可不能亂來啊，不然她會把你從這裡丟到樓下。」

「如果我真的被丟下去的話，我不會忘記帶上你的。」

這時一個身材肥碩的年長男性出現在舞臺上，打開鋼琴蓋後就若無其事地走下舞臺。即便如此，觀眾立刻因此安靜下來，好幾個還忍不住傾身向前。接著帕德雷夫斯基登臺了，他瘦長、蒼白，頂著一頭奔放不拘的紅金色頭髮，那頭亂髮沒有任何報紙能如實呈現。

臺下立刻響起如雷的掌聲。他的表情維持著一貫肅穆，但威爾感覺到觀眾的熱情歡迎讓他精神一振。他走到鋼琴前，坐下的姿態像是他不過要在家裡練練琴一樣。演奏一開始是細緻冷靜的貝多芬、舒伯特和孟德爾頌，接著進入布拉姆斯和蕭邦感情豐富的抒情世界，音符的魔力在音樂廳的空氣中蔓延開來，入迷的群眾接受著時而激情時而溫柔的音樂洗禮。而威爾如癡如醉地坐著，聽著帕德雷夫斯基先生將每首曲子的核心靈魂展露在大家面前，但他從來沒有聽過這麼浪漫——這麼**複雜深沉的表現方式**——即使他已聽過這些曲子許多次。查理似乎也成了同樣心甘情願的囚徒，他坐定在位置上不發一語，臉上的驚嘆神情像是嬰兒第一次聽到母親哼唱搖籃曲。這不是威爾第一次看到查理顯露內心的脆弱與溫柔，而他喜歡這個面向。也許比他應當喜歡的還多。

在安可了數曲之後，帕德雷夫斯基先生離開了舞臺，依依不捨的聽眾這才逐漸回到現實，有的發出欣賞的驚嘆，有的則掏出手帕擦拭眼角的淚水。

蘿絲嘆了口氣，戀戀不捨地說，「這位先生大概是最可愛的人了吧？」

威爾忍住想要大力附和的衝動，但他不能否認帕德雷夫斯基先生確實有驚人的天賦。查理則是吐出一口長氣，靠上椅背說，「很不錯。」

梅修先生輕笑，「待會要走到人行道大概又會花上許多時間，但這場演出絕對值得。馬車應該已經在等著了。現在時間尚早，你們願意一起提前吃頓晚餐嗎？」

查理猶豫著看向威爾，威爾知道自己已接受梅修一家太多好意，並且深感不安，但仍然無法拒絕蘿絲懇求的眼神。他在心裡發誓這絕對是最後一次，就接受了晚餐的邀約，並答應如果走散的話就在街角會合。

在如此擁擠的人群之中，走散幾乎是無法避免的事。但靠著查理抓在威爾大衣後襬上的手，兩人總算沒有也失去了彼此。每個人好像都不趕著離開，遇到認識的人還會停下來閒聊幾句，整個演奏廳裡出現了許多阻擋交通的小小人堆，想通過的人只能努力擠過去。當門口好不容易進入視線，威爾聽到有人高興地大喊著他的名字，而他痛苦地想起了這個聲音。「格拉斯普爾夫人。」他一臉陰沉地轉向查理，「你在沃瑟姆家有見過她吧？」

查理也一臉生無可戀，「我敢說那天所有出席沃瑟姆宴會的人都見過她，我從來沒聽過有誰的聲音像這位女士一樣宏亮。」

那時被介紹給這位女士認識時，威爾一開始還覺得她爽快奔放——但很快就發現她很容易讓人不悅。艾塔．格拉斯普爾是體格健壯長相也十分迷人的中年女士，性格爽朗的她總是戴著一頂搞不好連女王都會忌妒的王冠，她有一項特殊的天賦：她要是在百老匯街的這頭說話，搞不好連另一頭都聽得見她說了什麼。她和曾經稱霸紐約上流社會的沃德．麥卡利斯特一樣，都是極度活躍的社交人物，最喜歡對別人誇耀自己一季辦了多少宴會，那數量沃德．

麥卡利斯特連作夢都不敢想像。

她說起話來，參與談話的對象往往會發現自己毫無發揮空間——但她無辜又充滿母性的態度，又會讓對方覺得自己似乎非常必要待在此處。威爾不是不喜歡她，但第一次見過她以後，他就小心翼翼地避開這號人物，深怕她堅持不懈的心會拆穿自己。

但身處在音樂廳擁擠的大堂，他實在無處可躲。他抓住查理的手臂，「快假裝我們沒聽見，男用洗手間在哪裡？我們可以……」見到查理臉上漸趨嚴峻的神色，他停了下來，「不行嗎？」

「有一頂精雕細琢的王冠朝著我們過來了。」

格拉斯普爾夫人穿越擁擠的人群有其妙招，就是邊走邊丟出歡暢的招呼聲，被她的宏亮聲音震懾的人們顯然除了讓路出來沒有其他應對辦法。她對威爾的招呼則顯得更為堅定，具體表現為將戴著手套的手親切地搭在他的肩上。「親愛的，在梅修小姐的午宴上沒遇上你真是太遺憾了。我想告訴你一個消息——很棒的消息！晚安，科爾貝克先生。」

「晚安，格拉斯普爾夫人。」查理幾乎壓不住眼裡的好奇和促狹。威爾沒空理會查理不妥當的表情，全心專注於快快結束眼下的談話。

「我當然樂意聽好消息。」他回道，查理聞言更加用力抿緊了嘴角。

格拉斯普爾夫人高興地把雙手合在一起，「嗯，就是，我兩天前在鄧巴先生家參加舞會，非常幸運地遇到了一位從芝加哥來的先生，他的名字是魯賓．內史密斯！」

威爾無法判斷這番話是不是成功打消了查理偷笑的願望，因為他只注意到自己肺裡的空氣似乎被抽光了，「很抱歉，能再說一遍嗎？」

「魯賓．內史密斯，他說自己是強納森．內史密斯先生的親表兄。」格拉斯普爾夫人綻放出一個大大的笑容，「很有趣吧！我看你的樣子，你一定不知道他也來紐約了。」

威爾勉強露出「我也覺得這很有趣」的微笑，「我真的完全不知道。」

她傾身靠向他，雙眼閃著淘氣的光芒，「我五分鐘前才看到他呢——」

「在這裡？」威爾抽了一口氣。

「就在這裡，」格拉斯普爾夫人得意地說。「所以你別動，我馬上帶他過來。」她拍拍他忍不住擺在抽痛胸口的手，「別亂跑啊，親愛的！」

然後她就離開了，留下被困在原地動彈不得的威爾，「查理，這下我們怎麼辦？」

「別驚慌。」但查理自己聽起來也有點喘不過氣，「你只要微笑點頭就可以了，讓他說話就好。」

「微笑點頭？如果他直接問我和其他內史密斯家族的人是什麼關係怎麼辦？」

查理一言不發地盯著威爾好半晌，「可惡，那就完蛋了。」

「我們不能直接溜走嗎？」

「嗯，我是沒差，但對你的名聲不太好。」查理的手抓住威爾的手臂，「小史，你臉色好蒼白，深呼吸一下，不然你會暈倒的……」他突然停了下來，露出大大的微笑，意會過來的威爾忍不住一陣害怕。

「我才不會暈倒——」

「噢，你會的，我們已經對外宣稱你的身體很虛弱，沒有人會懷疑的。你就暈倒吧，我會把你弄出去。」

「查理，紳士是不會在卡內基音樂廳暈倒的。」

「那不正好，你可以開這先例。別想太久，如果格拉斯普爾決定用喊的找這個叫魯賓的過來，她會比我們離開這裡還更快找到他。」

這聽起來確實比意識不清地被扛到廳外還更受羞辱。但是，走此下策還是讓他感到非常焦慮，「你確定你接得住我嗎？」

查理對於實現這個計畫看起來有些過度熱衷，「我接得住你的，但不要渾身無力地昏倒，我不確定我能把你抱到計程車上。」

「但——梅修一家怎麼辦？他們要怎麼知道我們不去了？」

「你不覺得這件事會讓大家一直聊到就寢時間還津津有味嗎？」

「天哪。」威爾再次絕望地考慮直接從這裡衝出去的可能性，但事後討論的內容對他不利。查理是對的，「只是……」威爾忍住呻吟，「這真是瘋了。」

「你可以的。」

「看起來會像演的。」但查理眼中的同情和怎麼也無法撲滅的樂觀神色鼓勵了威爾。威爾深吸一口氣，想到要昏倒還是無法相信，但仍然把手放到眉頭，輕輕搖晃起來。

查理的手抓上威爾的手肘，「內史密斯先生？」

他做出因憂慮而提高聲調的樣子，毫無意外疑問地引來了一些注意——威爾害怕其他人插手幫忙，不敢猶豫太久，祈禱著查理不會讓他跌到地上，就閉上雙眼，放掉對身體的控制。一雙強壯的手臂立刻止住他下墜的身體，他耳中傳來可信的抽氣聲，就像查理不太確定他這是暈倒了還是怎麼了一樣。他們很快被嚇著了的圍觀群眾包圍，人們發出關切的低語。查理快速向大家保證一切沒事，扶著威爾朝著門口走去的時候還說得好像一切沒什麼大不了的樣子。威爾持續低著頭，眼睛不敢張開，搖搖晃晃地跟著查理前進，內心感謝查理擁有說謊面不改色的能力。

威爾意識到一定是有人幫忙叫了車，因為他們在路邊沒有等候，許多人幫著查理扶威爾上了車。查理一一謝過，沒有過多客套就立刻擠進車內。車子一上路，威爾本想立刻起身，但查理把他壓回位置上，「還沒，旁邊有很多人。」

儘管不認為有人近到可以看進車內，威爾還是順從指示繼續窩在車子的角落，緊閉著雙眼仔細聽著街上的車馬行人聲，以及遠處還在從音樂廳走出的人群聲。當他可以肯定已經遠離第七大道以後，才偷偷睜開眼，只看見查理盯著窗外，表情既疏離又帶著憂傷的渴望。

「怎麼了？」威爾低語。

查理嚴肅地看著他，「我只是在想，內史密斯先生是不是明天就該回加州了。」

威爾輕輕哼了一聲，「你是這麼想的，是嗎？」他再坐得更直一些，把手交疊在腿上。「我們的運氣不會一直這麼好。魯賓．內史密斯可能會派人來問候。」

「我想也是。」

「如果他揭穿我是個騙子……」威爾不敢想像蘿絲對他會有多失望。而薇奧蕾特則很可能和他斷絕關係，「情況有點失去控制了，對吧？如果我們現在放棄，你覺得哈洛威先生能不能接受？」

查理嚇了一跳，看來某部分的他希望威爾能繼續下去，「我不知道，他很可能會抱怨。」

「但他理解社交季結束前一切有可能穿幫。」

「我猜他會說但現在**還沒有**穿幫。」

「如果我養成每次宴會都昏倒的習慣，人們可能會禮貌建議我還是待在家裡靜養就好。」

「嗯，還是你就靜養幾天，等這個叫魯賓的傢伙離開紐約？這也能解決問題吧？」

「查理……」威爾等著，直到查理心不甘情不願地看向自己，「你想繼續演下去。」

查理發出短促不屑的笑聲，「不管我是否整個社交季都持續寫這個名流專欄，哈洛威先生遲早會讓我轉領稿費的。這整件事就是好玩而已，真的，只是玩笑。」他轉頭看向窗外，「你會在卡洛琳那住到月底嗎？」

「我還沒考慮這件事。」

「而且你得再次延後婚禮了。」

這件事他也還沒考慮，「你想不想去吃點晚餐？」

「我們最好回家，確保沒人來問候你。」

「這麼快？」

「梅修一家人可能會來。」

威爾把頭靠向靠墊，閉上了雙眼。他不後悔去了這場演奏會。大部分時間裡，他享受了愉快的下午，他也理解查理為何不想結束這個任務。繼續下去只會招來麻煩，但……

查理也靠上椅背，坐到他的身邊，「我聽過你哼那首華爾滋。」

「你聽過？」

「承認吧。」那雙藍色的眼睛裡再次充滿了它平常自信的光芒，「你喜歡演奏會和宴會——」

「我承認我喜歡演奏會，但我一點也不喜歡宴會，而且它們才是蒐集八卦的最佳場所。」

「不一定。我只要在卡洛琳·阿斯特旁邊的凳子上坐一個小時，就能寫一篇報導出來。」查理又靠近了一點，肩膀貼在威爾的肩膀上，「事實上，我現在就可以寫出一大篇報導，就說這個來紐約談生意的威廉·內史密斯，打定主意想要給人留下最好的印象，但不幸捲入與一位英國貴族爭奪可愛的美國富家女蘿絲·梅修的激烈競爭之中——」

「查理……」

「等等，我還沒說完。」查理清了下喉嚨，「內史密斯先生近來在各社交場合出入時身邊總有女性同行，有年長也有年輕女子。星期六下午在卡內基音樂廳出現後，他身體不適，依照醫囑需在床休養直至精神足以應付無窮無盡的舞會和演奏會才能再次重出江湖。即將到來的活動想必會為他的缺席感到無比——」

「查理，看在老天爺的分上。」

「這篇專欄一定很受歡迎。」

「你不會是認真的吧。」

「比起其他報紙，你不會更想在《先驅報》上見到嗎？」

「我從來沒有上過報紙，我也不想期待。大家想看的是貝爾考特。我在紐約待得不久，沒人對我有興趣。」

「你今天應該引起了不少興趣。」查理綻開溫暖的笑容，眼中閃出真摯的情感，「如果魯賓離開紐約，你會再考慮看看嗎？拜託。」

威爾忍不住笑出來，「我不能保證。」

「但你會考慮？」

他最後應該還是會拒絕，但威爾現在不想對查理說不，「我會慎重誠懇地考慮這件事。」

「不知道為什麼，我沒有覺得比較安心。」查理嘆了口氣，「你還擔心什麼？」

威爾不知道該從何說起，這個任務從一開始就充滿了各種漏洞，現在只是變得更加危險了。而且，其中一個危險，他發現，就坐在他的身邊。從某個時刻，他和查理不知何時逐漸習慣了彼此，他越來越相信查理，不只是因為處境需要他們彼此信任，然後……

他們不知為何變成了朋友。

這個認知嚇了威爾一跳，但他認為除此之外，無法解釋查理剛剛遞給他的溫馨眼神，或是靠在他肩上的肩膀。這只是無意識的肢體碰觸，他不會誤解成別的意思的，尤其是在他心中期待更多的心情蠢蠢欲動的時候。

查理剛問了什麼？在他能再次集中注意力之前，查理的輕笑聲嚇了他一跳，那是帶著懊惱的笑聲，「當我沒問，」查理說。「我知道你在擔心什麼，但就……等個三天？休息三天應該不至於讓人認為你命在旦夕。如果魯賓那時還不離開紐約，我們再送你回加州。這樣可以嗎？」

三天。「可以。好吧。」

「真的嗎？」查理鬆了一口氣，「太好了。」

威爾也吐了一口長氣，但他的內心感覺不到一點放鬆。

第十二章

威爾陷入沉默，查理只好閉上嘴，不確定自己還能說什麼；就他的感受來說，這是一種不舒服的狀態。他本以為自己已經培養出讓愁緒萬千的威爾露出笑容的本事，但這個技能目前顯然不管用了。不知是什麼讓威爾嘴角線條緊繃、眼中憂慮重重，似乎都是新的煩惱。而且是威爾沒有分享的。

查理甚至無法對此發牢騷，畢竟他自己的祕密也被牢牢鎖緊。他不打算提起，那個美妙又該死的瞬間，當威爾跌進他的懷抱時，查理那時只想要——嗯，想要一直抱著他，也許還可以⋯⋯

不行，他不能告訴威爾這些，不是在威爾還愛著薇奧蕾特的這個時候。或者至少是很誠懇地試著要去愛她的時候。

查理看著車窗外週六傍晚百老匯街的喧囂，他的思緒忍不住回到卡內基音樂廳氣派大廳裡的擁擠人群中。事實上，更聰明的作法是偷偷溜出去，事後宣稱他們不過是被人潮帶走，錯過在門口的格拉斯普爾夫人。相反地他們編出個引人注目的八卦，一個他們甚至不能刊出的八卦。查理想怪罪這個混亂的下午，或更甚是當威爾看向自己尋求救助時眼中懇切的光芒——就是那個光芒讓查理**完全**無法思考——但他倆都沒有預期到另一個內史密斯家族的其他成員會出現。他不能怪威爾想要結束這個遊戲。即使是現在，他也難以置信自己能說服威爾再撐三天。但如此安靜憂慮的威爾讓他一點也高興不起來。當他們回到家，發現一個訪客也沒有；這是另一種解脫，但威爾似乎沒有注意到這件事，直到他們去找卡洛琳，發現她正要去聽愛樂樂團的演奏，由阿奇作陪護送。威爾像平常一樣禮節周全地向兩人打招呼，但卡洛琳似是看透了他的表象，她伸手拉著他的袖子停住他。「告訴我們，內史密斯先生，你是否喜歡這場演奏會。我去了這個月的上一場，非常精彩，本來很想再去這一場的。」

「真的非常精彩。」威爾似乎在努力讓自己心情更好一點，「我想就連科爾貝克先生也很喜歡。」

查理猶豫了一下，意識到與其讓卡洛琳從其他人口中聽到下午發生的事件，不如讓他們親自告訴她，「演奏會——是的，確實很棒，鋼琴彈得很好。我們還遇到艾塔．格拉斯普爾——」他暫停了一下，注意到卡洛琳在聽到這個名字時微皺了下眉頭，洩漏了她對格拉斯普爾夫人的評價，「她遇到了芝加哥來的魯賓．內史密斯——」

「天哪。」卡洛琳低聲說。

「就是這樣，」查理說，「然後——」

「我們不得不匆忙地離開那裡，」威爾插話，「我很慚愧地說，我為了逃脫而假裝生病。」

卡洛琳一聽，笑顏逐開，「喔，親愛的，你不知道我年輕時為了逃脫討厭的各種聚會裝病了多少次。這在上流社會這是必備技能啊，你知道嗎。」

查理拍拍威爾的肩膀，「你看，這沒那麼糟。」

威爾似乎明白在這個情況下他很難反駁了，「是的，嗯，這讓我自己陷入了尷尬的處境——」此時門鈴響了起來，威爾忍不住緊張地笑了，「而且也許還是無法阻止格拉斯普爾夫人。查理——」

「交給你的私人秘書吧，」查理說，「你快上樓。」他把威爾推向走廊的另一邊，只在路上閃過了要前去應門的希爾達。

威爾試圖轉向卡洛琳，「讓查理處理這件事就好。我不想毀了您的晚上——」

「我們時間很充裕。」卡洛琳向他保證。

查理讓威爾轉回前進的方向堅定地推著威爾上樓。當他回到會客室，艾塔．格拉斯普爾已經好整以暇地坐在沙發上，而卡洛琳則是坐在一張椅子上，阿奇站在她的身後，眼中閃著好奇的興味光芒。明顯不悅的希爾達快步走過查理身旁，他猜想茶很快就會被送上。

他打算盡快把格拉斯普爾夫人送走。阿奇和卡洛琳似乎發現保持嚴肅的神情是一種挑戰，這讓查理感到更加困難，但他還是提供了格拉斯普爾夫人所尋求的解釋，她聽得目瞪口呆，只有在突然想起這個場合應擺出同情神色時，才勉強裝了一下。

「親愛的科爾貝克先生，沒能早點發現不對勁，我真是非常抱歉。內史密斯先生在大廳時看起來確實十分蒼白虛弱，但我一點也沒發現……哎，這真是太遺憾了，因為我不相信內史密斯先生——我是說**魯賓**．內史密斯先生能夠延長他的紐約之行。我當然會去詢問看看……但如果內史密斯先生——**你的**內史密斯先生——週五前完全康復了的話，我那天舉辦了一個小小的宴會……當然，是個大型的宴會。」她笑著修正了自己的話，然後立刻皺著臉表示抱歉。「真是要請你見諒。宴會是這週五晚上七點。你認為內史密斯先生到時身體狀況能康復並出席嗎？」

查理嘗試著跟上她言辭的曲折變化，並立刻從自己被攪成一團漿糊的腦袋中編出個合適的藉口，「嗯，我想我不能代替內史密斯先生立刻回應，他已去歇息了——」

「當然，我理解！」格拉斯普爾夫人激動地說，「這可憐的、親愛的年輕人。當然你現在還不用給我一個確定的答覆。我只是以為你可能可以給我一個大概的可能性——我是說，畢竟你這麼了解他。如果有那麼點機會，嗯，也許我可以成功說服魯賓·內史密斯待到週末。當然我不能保證我能說服他，但就算他無法出席，我敢肯定你的內史密斯先生也會願意參加我的宴會的。我當然希望能將他介紹給所有他應該認識的人。」她補充道，好像沒有比這更有接受邀請的誘因了。

查理強忍住無奈的笑聲，他今天做得最對的決定就是把威爾送去休息了。「格拉斯普爾夫人，您也知道是怎麼回事。內史密斯先生一旦病倒，總是恢復得比較緩慢——」

「就給我一點點的判斷就好，科爾貝克先生——」

「嗯，我……」查理猶豫著，想知道自己是否能用可能可以來滿足她，此時卡洛琳清了清喉嚨。

「科爾貝克先生，我記得內史密斯先生接受了週五和我一同去看歌劇的邀請。我不確定他是否已告知你——」

「他說過了，」查理抽了一口氣，「請您原諒，董尼德小姐。也請您原諒，格拉斯普爾夫人。」他轉向格拉斯普爾說，「恐怕今天發生的事讓我精疲力竭了——」

「不用道歉。」格拉斯普爾夫人的笑容這下看來是真心同情了，「我沒有行事曆在手上的時候總是什麼也記不起來。」她站起身來，「嗯，如果你們看完歌劇想來待一會兒也可以，我們總是到很晚——」

此時門鈴再度響起，查理差點沒能忍住哀號。如果威爾認為他們快要被訪客淹沒了，他很可能會下來——那樣一來就糟了。格拉斯普爾夫人剛向大家說了晚安，希爾達就帶著蘿絲出現，蘿絲與正要離開的格拉斯普爾夫人互相問候後，接著走進會客室到處張望，表面上是找威爾。但當她的眼神遇上阿奇，臉頰立刻飛上紅暈向後退了一步，「我打擾你們了。」

「沒有，沒有。」查理在她轉頭跑開前把她抓住，「來，妳坐。」

「我不能待太久，爸爸在馬車裡睡著了，我不忍心把他叫醒。我只是想確定你和內史密斯先生平安到家了而已，有人告訴我們內史密斯先生病了……」

「他現在好多了，」查理對她保證，「我敢說他休息個一兩天就好了。」

她忍不住抓住他的手，「真是太好了，如果有什麼我們幫得上忙的，一定要告訴我們，好嗎？」

查理被嚇著了，握了握她的手，笑了起來，「妳們來問候真是太好心了，我猜妳們也會去格拉斯普爾夫人的小小宴會？」

「沒錯，你會去嗎？」

「如果內史密斯先生復原了，我們會去看歌劇。」查理忍不住注意到蘿絲不停朝著阿奇的方向偷看，但仍然裝傻地繼續說下去，「很可惜這次錯過你們，但我猜不久會就會有下一次歡聚的機會。那，你們想喝點茶嗎？」

蘿絲和阿奇互看了一眼，兩人看似有話想說，但都沒有勇氣說出來。卡洛琳微笑起來，「請給我一杯茶，科爾貝克先生，謝謝你。」

「您不會遲到嗎？」查理問。

「總是會有時間喝杯茶的。」卡洛琳說，「不坐下嗎，梅修小姐？我猜妳如果不坐下，科爾貝克先生和杜蘭先生都會很不自在的。」

「我很抱歉。」蘿絲用力扭著手裡的手帕，手帕要是有生命的話，現在怕已半死不活了，「但我真的得走了……」她的眼神像在請求阿奇原諒。

而他的笑容幾乎和她的一樣靦腆，「我能送妳出去嗎？」

「噢。」蘿絲的臉頰再次染紅，「我不想麻煩你，杜蘭先生。」

「這是我的榮幸。」

她轉向查理，「那我這就說晚安了，科爾貝克先生。」她的聲音非常輕柔，只有極輕微的顫抖洩漏了情緒，「謝謝您的茶，董尼德小姐。」

查理決定不要指出她其實一滴茶也沒喝到，畢竟看到穿著出租禮服的阿奇，足以吸引住幾乎所有人的注意力。卡洛琳則什麼也沒說，但臉上笑容久久不褪。蘿絲挽起阿奇伸出的手臂，「你是去聽歌劇嗎？杜蘭先生。」

「我要去今晚的愛樂樂團演奏，梅修小姐。」

「噢！」她應了一聲，像這樣就能鼓起說話的勇氣一樣，「那星期五呢？」

卡洛琳放下手中的茶杯，「沒錯，他會去。」

查理驚訝地看了卡洛琳一眼，她眼中閃爍的光芒讓那抹盤桓不去的笑容意味更加易懂。但和蘿絲明顯的喜悅比起來，那抹笑意不易察覺，「你喜歡歌劇嗎？杜蘭先生。」

「我從來沒有聽過。」阿奇不好意思地說。

「噢，你會喜歡的，我肯定。」

「我想我會的。」

為了讓她高興他一定會喜歡，查理想著。

「梅修小姐……」卡洛琳站起身來，「妳週五想不想一起來呢？我想妳聽完以後還有時間出席格拉斯普爾夫人的宴會的。妳如果想先問過父親，明天再回覆我的話——」

「我很樂意和您們一起去。」

看來格拉斯普爾夫人的宴會正以異常的速度損失賓客啊。查理還興味盎然地發現，阿奇看來是越來越喜歡聽歌劇這個主意了。他和蘿絲走出房門後，查理坐了下來，為自己泡了杯茶，「我之前不知道您這麼擅長做媒，董尼德小姐。」

生。」

「我真心完全不懂你在說什麼。」卡洛琳調整了下披肩和手套，「晚安，科爾貝克先

查理花了幾分鐘思考，也許即將舉行的是否不只一場婚禮——或者一場私奔，當梅修夫人要是發現自己的獨生女要捨棄伯爵去和個年輕且幾乎一無所有的警察在一起時。查理覺得梅修先生會站在蘿絲這邊，但父女聯盟是否能抵擋得住梅修夫人的反對還有待觀察。

至於內史密斯先生即將到來的這樁婚事……

真的很可惜，似乎貝爾考特是唯一面臨被拋棄風險的人。薇奧蕾特似乎不介意威爾對自己父親的生意興趣缺缺，也不介意他一點也不喜歡社交場合，甚至連婚後可能有好長一段時間必須過得比她原本的生活更加節約，她好像也不在意。也許她真的很愛他，查理做出結論——而威爾，雖然看似理性、不顯露情感又實際，但心裡一定也是愛她的。一切本該如此。

真有趣，意識到這一點時，心裡竟像地獄般痛苦。

查理小心翼翼地把茶杯放在托盤上，站起身來。威爾聽到自己週五必須再次出場一定不會高興，但聽歌劇總比格拉斯普爾夫人的宴會好多了。查理曾經聽過一兩場歌劇，對於星期再來一場他則完全不期待。他只能安慰自己，也許那場音樂會能讓他再寫出一兩篇專欄？為此，他甚至可以承受再坐完一場華格納。

樓上一片寂靜，查理猜威爾可能真的睡了。他的門開了一條縫，像是他試著偷聽樓下會

客室內進行的談話。查理知道，這只是白費工夫的方式；雖然這在格拉斯普爾夫人身上可能會更成功。查理朝門縫偷看了一眼，發現威爾並不在床上，但也可以說已經是了。他坐在扶手椅上打瞌睡，膝上擺了本翻過來的書，在睡夢中皺著眉頭……毫無疑問地，是夢到查理會害他陷入的各種麻煩。

露出微笑的查理走進房門，彎腰把書拿了起來，他輕柔的動作驚醒了威爾，用迷茫且目光模糊的雙眼盯著查理，「她走了嗎？」

「大家都走了。」查理把床腳的凳子拖過來坐下，「我們遇上了一點麻煩——」

「麻煩？」威爾把書放到一邊，往前調整了坐姿，困惑的神情轉為熟悉的憂慮，「我們被發現了嗎？」

「沒有，但收到了我認為無法拒絕的邀請。」

「邀請？」他棕色的眸子犀利地盯著查理，「你該不會要告訴我，你接受了魯賓．內史密斯的邀請吧？如果是那樣的話，你可以認為你這個私人秘書已經被解聘了。」

查理忍不住笑了出來，「要找到取代我的人可不容易——」

「**查理**。」

「深呼吸，小史，事情並不嚴重。格拉斯普爾夫人邀請我們出席她週五舉辦的宴會——你聽我說完——然後卡洛琳為了拯救我們，說她邀了我們去聽歌劇。」

威爾眨了眨眼，「她……真的嗎？」他靠回椅背，「她邀了你和我嗎？」

「還有蘿絲，她剛來過。」查理的臉上忍不住浮出笑容，「還有阿奇。」威爾再度露出不解的神色。查理對他感到同情，「你沒注意到蘿絲和阿奇是怎麼──嗯，關注彼此的嗎？」

威爾看來已經筋疲力盡，沒有心力解讀查理的話了。他更加沉重地後躺著，閉上雙眼笑出聲來，笑聲帶著倦意。他真的非常需要把注意力轉移到其他事情上……查理知道該怎麼做，「你想不想去吃晚餐？」

威爾先是用憂慮的眼神看著查理，接著目光中出現了一絲溫柔的善意婉拒，「謝謝你，但我現在實在沒有心情去嘈雜的啤酒餐廳──」

「我想去的不是那裡，是報社附近西三十五街的咖啡廳，很有法國風味的地方。有花園、樂團……你會喜歡的。」

「我們不能去任何可能會被認出來的地方。尤其是在我還在生病出不了門的時候。」

「那裡也不是戴爾莫尼科餐廳那類地方……」查理看到威爾搖頭，只好停了下來，「那好吧，教會禁酒協會停在廣場附近的餐車？」

威爾哎了一聲，但查理聽出他開始有了興趣。他再次嘗試，這次挑了個更高級點的地方，「百老匯街往下一點有家很好的牛排館，我從來沒有在那裡看過阿斯特或范德比爾特家的人。」他滿以為威爾會拒絕這個提議，但威爾考慮了一下，點頭同意了。

「我們這身打扮去那裡可能太隆重了。」他一邊站起身來，一邊俏皮又不露聲色地指出。

查理大笑出聲，「我們說不定會帶動新的餐館時尚呢。」

「想想教會禁酒協會餐車要是被這波時尚席捲，那成了什麼樣子？」威爾脫下禮服大衣，「我們還是別那麼顯眼比較好，我五分鐘後到樓下跟你會合。」

這時間點的餐廳，還沒人聲鼎沸到讓人無法忍受，查理對於在離位子相當適當距離的位置享受溫暖的爐火感到十分滿意。在牛排、馬鈴薯和啤酒的善意影響下，威爾看來不再那麼焦慮了。查理發現自己心情也有所改善，儘管他得承認對自己起作用的不是食物而是威爾，他們的談話並不熱切，斷斷續續又有些漫不經心，但威爾的回應總是帶著微笑。查理謹慎不多聊魯賓．內史密斯，但威爾顯然充滿了對接下來這個星期的憂慮。他幾乎沒什麼談論這些，但查理可以從他越來越長的沉默中解讀出來。查理不禁想到，這時提醒他一開始接下任務的初衷，會不會有所幫助。

「你定下婚期了嗎？」

談話的突然轉向讓威爾臉上浮現出查理許久未見的警覺，威爾往前坐了一下，雙手在桌上交握，「我們還沒——」

「但就是六月了，對吧？」

「得看情況。」

「看你有沒有恢復理智？」

威爾臉上的精心磨練的責備神情因為他抽動的唇角可惜地失去了些許效果，「等我存到足夠的錢，我們就能更好地準備結婚的日期。」

「你還沒正式向她求婚嗎？」

威爾把手放回腿上，「還沒正式求婚。」

查理把頭偏向一邊，「你不是早該這麼做了嗎？如果她厭倦等待的話，可能就會徹底離開。」

威爾的神情非常嚴肅，「如果她改變主意的話，我不會強求她遵守任何承諾。」

「那如果是你改變主意呢？」

「那是不可能的。」

「不可能嗎？」查理開始後悔為什麼要換成這個話題，但還是忍不住自己的好奇心，「你們兩個認識多久了？」

「嗯，我想想……」威爾靠向椅背，皺起了眉頭，「我的父親曾經為了報導而採訪了她的父親——」

「等等，你的父親是記者？」

「我小時候他有段時間在跑新聞。你不要笑，他是很好的記者。他採訪了查平先生，兩人成為朋友。我的父母受邀到查平家在聖喬治的房子吃晚餐，我暑假從寄宿學校回家的時候，他們就帶我去那裡度過一個週末派對。那時我十七歲，薇奧蕾特十五歲。」

「這個追求期還真長。」查理說。

「有十年的時間我們更像是朋友，一直到去年我們才開始考慮結婚的事。」這對查理的腦袋運作方式來說，實在是非常奇怪的事，「是除了你沒有別的人選了嗎？」

「別說傻話，薇奧蕾特和我彼此都覺得合適。我們很少起爭執，即使意見不合，也有足夠的理性好好把事情談開，不會放任不滿累積。」

「真令人愉快。」

威爾對這個諷刺不為所動，繼續說，「有太多婚姻不愉快了，我不認為這是可以嗤之以鼻的事。」

查理驚訝地瞪著他，「這就是你想要的嗎？」

「查理，我沒有想要演出俗濫的浪漫愛情小說情節。」

「這裡頭有任何浪漫愛情的成分嗎？」

威爾嘆了口氣，「你和我在很多事情上有不同的看法——」

「你不覺得墜入愛河應該是很單純直接的事嗎？」

「你談過幾次戀愛？」

殺了他也不會說的。他認為自己談過戀愛——他是這麼認為的——但**這種**內在有股感情瘋狂滋長、這種極度想要表露心跡、不管會不會震驚到威爾——他從來沒有經歷過。他是曾經和幾個人上過床，也為好幾個人苦苦單相思過，但他夠小心、夠聰明，即使知道事後難免懊悔；所以他無法理解自己這種對威爾無比愚蠢的衝動。

他是否正在墜入愛河還是單純失去理智……這還有待商榷。

「查理？」

查理慢慢吸了一口氣，試著緩和喉嚨的痛楚，「我想婚姻應該不只是用爭執頻率來衡量才對。」

「所以……」威爾盤起雙臂，「我得像個陷入愛情的男孩，失魂落魄地走來走去，一下哭一下笑，因為擔心自己聽起來像個傻子，就連一句話也不敢向薇奧蕾特說？」

查理調整了下坐姿，突然專心研究起盤子裡的剩菜，「大概像那樣吧。」

「那你得原諒我。」威爾聽起來像是被逗樂了，「我的天性並非如此。」

查理也很希望自己的天性不是那樣，於是轉而討論起實際的事。「關於明天……」他搖搖頭，「明天可能會有更多人來探訪，所以你得把自己關在樓上一陣子。我會用我告訴格拉斯普爾夫人的說詞打發他們。這樣一來，你應該大半個星期都能說自己在靜養，直到你再次現身之前。也有充足的時間決定接下來怎麼辦。」

「沒錯。」查理一臉憂傷，「我們得觀察一下事態如何演變。現在，很高興接下來幾天我能好好在報社休息。」

這也許**可以**說是閒適的時光，在星期天應付完更多親切關心的訪客和更多的邀請函——這些都被查理遺憾地拒絕後。好消息是魯賓．內史密斯已經啟程回芝加哥了，但威爾對於繼續這場任務仍顯得十分不情願。查理則是忙著報社的例行工作，用追新聞的快感保持愉快——雖然他發現自己在把稿件交給威爾前，花了比平常更多的時間進行編輯。

星期二那天，他溜進書店買了一本小小的二手字典，他把字典藏在抽屜裡，以避免受到默頓或其他同事免不了的嘲諷。隨著這週飛快過去，他開始期待威爾回到辦公室，自己能在他編輯時賴在桌邊找他聊天。他改不了為自己稿件辯護的習慣，甚至有時候只是沉迷於看到威爾臉上惱怒神情的樂趣。查理得承認，那些輸掉爭論的時候，他就和成功辯護一樣高興。

到了星期五，威爾看來已完全恢復先前的心靈平靜，五點一到就全副武裝，齊齊整整地出現在查理房門口。查理還在努力戴上領片，他暫時停下手上的動作，仔細打量鏡中的威爾，「你的頭髮得亂一點。」

威爾的眉頭皺了起來，「你再說一遍？」

查理笑出聲來，「你沒在帕德雷夫斯基先生身上學到些什麼嗎？女孩們顯然會更喜歡那些，看起來無法被馴服的男人。」他伸手要去碰威爾梳理整齊的鬈髮，但威爾快速抓住了他的手腕。

「別亂來，我花了很多時間整理，不想再來一次了。再說，喜歡我的女孩已經夠多了——」他突然停下話頭，坐了下來，「董尼德小姐和阿奇已經下樓了，所以……」

「我知道。」查理把領結推到大致正確的位置上，轉身面對威爾，「還行吧？」

威爾憂鬱地看著他，「你的頭髮得梳一下。」

查理認為不必，但還是順了順自己的頭髮，「現在沒那麼迷人了，對吧？我可不希望自己英俊過你們兩個。」

威爾一開始似乎笑得有點勉強，隨即忍不住笑了起來，「我不介意你比我英俊。」他站起身，「趕快下來，否則我們就來不及吃晚餐了。」他走出房門，嘴裡交代著查理帶傘，但正把頭埋在衣櫃裡找大衣的查理並沒有在意這件事，等到他爬進馬車坐到威爾身邊，才注意到地平線上那片壓得極低的烏雲。但威爾有帶傘，無疑可以哄著他分自己撐的。

雖然不像上週的卡內基音樂廳一樣擁擠，但大都會歌劇院的場地外還是擠滿了馬車，一大群門衛們個個手執雨傘，在廳外忙得不可開交。從為擁有包廂的貴客預留的有遮棚的專屬入口步下馬車，是一個極滿足虛榮心的體驗，查理護送著卡洛琳走進門時，忍不住覺得自己得擺出一副高高在上的樣子，但他很快就忘記了這件事。他忙著聽卡洛琳開心說起和父親一起去舊音樂學院看表演的過往，董尼德先生本來一點也不想來新的歌劇院，但禁不起卡洛琳誘騙懇求，陪她來過以後馬上愛上了這個地方，還斥鉅資訂了包廂。查理不難想像卡洛琳也得花很多錢才能保住這個包廂，但即使是這樣，卡洛琳可能寧願失去大宅，也不願意失去歌劇院的包廂。

對於熱愛歌劇的人來說，這可能非常值得。他在到達包廂後，看到底下巨大舞臺時想著，這裡的確是個最佳的觀賞點。女士們在前排位置坐定，阿奇坐在蘿絲身旁，查理則後退一步，主動把視野較好的位置讓給威爾。威爾猶豫了下，「你確定嗎？你如果沒看過歌劇，我覺得你不要錯過任何細節比較好。」

「我不認為我會錯過什麼。」他揮手要威爾趕快坐下，自己則在他身後的位置安頓下來，「這裡視野真的很棒，對吧？往上看還會忍不住有點頭暈。」他朝著卡洛琳剛遞給威爾的節目冊瞥了一眼，「**羅恩格林**？那不是華格納嗎？」

威爾好奇地對他笑了一下，「你看過嗎？」

「我看過華格納的作品。」

「喔。嗯，這也許會適合你，即使你不喜歡華格納的作品。」他把節目冊遞給查理，查理不感興趣地隨意翻閱。這個節目冊裡最有趣的部分大概是那份列出歌劇院各個包廂擁有者的名單。他開始四處張望，試圖認出在場的每張臉，意外發現自己不是唯一過度好奇的包廂聽眾。紳士們確實多數忙於交談，但女士們對於自己的穿戴打扮的是否合適顯然更有興趣——至少從她們不安整理身上的蕾絲和珠寶的舉動看來。

對查理來說，這比接下來很快在臺上開演的那場熱鬧有趣多了；過了好一會，儘管他對於一句德文也不懂，那些吵鬧變得有些吸引人。當他很快又開始感到厭倦，於是再次讓視線四處遊走，發現包廂裡來來去去的人和半壓低聲量的閒談也很有意思。他見過一個告示，提醒包廂聽眾不要影響他人，顯然下方座席的觀眾很受干擾，但交談聲依舊持續。只有少數女士，包括蘿絲和卡洛琳，靜悄悄坐著聚精會神地享受臺上的演出。阿奇似乎也很投入，只是視線有時也會飄走——查理注意到，通常是飄往蘿絲的方向。而威爾……

查理很想傾身向前，在威爾耳裡說一些不太得體的話，確認他是否能聽得到。相反地，他往後靠向椅背注視著威爾，發現了比起臺上的好戲更多的樂趣。即便如此，結束時他也睡眼惺忪，根本無力回應威爾邀請他發表心得的提問，只能和顏悅色地笑了笑。

走到門口時，嚴寒的夜晚朝他們撲面而來，查理忍不住慶幸可以馬上坐車回家鑽進溫暖的被窩。但查理立刻從昏昏欲睡的狀態醒了過來，當蘿絲突然發現了貝爾考特勛爵，他和三個年輕女性及一對年長夫婦站在一起。「那是惠特莫爾先生和夫人。」蘿絲說，「還有他們的女兒。不知道他們怎麼認識貝爾考特勛爵的？他們幾乎不參加宴會。」

查理搖搖頭。「他們只要去一場就能遇上了。就我看來，貝爾考特出席了每場聚會。」

「我們要過去打招呼嗎？」阿奇問。

蘿絲和威爾對此都不熱衷，但他們還來不及反對，貝爾考特已經注意到他們的存在，快速地走上人行道，他的隨扈則跟在身後，「晚安，各位紳士！還有梅修小姐，今晚在這裡遇見妳太好了。這場演出——真是迷人！希望你們也這麼覺得……」他看著阿奇，露出好奇的神情，「請見諒。我們見過嗎？」

威爾介紹了阿奇，貝爾考特則自我介紹作為回應。惠特莫爾家的女孩們對蘿絲有些防備冷淡，毫無疑問地是因為謠言的關係，惠特莫爾夫婦則十分安靜但和藹，任由貝爾考特解釋他們的認識經過。一輛輛馬車沿著路邊緩緩駛抵，由於不少客人待在室內等候，馬車離開得更加緩慢了。查理無法責怪那些不想出來等的人，正當他想要提議眾人進到那處等候的時候，他發現有個熟悉的身影朝他們快步走來，他立刻進入警戒，完全忘記了寒冷。

查理抓住威爾，把他拉到一邊，「我得走了——」

「為什麼？發生什麼事？」

「傑克．加巴。他是《太陽報》的記者，不能說是朋友。不管怎樣，無論如何千萬別和他說話。」查理看著威爾焦急的眼神，努力擠出一個讓他安心的笑容，「我們回家見。」

威爾來不及出言抗議，查理就消失在人群之中，努力忍住想回頭確認的衝動。他六個月前搶在加巴前頭發了一個大新聞，而就他所知，加巴不是那種會原諒或忘記的人。加巴很可能也千方百計試圖採訪貝爾考特，儘管又被《先驅報》搶先了，凡此種種，他肯定不會錯過公開羞辱查理的機會。查理不敢相信自己好運到能避開這個危機，但他還是擔心威爾會陷入加巴的詭計。看來只有回到家確認以後，他才有可能放心。

而且回到家顯然也要花點時間。因為他發現身無分文，別說是計程車，連搭電車的錢也沒有。他所有的錢都拿去付昨天的晚餐了。他鬱悶地拉起領子，把所有扣子扣上，開始沿著百老匯街往前走，並試圖躲避著寒風。其實路不遠，儘管回家的路程大概一點六公里多一點，但天氣這麼冷、天色又這麼黑，這哩路就顯得格外遙遠。他本來覺得不夠冷，不會下雪，但當水氣以雨滴的形式落了下來，他才確定這件事。

放棄了巧遇卡洛琳的馬車且對方近得足以看見自己的希望，威爾加快腳步，希望能在全身溼透前趕到家。但經過公園時，刺人的雨珠已經徹底打濕了他的頭髮和衣服，他感覺到肺部因寒冷而疼痛，不得不慢下腳步。

他並沒有慢下來太久。當家映入眼簾時，感覺此生沒有看過更美妙的風景。階梯上的雨水似乎已經結成冰了，他奮力跑進屋內，走入相對溫暖的門廊。上樓回到房間，發現桌上有一份關於歌劇表演的短篇報導，顯然是威爾在回家的馬車上寫的。威爾在紙頭寫下，「如果你想編輯一下的話，歡迎指教。」

查理忍不住笑了出來，他當然要指教一番……但眼下當務之急是生個火。他蹲在火爐前，掙扎著用失去感覺的手指拿出一根火柴。門上的敲擊讓他嚇了一跳，手中的火柴盒掉到了地上，火柴散得到處都是。惱怒的他環顧著四周時，正好看見開門的威爾。「我還以為我比你快到家呢……」查理見到威爾臉上明顯不悅，換了話頭，「別這樣，我只是淋了點雨。你不會這麼大驚小怪吧？」

即使他自己這麼說，他也意識到自己並不介意。威爾在他身邊蹲下，撿起掉在地上的火柴，「查理，看在老天爺的分上，還是讓我來吧，要不然你可能會把火生在自己身上。」

查理把生火的任務交給威爾，考慮起自己該不該站起來把溼衣服換掉，但他真的又冷又累，坐著說話感覺比較輕鬆，「加巴沒看到我吧？」

「不，不。他忙著跟貝爾考特勛爵開啟對話。」威爾點著了根火柴，「看來他也知道蘿絲是誰，還試著跟她說話。我和阿奇護住了兩位，他沒能騷擾蘿絲或董尼德小姐。」他皺起眉頭，「加巴先生帶了個攝影師，但我挺確定他只有拍到貝爾考特勛爵而已。」

「他不會放棄的。」

「我想也是。」威爾站起身，把火柴盒放回壁爐架上，「所以你剛是走回來的，對嗎？」儘管他表面上看起來似乎很輕鬆，但眼裡閃現憂慮，「你最好趕快把溼衣服換下來，現在不是得肺炎的時候。」

「我想從沒過適合的時候。」煤渣一直點不起來，但他只想倒在地毯上抱著身體入睡。威爾則有其他的打算。他站了身，把查理架了起來，開始解他的外套鈕扣。查理發現自己連表達出惱怒的力氣都沒有，「我不需要幫忙——」

威爾哼了一聲。「你需要的還不只幫忙呢，你至少還需要一件厚一點的大衣，圍巾、手套……」他搖搖頭。「也許再加上個保母。」他脫下查理的外套，順手掛在扶手椅上，「你對自己的晚禮服真是一點也不小心。」

查理疲倦地吐了一口氣，「聽著，小史，我回家的路上在想，也許你是對的。也許現在是時候結束這場鬧劇了，再這樣下去我們就得上報了。那些糟糕的報紙。」

「任何報紙都是不好的報紙，」威爾苦笑著說，「但我知道你的意思。你一走，蘿絲馬上就問科爾貝克先生去哪兒了，幸運的是，**《太陽報》**那位先生沒有聽到。」

「如果加巴採訪到貝爾考特，貝爾考特可能會提到我的名字。」查理聳肩抖落禮服大衣，「貝爾考特看起來有和他聊聊的意思嗎？」

「我看不像。我想這取決於加巴先生是否能和你一樣大膽到無視上流社會基本的應對禮節標準。」

「嗯，我可不會為了讓自己入獄和警隊隊長喝醉的兄弟共處，就用啤酒瓶毆打警官。」

「我的天，他這麼做了？」

查理咧開嘴笑了一下，「那位隊長發現加巴寫的報導以後簡直是暴跳如雷。」

「就我看來，你對加巴先生傳達出的尊敬超出他應得的了。」

「他確實讓年輕的記者們有了新的敬業標準。」

「如果你哪天打算要拿酒瓶敲警察，我只能說，別指望我去監獄把你弄出來。」

「作為在卡內基音樂廳被我救過的人，這麼說倒是挺厚道的。」查理倒到床上，把被單捲到手臂上抱在懷中，身體仍然冷得發抖，「你走之前可以把桶子裡的煤都加到火爐裡嗎？」

威爾站在他身旁，臉上掛著同情的笑容，「查理，你穿的是租來的褲子。」

「噢，你就讓我直接睡吧。」

「查理——」

查理發出挫敗的呻吟，「我可能會用酒瓶**打**你。」他摸索著扣子，但他的手指依舊冰冷且僵硬。威爾推開他礙事的手，靈巧地幫他把所有釦子解開——對於查理來說，這無異是令人愉快的酷刑。查理閉上雙眼，試著遏止自己別想像這件事在不同的情況下會有怎麼樣的發展。在目前的情境下，只是導致威爾脫下了他的褲子，就讓他自己處理其他溼透的衣服了。

查理顫抖著身體，一等剩餘的衣服脫完，就爬回床上把被單蓋好。威爾則去把火燒旺，然後回到床邊冷靜地看著查理，「我有些猶豫該不該跟你說，但我想你該知道。蘿絲提到以賽亞．諾克司又聯絡了她的父親，要求和他見面——」

「那個混蛋——」

「還沒說完。」威爾的聲音中再次帶著一絲惱怒，「梅修先生拒絕和他碰面。」

「噢。」查理坐回床上，「好。那就是全部了，對吧？」

「全部了。」威爾說，「但也還沒結束。顯然他也聯繫了惠特莫爾。」

「他是想囊括紐約所有的百萬富翁嗎？」

「很顯然他在利用自己和貝爾考特的關係。而且就我們所見，我不相信貝爾考特會去阻止他。當然，這並不意味著諾克司先生的生意有什麼不正當——」

「但你也開始有點懷疑了。」

「積極和堅持實在不是罪過。」威爾的嘴角抽了一下，「真的，我還以為你會欣賞和你一樣無懼拒絕又堅持不懈的人呢。」

「我更欣賞你明褒暗貶的高明功力。」查理用力靠向枕頭，勉強地試著睜開雙眼，「你最好體貼一下我這快得肺炎的可憐傢伙。我要強撐病體起來把衣服穿好，把你拎去格拉斯普爾夫人的派對，好好教訓你。」

威爾看起來一點也沒把這個威脅當真，「你想去嗎？就我所知，加巴先生也正在前往的路上。」

「是嗎？」查理哼了一聲，「那就讓他去報導吧，他不可能寫出可以和我們近來刊登的報導匹敵的東西的。」

「他自己也是這麼說的。」

查理聞言勉強讓自己清醒過來，「小史，你別和我開玩笑，你只是編出來哄我的吧——」

「我沒有。貝爾考特提到《先驅報》的報導，加巴先生表示近來有許多八卦流言，大家紛紛猜測報社到底是怎麼挖到這麼多細節的……簡直就像是阿斯特夫人親自寫的稿子。」

查理差點笑出聲來，「真的嗎？那太好了。也許現在就想著要中止任務是我想得太快了。」

威爾淡淡地笑了一下，「還有一件事我忘了提，我們至少得把這場歹戲演到三號。」

查理這下更有興趣了，「你接受了另一個邀請。」

「那是意外。」

「怎麼發生的？」

威爾看起來非常懊惱，「加巴先生離開以後，惠特莫爾家說到他們計畫在十二月第一個週二舉辦一場宴會，我下意識地脫口說出，那聽起來真是一場盛會——」

「他們就邀請了你。」

「他們邀請了所有人，董尼德小姐當場就答應了，等到蘿絲也首肯，阿奇馬上失去拒絕能力。在那個情況下，我實在無法說不。」

「你當然沒辦法。」

「我這是被逼的，你懂的。」

「完全情非得已，」查理高興地同意道，「就是中了圈套，成為你自己良好禮節的囚徒——」

「作為快得肺炎的可憐傢伙，你看起來好像很有精神。我覺得你最好趕快入睡，明天早上我們再來討論接下來的計畫。」

「那你得保證，在這期間你不會再接受新的邀請。」

「晚安，科爾貝克先生。」

查理微笑著沉入夢鄉。

第十三章

威爾不相信——真的不——認為查理會倒楣得幾近病倒，但從歌劇院回家的路程並不算近，今晚室外的溫度又接近零度。在這樣的情況下，有時發個燒就會奪走人命了，當威爾走進查理房間看到他面色潮紅、渾身顫抖後——嗯，確實讓他很擔心。雖然查理比睡著前看起來好多了，但這不能保證他脫離了發燒的風險，而且威爾也不確信如果查理真的發燒了，是否還有辦法意識到自己身體有異，並採取適當對策。

當威爾大半夜被憂慮喚醒，他從毯子下掏出皺巴巴的睡袍，穿過冷得要命的走廊，溜進查理的寢室。房內很暖和，查理一定也這麼覺得，因為他把被單踢開了，背側從肩膀裸到小腿——十分迷人，威爾在冒出這個想法後，意識到自己不該盯著別人的裸體看。他趕緊把被單蓋回查理身上。伸手探向查理的額頭，欣慰地發現他沒有發燒，但手抽回時，睡夢中的查理把臉轉向他的方向，像是在請求他延長碰觸。

意識到自己想要滿足對方願望的威爾屏住了呼吸。他不能對查理有感覺——連想都不該想——但他的心跳加速，腦中思緒亂成一團。而且他找不到意志力來推動自己離開房間。查理睡夢中寧靜安祥的神情吸引著他，引逗著他內心曾被深深埋藏但再也不容否認的部分，他想告訴查理——他祈求上帝給他意志，但他還是想……

門上傳來的輕敲聲讓他倒抽了口氣，他僵住身體，思考唯一體面的選擇是不是躲起來。還沒來得及躲到床下，睡袍外罩著外套的希爾達就把頭探了進來。她看到威爾時露出放鬆笑容，顯然對於威爾出現在這裡的動機不存絲毫疑心，「沒有發燒，對吧？」

「沒有，」威爾輕聲地說，「董尼德小姐把他走回來的事告訴你了嗎？」

「她沒說。我看到走廊上滴的水漬猜到的。」希爾達快速確認了一下，終於對於查理的身體狀況放下心來，「我再拿點煤上來——」

「不，不。如果需要的話，我會借一些給查理。」

查理嘆了口氣，五官皺了起來，「你們這兩個好心的老太婆。」他翻了個身，含糊不清地說，「讓人好好睡覺，好嗎？」

威爾苦笑著看向希爾達，「我想我們是收到逐客令了。」

「沒錯。」她朝著房門走去，但突然停下腳步，從外套口袋拿了個東西出來，「不好意思，先生。這是在你們出門時送來的。我應該早點拿到樓上給您——」

「沒關係。」威爾認出了信封上的筆跡，「我想這不是什麼不能等到早上再說的事。」

「您真是太好心了，先生。我真希望這不是什麼值得憂慮的事。我不希望自己給了您什麼會讓您睡不著覺的東西。」

威爾很清楚這封信裡有什麼，但當他回到自己房間的火爐前坐下以後，發現自己奇異地不太願意拆封。薇奧蕾特不願意來探視他的理由實在不可理喻，她寫了封信來，顯然就是要他去見她。也許她是為了自己近來不見人影不高興，這也不能怪她。他想著自己該怎麼辦，不能帶她去戴爾莫尼科餐廳吃飯——因為那裡可能會被人認出來——也許有其他安全的豪華晚餐地點。他苦笑地意識到自己在考慮用查理推薦的方法取悅薇奧蕾特，但既然他無法對她好好解釋，那這也許是最實際的和好方法。

他坐著好半晌，思考著所有可行方案——甚至包括坦承以對——最後才好不容易思緒不寧地睡著了。當他感覺到肩膀上傳來輕輕的搖晃時，費了好大力氣才讓自己醒過來。

「可憐的小史，這就是大半夜沒睡的後果啊。你真的不用……」查理清了下喉嚨，「這不是我不感激你的意思。」他愉悅的聲音裡有著溫暖的謝意和親近。已梳洗完畢、穿戴整齊的他顯然心情很好，拉過床腳矮凳坐了下來，「我現在要去辦公室把你那篇歌劇文章和我的一篇報導交上去。你要不要快速看一下？」

威爾打了個哈欠，「給我一分鐘。」他接過稿紙站起身，走去拉開了窗簾，讓早晨的陽光照進房間。

「這是什麼？」查理拿著威爾還沒讀的那封薇奧蕾特的信。威爾伸出手，查理乖順地把信封交了過去，「她不高興了？」

「她完全有理由不高興。」

「你該不會要把所有的事情告訴她吧？」

威爾搖搖頭，「她可能會覺得需要為我說謊，我不想讓她陷入那樣的處境。過去幾個星期我自己撒的謊夠多了。」威爾在桌前坐下，從抽屜拿出一支藍色鉛筆，「我**想**我應該還有說真話的能力，雖然……」他看著查理，「老實說，如果老家的人發現我現在作的事，我會很慚愧。這看起來只是一個工作任務，但事實上不只如此。這也不只是什麼社會實驗，或讓你學習怎麼和我合作，或讓我學習怎麼和你合作。」他說到這忍不住微笑起來，特別是當查理咧開了嘴，「要是真的得完全坦承……」威爾垂下眼，盯著稿件上查理難以辨認的筆跡，「這是在這一團混亂裡，讓我覺得最不後悔的一部分。」

「我就**知道**我會說服你的。」

他話裡惱人的自信讓威爾笑了出來，「真可惜你沒拿這個打賭……」他看著查理放出光芒的藍色眼眸，很想多吐露些真心話，但那些話對他們兩個都沒有好處。「總之我沒辦法把這件事告訴她，也許等一切都結束以後再說會好一點。」

查理坐進火爐旁威爾剛空出的扶手椅，「我們出席惠特莫爾家的舞會時，會放出你要回加州的消息。你可以說要即刻啟程，搭的是夜班火車，這樣就沒人有義務來送行了。」

「我們可以邀蘿絲來喝茶嗎？我想好好跟她道別。」

「你要是不在意她到時會只顧著跟阿奇眉來眼去，那可以啊。」

「我不介意，但我猜她的父母會有不同的看法。我想他們完全不知道蘿絲對阿奇有感情。」

「她的母親會反對的，」查理預測，「她打從心底想要把女兒嫁給一個貴族。」

「我想蘿絲的心另有打算。」

「就我聽到的八卦來說，范德比爾特家的小姐當時也有別的打算。但蘿絲和所有的女孩子一樣，很難不被母親的意見左右。」

「現在還有人是為了愛情結婚的嗎？」

查理一臉嚴肅，「看來你就是最後一個了，你和你那不知退縮的薇奧蕾特。」

「如果你想來我們家作客吃晚餐的話，你最好學著和她好好相處。」

「我不確定我脆弱的心能不能承受這種刺激。」這個反駁聽起來出奇地憂傷，但當他轉向查理時，查理已經跳出椅子走向門口了，「不管怎樣，我會送去誠摯的問候。你下來吃早餐時記得帶著編好的稿件。」

威爾快速完成編輯工作和著裝，就準備出門找薇奧蕾特，希望能成功說服她和自己一起早點出門吃晚餐。等到管家直接把他帶到園景房內，並提出幫他把外套帶去掛上時，威爾才意識到薇奧蕾特一直在等他來。她派人送來的信還在威爾的睡衣口袋裡，但他的行動似乎符合信中的指示。十分鐘後，她下樓了，穿著漂亮的綠色絲袍，肩上圍著白色披肩。當威爾起身，她露出僅微帶暖意的微笑，任他親吻雙頰時不發一語。等到她終於在他對面落座，威爾才瞧見她夾在腋下的報紙，他忍不住思考自己是否該把陷入的荒唐情境對她全盤托出。

「小薇，不管妳在報上看到什麼——」

「那麼，你是看過了？」

「嗯，還沒有……」

她挑起雙眉，嘴角略略上揚，「我以為這是你比我要求的時間還早到的原因呢。我得承認，我很高興你這麼早就來了，我很好奇你會怎麼解釋。」她拿出報紙，輕輕地把它攤開放在茶几上。貝爾考特勛爵照片下方的文字只提到他本人，但照片還拍到了站在旁邊的惠特莫爾一家人，而稍遠一些，幾乎在照片更後方的畫面邊上，則是威爾和站在他身旁的蘿絲，她戴著手套的手搭在他的大衣袖口上。他們只被拍到了側面，但兩人臉上放鬆的笑容，親切得像是多年舊識。

無論薇奧蕾特在想什麼，都藏在她雙眼露出的明亮光芒之後。威爾努力抵擋著戳在心上的罪惡感。要解釋他和蘿絲的關係很容易，但有了那張照片，那個簡單的解釋似乎難以令人信服，只是除了那個簡單的解釋，他也沒有其他的說法了。

「小薇，我昨天晚上確實和梅修小姐一起出席了歌劇表演，我們總共有五個人，包括科爾貝克先生，我們出席是為了要寫篇報導。我保證，我沒有做什麼不對的事情。」

薇奧蕾特眼中明亮的光芒消失了，罩上了重重的懷疑神色，「你在寫報導？你現在是記者嗎？」

「暫時是，我被指派和科爾貝克先生合作——」威爾搶在她對此發表抗議前，快速地把話接下去，「我答應接受這個任務，是因為報社提供了每週十元的加薪，我想用那筆錢來舉辦夏天的婚禮，小薇。」

她臉上的疑雲沒有散去，「那你怎麼沒有告訴我？」

「我一直都沒找到好機會。這個任務很花時間，我們幾乎沒時間見面，我知道——但這只是暫時的，而且這看起來是爭取主編青睞的好機會。」

薇奧蕾特偏著頭，雙眼瞇了起來，「你是說，自從你在《先驅報》工作以來，你出席了很多宴會和歌劇表演？」

「我們是寫名流版的報導，小薇。這是不得已——」

「但你一場都不能邀我去？」

他似乎陷入困境了。「無論是科爾貝克先生和我都不能邀請任何人同行，這不僅僅是交朋友的社交場合，我們是去蒐集材料的。如果人們覺得我們是單身漢的話，會更願意和我們談。」

「你是說**女性**會更願意和你們交談吧？我猜蘿絲．梅修大概是特別願意的那一個。」

「我無意追求蘿絲．梅修，她有心上人了——」

「要是她沒有呢？」薇奧蕾特的輕笑顯得很冷淡，「我猜大部分的男人都更喜歡十八歲的女孩，而不是二十五歲的女人……雖然我得承認，我一直以為你會是那個例外。」

「我只把蘿絲當朋友——」

「是，你也可以邀請我作為**朋友**同行啊，如果你願意的話。」

「我並沒有邀請蘿絲同行任何——」

「你邀她一起去聽歌劇。」

「那是董尼德小姐邀的。」威爾折起報紙，把它放到一旁。「老實說，小薇，妳知道我根本不喜歡宴會和舞會，也知道我覺得名流版是不值一讀的垃圾。但讀者就喜歡看這種垃圾，報社也付我很高的薪水寫這個。」他站起身，走到她身邊坐了下來，「我很抱歉沒有早點告訴妳，真的。」

她拉緊披肩，把自己更緊密地包了起來，「你這個工作還要進行多久？」

「哈洛威先生希望我們能持續整個社交季，但我決定感恩節過後就要退出這個任務。我受夠八卦了。」

「感恩節過後就會結束？所以你打算出席更多宴會？」

「應該只有一場，好在聖誕節前再交出一兩篇報導。」

「你會和梅修小姐一起去嗎？」

「我會和科爾貝克先生一起去。」

「但梅修小姐也會去那場宴會？」

「我敢說——」

「所以這就是你不邀我的原因。」

「小薇——」

「我相信，這已經滿足我的好奇心了。」她站起身，將報紙從茶几上拿走，就像人們對付死老鼠一樣。

威爾也站了起來，抓住她的手不讓她離開，「來我住的地方喝茶吧？董尼德小姐會很歡迎妳，而且她會告訴妳我說的都是實話。」

薇奧蕾特一臉不可置信地看著他，「我們的名聲已經受損了。等你處理完這個你所謂的垃圾任務以後，再來見我。但如果你還有上報被說三道四的風險，你就別來了。」

「小薇，現在——」

「噢，我認為錯不全在你，我敢肯定科爾貝克先生才是那個罪魁禍首——」

「查理道過歉不只一次了，我跟他說過，他得想辦法和妳好好相處，我希望妳能給他這個機會。」

薇奧蕾特看來更困擾了，「你為什麼這麼容易被這個傢伙牽著鼻子走？」

「這麼說不公平，妳不了解他。」

她仔細打量著他的臉孔，「我都開始懷疑我是否了解你，」她轉過頭時，臉上閃過一抹極淡極淺的笑意，「或你是否了解我了。」

「小薇，我們之前經歷過分歧，但都挺過來了，我們有十年的成功經驗。」他打趣著說。

「這只是一次分歧嗎？」

「如果妳願意像以前那樣相信我的話，它就只是一次分歧而已。」

薇奧蕾特用手臂夾住報紙，側臉上有著傷感的倦意，「我今晚要出席一個場合，我大可以跳舞、調情和聊八卦，我想你一點也不會困擾，對吧？」

他清楚地感覺到她希望答案是「會」，「妳知道我信任妳。」

薇奧蕾特笑出聲來，用明亮的眼神瞅著他，她的眼裡有著情意，但它已經被其他東西壓得太重，無法緩解他的擔憂。她攏緊披肩，「你的品格比我好多了。去吧，讓科爾貝克先生帶走你，寫你認為不值一讀的報導，我們十二月再見面。我明天早上回老家，我想分開一段時間也許正是我們所需要的。」

「妳那時候就會原諒我了嗎？」威爾輕聲問。

她別過頭，「也許是時候原諒這一切了。」

他不願意在這樣的心情下就和她道別，但她沒給他機會說下去。她離開房間後，管家拿來他的帽子和大衣，威爾心煩意亂地回到報社，在位置上坐下時，才意識到自己不知不覺竟走到了辦公室。他盯著桌上等待編輯的稿件，卻發現自己一個字也讀不下去。他沒有把一切告訴薇奧蕾特，但她很有可能一不小心就會自己發現的。那時她能原諒**這些**嗎……

「已經回來了？我以為你會出去一會兒。」查理坐在桌角，心不在焉地翻著威爾桌上還沒編輯過的稿件，「你缺鉛筆嗎？」

「不是鉛筆，不是。」

「喔。所以她還在不高興？」

「你讀了今天的《**太陽報**》嗎？」

查理眉毛一抬，「加巴寫了篇報導？」

「比那還糟，有張照片。」

「有你的照片——」

「不只我。還有蘿絲、貝爾考特和惠特莫爾一家人。加巴只提到貝爾考特的名字，但照片就已經足夠了。」

「薇奧蕾特讀《太陽報》啊？」

「她每份報紙的名流版都讀。」

「所以……她是不高興你沒找她一起去聽歌劇？」

「她不是不高興我去了，是不高興蘿絲也去了。」

「她以為你和蘿絲……」查理哼了一聲，「你告訴她這樣有多不可理喻了嗎？」

「我不可能這麼說。」威爾塌下肩膀，「顯然**我才是**不可理喻的人。一切被我搞得不能再糟了，就連我即使想精心設計毀了一切，都不可能弄得這麼糟。」

查理把散開的稿件收集起來，細心疊好，「那她……」他清了一下喉嚨，「她沒有和你分手吧？」

「還沒。但等她發現我沒把一切告訴她的時候，應該就會了。」

「你為什麼不告訴她呢？聽我一句勸，你就跟她說這都是我的主意，畢竟確實是如此。告訴她你為了保住工作，也沒有別的辦法。你用假身分去了幾場宴會，但現在你良心發現，即使有金錢引誘，你也作不出這樣的事了。去他的，你還可以跟她說你好好訓了我一頓。」

「我已經告訴她要和你好好相處了，就像我和你說的一樣。」

「真的嗎？」查理看來很高興的樣子，「這樣，我有個更好的主意。星期四我要回老家去拜訪幾個朋友，你就和我一起出發，然後你可以去找薇奧蕾特談談。帶上玫瑰和巧克力，有必要的話還可以下跪。女孩子嘛，都喜歡男生認錯並好好懇求原諒的。」

儘管煩憂纏身，但威爾差點笑了出來，「你是說，如果我出現在你家門口，承認我欺騙了你，然後道歉，你就會原諒我？」

查理臉上的笑容消失了，但眼神裡的笑意沒有褪去，「在你開口之前。」

「嗯……」也許這不是個太牽強的想法。當然，他也想不出別的計畫了。威爾承諾查理考慮，但星期四到來時，他從自己想到可以回家和薇奧蕾特澄清合好的期待心情中，知道自己早已做了決定。經過了好幾天不用把自己擠進厚重正式的晚宴服，他今天興奮地穿上自己最好的西裝，配上他穿去面試的棕色長大衣，想起面試不過是三個星期前的事……

居然只過了三個星期？感覺像是一輩子那麼久。

查理已經穿著他深藍色的羊毛西裝在樓下等候，他曾經提過那套他人生中第一次為自己買的全新西裝。即使它開始出現磨損的痕跡，但還是襯得他英俊迷人，而且如果要去海邊，這是個明智的選擇。他對著威爾咧嘴一笑，往門口比了個手勢。計程車已等在門外，但查理在他跨出門前拉住了他，「我有個好東西給你。」他變出一朵紫羅蘭和幾個白玫瑰花苞，毫無疑問是從卡洛琳的盆栽現摘的，被查理紮成了胸花。「這個搭個船應該不會碎掉，盡量不要在你的外套裡被壓到就好。」

查理的用心讓威爾十分感動，他捏了捏查理的肩膀，「我不知道薇奧蕾特會不會注意到，但我挺開心的。」

「她會注意到的，」查理說，「你的圍巾呢？海邊風會很大，你知道吧？」

威爾哼了一聲，「你以為**我**是老太婆嗎？」

「我這麼以為也很自然，你總是這麼實際。」

「如果**你**一定要知道的話，我不小心把圍巾丟在——」

「你丟了東西？」查理邊笑邊解下脖子上的圍巾，圍到威爾的脖子上，「你用我的，我跟阿奇借就好。他有好幾條呢，可憐的傢伙。」

「那你快一點，不然我們得把所有的錢拿去付車資了。」

晚晨的風帶著冬日冷冽的空氣，使前往聖喬治的船程更顯得凍徹心肺。但一路上查理不停試著給予威爾關於如何挽回薇奧蕾特的建議——威爾不置可否地聽著，好笑地想著這些大概都是十二歲的小男孩會想出來的建議——查理在車站中祝他好運就搭上往米德蘭海灘的火車走了。

少了查理的陪伴，威爾感到有些寂寞以及格格不入，儘管周遭的環境是那麼的熟悉。出租車沿著他走過許多次的路行駛，但這次感覺比記憶中的來得短。薇奧蕾特家前，隱藏在路邊的高大鵝掌楸已經開始落下秋天的樹葉，一片片金黃色落葉鋪滿了通到大門的上坡小徑。風更強了，從樹枝上捲落了更多的葉片，且帶來了遮住太陽的厚厚雲層。馬車道上陸續有訪客的身影，威爾不禁猜測，他們是否也看到了報紙上自己的照片。他開始忍不住懷疑起自己在沒有事先通知就到訪是否明智，畢竟查平家正忙著準備慶祝感恩節。他不會受到歡迎，也不能叫薇奧蕾特在威脅即將來臨的暴風雨中和他在外面談話。

當他走到主要車道的灌木叢前，他忍不住又停了下來站了許久，內心交戰是否該等個一兩天，找到讓薇奧蕾特更願意和她談話的機會。他現在沒時間好好跟她表達自己的想法，尤其是她說不定正在茶桌上忙著接待來訪的親戚們。

轉身離開的威爾——在聽到低矮的山胡桃木後傳來的銀鈴笑聲後，讓他驚訝地停下腳步。雙頰緋紅笑容明艷、奔跑著的薇奧蕾特，一手按著帽子，另一手則提著裙襬。艾略特緊隨在她身後一段距離處，但追上了她，他抓住她的手，將她攬到身前。她笑著倒入他的懷中，而他彎身朝向她——親吻了她。那是個輕柔但篤定的吻，像是他之前已經這麼做過無數次了，隨著吻漸趨熱烈，她的手環抱著他的肩膀，像在鼓勵他把自己再摟緊些。等兩人終於分開，喘不過氣的他們忍不住對彼此微笑，像一對最令人艷羨的傻瓜。

薇奧蕾特滑落的帽子被艾略特即時接住，她再度沿著草坡往上跑了起來。她的目光落到了威爾身上，她瞪大了雙眼。腳步踉蹌了下，忍不住往後退了幾步，像是腳下的大地突然出現裂縫。威爾也盯著她，看著他從未認識過的這位女士，她的裙襬凌亂，天鵝絨披肩滑落肩頭，及腰的頭髮披散著，她看起來前所未有地……快樂。

要不是因為震驚過度，威爾是會在薇奧蕾特看見自己前走開的。但看到她和艾略特在一起的意外讓他動彈不得，即使現在薇奧蕾特瞪圓雙眼盯著他，他還是沒有移動或說話的能力……也許這樣更好，畢竟他完全想不出來自己該說什麼。

薇奧蕾特為他打破了沉默，「威爾，你——喔，天哪，威爾。為什麼……」她眼中突然因意會放出光芒，抬起一隻手遮住了嘴唇。艾略特走近她身後，手輕輕落在她的肩膀上，她搖了搖頭，「我得和威爾談談。」

艾略特看著威爾，試圖判斷他的震驚是否會轉變成憤怒，「薇奧蕾特，我不確定這是不是好的——」

「給我們幾分鐘。」薇奧蕾特恢復了一絲冷靜，「拜託。」

她允許他待在看得見但聽不見他們談話的地方，艾略特把她的帽子和他拿走的帽針交還給她——可能是以防她需要它——然後就照要求的走開了。薇奧蕾特心不在焉地試著把自己的頭髮整理成她素日習慣的俐落包頭，避開威爾的視線好半晌後，才含著滿眶淚水看向他。她看起來是這麼年輕、奔放，就像十年前或五年前的她一樣。一切變了那麼多，但他什麼也沒注意到。

她走近他身邊，惶惑不安地抓著斗篷邊緣，張開嘴想說話，但過了好陣子才終於找到說話的聲音，「我上個星期本來想跟你解釋這件事但……我開不了口。我不知道該從何說起，要怎麼說你才能明白。我現在也還是不知道該怎麼跟你解釋，雖然你已經看見……」她無助地搖搖頭，「我的感受——噢，威爾，這真的出乎我的意料，我向你保證。」她的臉垮了下來，眼淚滑下仍帶著紅暈的雙頰，抽了一口氣，「我真的很抱歉，我希望自己能早點告訴你。有太多該告訴你的事了，但你不會懂的——」

「妳錯了，小薇。」說來奇怪，但他想安慰她，他震驚的感受開始退去，取而代之的是滿心同情，「我懂，我們是這麼久的朋友。我們曾經想像的生活是穩定、和睦……完美無缺，真的。」威爾嘆了口氣，苦笑了一下，「我確定妳一開始不認為艾略特是妳會喜歡的那種人，所以你們總是待在一起，很無害、很普通，妳覺得他是個好朋友，這一切都很光明磊落，直到妳發現自己每次看到他都奇異地開心起來……他不在的時候，妳又那麼寂寞失落。就像是他身上有什麼東西——那東西在牽引著妳。他只要對妳笑一笑，妳就不再難受了……」他喉嚨一緊，「妳覺得自己像飛起來了一樣。這種感覺……這種感覺……」

「一切。」薇奧蕾特輕輕點了點頭，但眼睛突然又瞪圓了，興奮地說，「你愛上她了嗎？蘿絲．梅修？」

威爾終究沒辦法把一切的真相都告訴她，「我沒有愛上梅修小姐，但真的，我不需要想像就能知道妳的感受。它就在這裡，在妳的臉上。」他輕輕摸著她的臉頰，他從來沒看過她眼中有這樣明亮的光彩，「我想我們差點就要做出讓很多人傷心的錯誤決定了。」

她看起來很受打擊，「威爾，我真的沒想到事情會變成這樣。我知道自己最近對你很嚴苛，但我感到非常內疚……我不想失去你的友誼，但一旦我開始喜歡艾略特，我就很難不把你推開。我真的從來沒有打算要喜歡——」

「我聽說沒有費心打算的時候，這種事通常會進行得更順利。」威爾微笑，「這可能就是我們出錯的地方。」

「那麼……」她看來鬆了一口氣，「你並不愛我囉？」

他撥開她臉上被風吹亂的髮絲，吻了她的臉頰，「我確實愛妳，但是……」他看了一眼在灌木叢旁等著薇奧蕾特，一臉擔心的艾略特，「我想我被他打敗了。」

「他……」她的眼神明亮起來。

「沒錯，我被他打敗了。妳最好快去找他，他再這樣在那些灌木叢裡焦慮下去，最後會被弄得渾身是刺的。」

「我的天哪。」薇奧蕾特朝艾略特送去的那股帶著愛意的嗔怪是那麼的熟悉。當她轉回來面向威爾時，臉上的嗔怪轉變成了遺憾，「我該邀你進來——」

「別說傻話，不能讓妳的舊情人和新情人坐在同一張桌子上。親愛的，這多不妥當。」他說完忍不住咧嘴一笑，這是從查理身上學到的壞習慣。

薇奧蕾特突然綻出笑容，「威廉．內史密斯！你終究還是有感情的。」

她吻了他一下，歡快地奔過草皮，身上的緞帶和裙襬在風裡飄著，威爾覺得她可能就要飛起來了，看著她直奔進艾略特的懷抱中，威爾突然感到一陣嫉妒的刺痛。他希望也有那樣的懷抱和熱吻迎接自己……但沒能擁有這些，他想是他自己的錯。是他阻止了查理看似對他的迷戀，而現在查理可能和一群朋友在某間好餐館一起吃晚餐……又或者是和某個特定的好朋友。

威爾放棄招車，無視陰沉的天氣一路走向車站。抵達車站時，他又累又餓，他考慮著去新布萊頓待幾個小時。但他認識的人現在應該都和親友在一起吃飯，回去了只會剩下他一個人待著。他現在不想一個人，這表示他也不能回曼哈頓。卡洛琳和阿奇接受了梅修家的晚餐邀約，而其他租客也都去過節了。感恩節時空蕩蕩的房子，感覺會比平時更顯得空蕩。

他站在月臺上盯著時刻表思忖，忍不住在心裡嘲笑起自己的愚蠢。他在來的路上多確信自己能獲得薇奧蕾特的原諒啊！確信到他完全沒考慮其他計畫。也許哈洛威先生有工作能給他做。總是有待編輯的稿件的……

首先，也許他可以拐到米德蘭走一走，只是要先讓查理知道自己回曼哈頓了。他不想打擾查理用餐，但出於禮貌該交代一下自己的行蹤。之後，如果沒有下雨，他可以在海灘散個步。

等他上了往米德蘭的車，他才終於對自己坦白，他不是為了查理跑這趟的，他是為了自己。查理可能和朋友玩得正開心，搞不好只有偶爾才會想起他。而且如果他們沒有約好要一起搭船回去的話，那就更是如此了。

威爾把一隻手貼在冰冷的窗玻璃上，盯著打在上面的細微雨絲。看來他的海灘漫步計畫會是個不太愉快的活動了，而且可能也找不到餐廳吃飯。他不無悔恨地想著自己過去是個多麼理智的人，作任何決定安排前必然會仔細考慮後果——很少、幾乎絕不——刻意結交上流社會人士，在公開場合昏倒，或追在自己好像愛上的對象屁股後面跑。

確實，那種每天在結束之前只想和查理相處哪怕五分鐘也好的可怕渴望……似乎表明他被薇奧蕾特相同的瘋狂情感給攫獲了。

他希望是。他不希望自己已經失去所有的理智，卻沒有任何所獲。

第十四章

坐在幾乎空無一人小酒館的長吧檯前，查理面前擺著一杯啤酒，雖然見到從夏天後就沒見過的景色十分開心，但他現在看來意興闌珊，不管對酒還是對待會的晚餐都毫無興趣。這家老酒館幾乎沒變，昏暗、寒冷，海風一吹來就發出嘰嘰嘎嘎的聲響。珀金斯還在吧檯後面倒酒，朗比洛仍然負責烤派、做三明治和蟹肉餅——在生意清淡的時候，他還會握著掃帚，在酒吧和門廊間來回走動，努力不懈地將沙子掃到外面它們應該待的地方去。

查理彷彿還能聽到母親的笑聲，說感謝朗的勤奮，讓他們免於活埋在沙子裡了。至於珀金，查理記得，從來沒看過他打掃過酒吧，他也不下廚。如果說朗手上總是有掃帚或炒鍋，那珀金就是抹布和那排一塵不染的酒杯。史泰登島上沒有任何一家餐廳的酒杯比這裡還乾淨，搞不好連曼哈頓也沒有。

查理感覺著兩人在身邊進行多年如一日的工作，即使他已不再屬於其中，這還是讓他感到安心。只是他的心思沒法安定太久，過去幾週發生了太多事，他沒辦法不去想。他做出了一個無異於活埋自己的決定，甚至是朗比洛那樣勤奮的掃帚，也沒辦法拯救自己。

他並非有意如此。事實上，他本來打定主意絕對不那麼做，無論威爾因為失去薇奧蕾特的可能而感到多麼傷心難過。但他最後，他還是做了，並不是因為他相信威爾和薇奧蕾特彼此相愛，而是因為他心裡存著一點微小而脆弱的希望，希望他們兩人能重新考慮彼此是否合適。雖然查理本人沒有經驗，但他不只一次注意到，快要分道揚鑣的情侶往往會少了很多防備且更願意表達自己真實的心情。查理猜想，這通常會引來激烈的爭論，爭論過後兩人的感情要不拯救他們，要不就是摧毀他們。如果薇奧蕾特真的放威爾自由的話……

嗯，那也就是威爾恢復自由之身而已。沒有什麼其他意義。威爾確實和他有調情過一兩次，但威爾是否將其視為超越友誼的感情，查理無法確定。即使思考這個問題也沒太大的意義。威爾現在很可能已經得到薇奧蕾特的原諒，破鏡重圓的兩人開心地抱在一起，搞不好打算私奔了。

查理趴到吧檯上，把頭枕在自己交疊的雙臂上。一隻瘦骨嶙峋的手扯了扯他的外套袖子，「你確定你想回曼哈頓嗎？查理。這兩年我沒看過你這麼低落過。」

「我打賭一定是他們把他操得太累了，」朗比洛站在廚房的門口發表高見，「查理，他們讓你過度工作嗎？」

珀金把一塊抹布丟到吧檯上，熱衷地擦著，已經很乾淨的桌面，「我聽說《標準報》在找記者，這會比《先驅報》的步調來得輕鬆不少吧？給自己喘口氣的機會。」

查理發出疲憊的笑聲，抬起了頭，「《標準報》？那份報紙的發行量有多少……三十份？」

威爾不在場無法為此提出異議，而聽到的珀金看起來很驚訝，「我以為會再更多一點，不是嗎，朗？」

「多一點。」朗比洛把背靠在門框上，一隻穿著靴子的腿踩著一小堆木箱，把手盤在圓圓的肚子上，「如果那裡薪水不高的話，你隨時都可以來這裡住。有你一起住我們會很高興的，對吧？珀金。」

「孩子，有你一起住我們會很高興。你不在後挺冷清的。」珀金靠在吧檯上，一隻手拍拍查理的肩膀，一副有天大好消息要分享的樣子，「告訴你，現在寶琳．德雷赫就住在新布萊頓附近。就我所知，她還單身。」

朗比洛不滿地咕噥一聲，「不要再拿寶琳．德雷赫煩他了，他不適合她。從來沒適合過。」

珀金欲蓋彌彰地瞪了他一眼，「你怎麼知道？他們兩年沒說話了。說吧，查理……」珀金傾身靠向查理，「你還跟男孩子混在一起嗎？你不覺得是時候戒掉了？你不會想像我們這些傻瓜一樣，對吧？」

「有時候，我們其中有些人並不像我們所喜歡的那樣孤獨。」朗比洛提出了不同意見。「不管怎樣，我們的條件不一樣。查理在曼哈頓搞不好有一堆女孩子追著他跑呢，對吧？查理。」

「那他怎麼還沒結婚？」珀金的神情嚴厲得像個父親，「你如果想要建立家庭的話，不能總是花時間跟男人搞在一起，知道嗎？」

「我已經有家庭了，」查理說，「你、朗、希爾達、董尼德小姐——」

「那不一樣。」珀金加重抓著他手臂的力道，「我知道你之前只是為了好玩……我不反對找點樂子，我只是不想看到你到老都沒有——你知道，沒有人可以照顧你。」他清了清喉嚨，往後退了一步，「總之，差不多是放棄的時候了，我是說，別再追著男孩子跑了，這樣不對。」

朗比洛哼了一聲，「你在說什麼啊？」

「你知道我在說什麼。」珀金往上看了一眼，「祂覺得和**他**是不對的。」

「不是嗎？」朗比洛沉思著，抓了抓自己的鬍鬚，「那史諾格港那個強尼．麥基爾你怎麼說？他要九十三歲了，還在追男人。」

「所以？」

「嗯，上帝還沒把他劈死，對吧？」

珀金皺起眉頭，「你這麼說也是。」

「也就是說，上帝對這件事不是那麼介意。」

珀金看起來還是很不自在，「嗯，我不知道……」

朗比洛一推身後的門框，走到櫃檯前把一隻手臂靠在檯面上，好讓自己不要顯得比珀金高太多，「你沒有明理地看待這件事，我們是用靈魂去愛，對吧？」

「也對。」

「血肉之軀，現在——嗯，也沒有比你擦得乾乾淨淨，還整整齊齊擺在這裡的杯子還更重要？一百年以後，你和這些杯子都會埋在沙子裡。」

珀金看來深受冒犯，「**你**才沒有明理地看待這件事！你知道我花了多少力氣讓這些杯子保持閃亮嗎？」

朗比洛露出好脾氣的笑容，「這是查理的人生，珀金。讓他用自己的方式活。」

珀金的眉頭皺得更深了，「你該不會把派烤焦了吧？」

「派沒問題。」朗比洛轉向查理，彷彿和珀金的爭論已經結束了，「你在紐約有對象嗎？」

「嗯……」他的猶豫足以說明了很多事。

朗比洛滿意地咕噥一聲，「我就知道是這樣。你剛走進來的時候，我感覺你跟之前不一樣。」他的微笑褪去，眼神變得犀利，「我不想刺探你的隱私，查理。我和珀金，只是希望你能有自己想要的感情生活，但別惹上太多麻煩……」他停頓了一下，「我猜，你正在情感糾結。」

查理點點頭。

「但他並沒有？」

「我不知道。」

「他也許會改變心意的，」朗比洛冒險假設，「有些人不會知道自己的心，直到你狠狠地踢了他一腳——」

「他可能要結婚了。」

朗比洛的眉頭只是輕皺了起來，眼中出人意料地閃出笑意，「他也可能不會，所以這個傢伙是什麼類型？」

查理聳聳肩，「穩定，實際，太嚴肅又太聰明了。就是那種如果還有點理智我就會閃得遠遠的類型。」

「是這樣嗎？」在珀金看起來像要插話的時候，朗比洛清了清喉嚨，「我想這個類型正好適合你。而且我猜他不會攪和進可能把鼻子弄斷的麻煩裡。」

查理有點憂傷地笑了一下，「他在我身邊待得還不夠久，還沒到那種程度。」

「也許也不用花那麼久。」朗比洛拿了一個玻璃杯，在裡面倒滿啤酒，「他那是種英俊的類型，對吧？如果他討女士們歡心的話。一定是收拾得乾乾淨淨，看起來很體面的樣子，我猜。珀金，你覺得呢？」

這下換珀金咕噥了一聲，「他的頭髮得梳一下。」

思緒重重的查理聽到到這句令人震驚的評論，心情有些翻騰起伏。朗比洛咧嘴笑了開來，連珀金都微笑了，似乎已經聽之任之了，「我猜是風太強害的。」

「不是。」查理沙啞地說，「他的頭髮就是那樣。」查理一邊為了威爾的到來欣喜——一邊害怕他會帶來怎樣的消息——他滑下高腳椅，走出酒吧迎接威爾，「你來了。」

威爾似乎不知道該如何應對這突然的問候，只是點了點頭。查理瞥了他一眼，兩人朝門口走去，「她——」

「沒有。」威爾開始解外套的釦子，「我可以坐嗎？」

查理從最近的桌子旁拉來一張椅子，突然想起朗剛倒了酒，又走回吧檯把那杯酒和自己還沒喝完的杯子一起端了過來。威爾謝過他以後坐了下來，查理從他的樣子意識到他吹了很多風，「你該不會一路走過來的吧？」

「沒有，只是從車站走過來而已。這裡的天氣還是像往常一樣那麼陰晴不定，但我沒淋到雨，沒什麼好抱怨的。」

「薇奧蕾特……她不願意見你嗎？」

「她有見我。」威爾徒勞無功地順了順自己的頭髮，「我也有見到她。」

「然後？」

「喔，對了，我還見到艾略特。」

「艾略特？他和薇奧蕾特該不會——」

「沒錯。精確地說，他們愛上彼此了。」

「噢。」查理不確定自己是否表現了出來，他聽了這個消息有多高興。雖然他覺得威爾可能不會太高興；但很怪，威爾看來也沒那麼不開心。「你還好吧？」

「沒能早點意識到這件事，我覺得自己很傻。」

「你有其他的事要處理。」

威爾眼裡沉重的心事似乎放鬆了些，一抹微笑爬上嘴角，「這不完全是你的錯。我只是沒意識到這件事真的不能只用……你是怎麼說的？爭執的頻率來衡量？」

「這是我說的？」查理喝完杯中的啤酒，靠向椅背，「那你還沒吃晚餐吧？」

威爾看起來有點困窘，「我無意打擾你的計畫，只是要回市區了，想告訴你一聲我打算回城裡——」

「你回去幹嘛？一個人吃晚餐？」

「我打算去看看哈洛威先生用不用得上我。」

「去他的。我用得上你啊，不然這兩位——」他朝著在吧檯後假裝沒在偷聽的朗和珀金甩了一下頭，「就會在下一班船開之前，逼我去《**標準報**》上班，再把寶琳·德雷赫娶回家。」

威爾眉毛一抬，「你說什麼？」

查理一下站了起來，「小史，你是本日的英雄，甚至可以說是拯救了我的命。」他把威爾拉出座位，介紹他給朗和珀金認識——他倆只是淡淡地打了招呼，歡迎他隨時來作客，淡然的態度讓深怕他們多嘴的查理鬆了口氣——接著查理保證自己會回來吃飯，就領著威爾去火車站了。等他們上了車，威爾問了查理打算去哪，查理聳了聳肩，「哪裡都行。」

威爾笑出聲來，「查理——」

「說真的，我不介意。可以去南灘，或者繞去新布萊頓吧，我們可以去拜訪你的老朋友。」

「我不是沒想過，但他們應該都在享用晚餐。」

「那我們可以沿著巴德大道閒逛，看會遇到誰。」

「我向你保證，我一個住在巴德大道的人也不認識，」威爾雖然這麼說，但臉上的愉悅表情像是被這個主意逗樂了，「你想去哪吃晚餐？彼得勒？」

「天哪，才不是，是更有樂子的地方。你待會就知道了。」

他們接下來在暮色中走過的街道，都是彼此曾頻繁經過的地方。查理很驚訝地發現，有這麼長的時間他和威爾居然都處在同個空間裡，只是從來沒有遇上彼此。如果命運早一點把他們兩個湊在一起，不知道他們會不會產生像現在這樣的友誼——或是其他什麼別的——是否會出現都無從知曉。

他考慮著這樣的可能性，感到一絲甜蜜和愉快，但當他們搭上回程火車，經過烏雲籠罩的暮色中的南灘時，查理心中浮上一股甩不掉的愁緒。坐在他身旁的威爾也不說話，也許想到了薇奧蕾特？一想到這裡，他覺得更加寂寞了。

「你想吃點東西嗎？」

這句問話讓威爾從思緒中驚醒過來，他點了點頭，「三明治和冰淇淋可不能算是一場盛宴。」

「我這裡還有一些太妃糖。」查理晃著手裡的糖果袋說。

威爾做了個鬼臉，「希望你知道些更實在的想法。」

「如果你願意沿著沙灘走一段的話。」

沒有月光的照耀，海洋顯得黑暗又令人生畏，但仍有許多遊客靠著燈籠和火光，在海岸上流連。兩人像飛蛾一樣朝著光線最強的地方前進，那是一間無懼沙粒和鹽分的侵蝕，傲然挺立在岸邊營業多年的餐廳。雖然簡陋的木板房飽經風雨，但它大敞的門口和沿著門廊擺放的火炬，仍讓人感覺到明亮且具有吸引力的氛圍。威爾看起來有些懷疑，但查理不由分說把他拉了進去。餐廳內擺滿長桌，沒有桌巾或裝飾，長凳上則擠著彼此挨在一起大聲說話的客人。

寬大的櫃檯後可以看見燃燒的火堆，廚師們手腳不停地炸魚裝盤，但不論送出幾盤，客戶隊伍卻還是越來越長。屋內太熱又太吵了，但每個人看來都充滿著活力。朗和珀金坐在一群顯然是熟客的人群中，咧開嘴朝兩人打招呼，但很有默契地拒絕讓他們加入，顯然是為了給查理一點隱私。查理點頭道謝，在長桌靠近門邊的那頭找到了位置，他從經過的侍者手上弄來了兩盤食物，還點了一輪啤酒。

他把較吹不到風的位置讓給威爾，將炸魚和冒著熱氣的馬鈴薯放到桌上，「我知道這不是你期待的——」

「我覺得很好。」

威爾開始吃以後，查理坐進他對面的位置，「等人少一點，我們可以移到更靠近火爐的地方。」

「這裡就很好，沒那麼吵。我們能看到海景，而且我喜歡清爽的空氣……」威爾關心地看著查理，「你坐過來我旁邊吧，這裡有位置，坐在一起不會那麼冷。」

查理只猶豫了一下就移了過去，發現新位置確實風沒那麼大——而且，威爾的體溫讓他感到溫暖舒適，「你沒來過這裡？」

「天啊，沒有。我的母親不允許我去任何水手出沒的地方，我猜她擔心我會染上壞習慣——或更糟的是，決定自己也要當個水手。」威爾微笑著。「十歲還是十一歲的時候，我告訴她——也許是為了叛逆——等我年紀一到，就要馬上出海討生活。我的父親正好在那時決定報社需要一個送信的，我很喜歡那份工作，就放棄了出海離家的念頭。」

查理笑出聲來，「你進報業的原因是因為你的父親想打消你出海的念頭嗎？」

「我想是我長大一點以後，我的父親希望我到報社工作，但……」威爾的目光中因為想到愉快的回憶流露出溫柔的光芒，「嗯，我的母親確實是意志非常堅定的女性。」他轉頭瞄了查理一眼，「你的母親介意嗎？」

「水手是她最忠實的顧客。他們來店裡會花掉一半的薪水買啤酒和威士忌。如果他們不走運手頭不寬裕，她會請他們吃晚餐，偶爾還會幫他們縫釦子補衣服。」查理把盤子裡剩下的馬鈴薯壓碎，再用一片酥脆的魚挖起來送到嘴裡，「我自己不想出海，但船靠岸時我總是開心得不得了。水手們最會說故事，他們把世界帶到我的面前。」

「就像報紙一樣。」威爾溫暖的目光持續落在查理身上，他不敢回應，只是短暫地偷一兩眼，然後很快把自己的啤酒喝完，靠到威爾的肩膀上。

「我們搭晚班的船回去吧，但回去之前我想再沿著海岸散步一下，跟你一起，」他補上最後那句，咧開嘴一笑，「反正你喜歡清爽的空氣。」

「我們可能不只得吹風而已，」威爾說，「雲層看起來——」

「你體驗過風雨來臨前的海岸，對吧？這是海岸最棒的時候。」查理從口袋掏出一張皺巴巴的一元鈔票，找著結帳的侍者，「你知道，我曾經想過，不知道天堂有沒有雷雨？沒有它們的世界太無聊了。」

「你可能得先擔心天堂會不會放你進去，」威爾回道。「你覺得那裡有派嗎？」

「天堂嗎？」

威爾笑出聲來，「我覺得眼前有更值得擔心的事，也許待會雲會散去。」

但下雨的機率看來又變高了，沿著海岸可看到地平線上迫近的沉重鉛雲，查理不得不告訴威爾，如果想沿著海岸走一段，還沒到火車站應該就會淋得渾身溼透。出乎他意料的是，威爾沒有因此放棄，他提議可以沿著岸邊走到離火車站最近的地方——如果到時開始下雨，就快速跑到車站去。

查理喜歡威爾的提議，於是他倆在耳際邊更加猛烈的洶湧海浪怒吼聲和噴濺聲中開始步行，岸邊生的火堆好幾處已經熄滅了，只有遠處幾點旅館的燈火點綴著遼闊的黑暗，讓此處顯得不那麼與世隔絕。隨著風勢加強，查理開始懊悔自己沒有接受威爾的提議，買件更厚的大衣。很快風裡也出現了雨絲，查理期盼著車站的燈光出現，希望在火車來前能在爐火旁暖暖身子。

「我們走到有樹遮蔽的地方吧？」

威爾露出了早知你會如此的笑容，「享受夠了嗎？」

查理哼了一聲，「你一定和我一樣也覺得冷。」

「但我們還得再往下走一點。」

「我們還是先找個能避風的路線吧，」查理挽起他的手臂，「你該不會是那種失戀以後就尋死覓活的類型？」

威爾的回答被天際突然亮起的閃電截斷，緊接著傳來隆隆的雷聲。查理嚇了一跳，張望著尋找有遮蔽的地方，但最靠近他們的是不知道被誰忘在這裡的海灘小屋。查理立刻抓著威爾往小屋奔去，內心祈禱這真的是個無主小屋。雲層終於釋放了雨水，查理進入狹窄漆黑的小屋時，身上已溼得差不多了。再次劃過天邊的一道閃電，從靠近屋頂的小方窗投進光來，兩人藉此看清屋內有張寬板凳和塞滿毛巾的櫃子。櫃子上掛著燈籠，旁邊還擺了一盒火柴，但這個量不可能撐到隔天早上。「我想我們就進來躲一下就好。」

「沒關係的。」威爾在凳子上坐了下來，在身旁留了空間讓查理坐下，「這也是我的決定。」儘管以他們尷尬的窘境而言，他看來仍然愉悅，「也許等雨停以後，我們可以去游泳。」

「我感覺我剛游過了。」查理用手指爬過滴水的頭髮，「你覺得他們會介意我們借用一下毛巾嗎？」

「我們可能要省著用毛巾比較好，以防我們等一下得在地上鋪床睡覺。」威爾用鞋子敲敲地上的木板，發出的聲響幾乎被敲擊屋頂的雨聲吞沒，「話又說回來，我不知道我們是否會想睡，等我們醒來時可能發現自己被捲進海裡了。」

「我希望你沒提起過這個。」

「我也後悔了。」

極近的雷聲再次從屋頂上炸響，查理試著不要驚跳起來，「你覺得我們有可能會被雷劈中起火嗎？」

「就算那樣，這雨也會把火澆熄的。」

「你對於安慰人真是一點也不在行，對吧？」

威爾笑出聲來，「你不覺得那還滿令人安慰的嗎？」

查理好奇地盯著他看，「你該不會是在為了我強顏歡笑吧？我知道今天對你來說應該不算是什麼好日子。」

「這一天比我想的還好得多。」

查理不知道該怎麼解讀這句話，「你是在乎她的——」

「我是很在乎她。很長一段時間以來，我以為那足以支撐一段婚姻。我希望是這樣，因為我那時以為，如果我不娶薇奧蕾特，我就得孤老一生了。」他因為懊悔而抿緊雙唇，「一直到今天我才意識到我有多自私，我明明知道我們之間只有友情，但我還是用承諾束縛她走向婚姻。今天早上她看起來那麼快樂……」他臉上浮出溫柔的微笑，「她陷入愛情不只拯救了她自己，也拯救了我。」

查理哼了一聲，「威廉神父，你還沒那麼老。你總有一天也會找到愛人的，我猜一定會是一個你不該愛上的人……」他突然注意到威爾憂慮的神情，「你該不會要告訴我你已經陷入愛情了吧？」

「我自己不敢說。」

這個回答聽起來很模稜兩可——雖然可能真心——但威爾神態裡的猶豫讓查理緊張起來。看起來似乎……不，不可能的，也許威爾之前的好心情——甚至是現在的害怕——和**自己**有關。不管他突然開始狂跳的心多麼想相信是這樣。

「你不知道自己是不是戀愛了？要不要接吻看看？吻過通常有答案。」

威爾躲避著他的目光，「我不知道，也許對方不願意。」

真有趣，在那樣的雷雨聲中怎麼能聽出另一人的輕聲低語中，包含了多少焦慮渴望呢。他移動凳子上的身體，就像那天在卡洛琳的花園裡一樣，傾身靠向威爾，只不過這次不只是為了要取暖，「我不是要你突如其來跑去親你的心上人，你得溫柔一點。像這樣……」他輕柔地把唇瓣刷過威爾頰邊，感覺身體裡因抑制過久而累積的疼痛一瞬間奪走了他的聲音。呼吸突然變成艱難的任務，他無法承受這一刻結束後。他忍不住想，也許閃電劈到自己之前，心臟就會因跳動過於劇烈而衰竭，並從得到一點安慰。

如果威爾逃開了……

但威爾沒有逃開，他轉過臉，呼吸輕柔地吹拂在查理的皮膚上，「如果對方接受了我的吻……」他的唇觸上查理的，輕得像羽毛一樣，「就可以親嗎？」

「天啊，可以。」

查理的聲音輕得像是吐氣，但屏息的威爾聽得清清楚楚。終於承受不住過久等待的煎熬，他溫熱的雙唇完全覆蓋上查理，手同時探出將他拉向自己，查理則全心接受威爾的熱情。他感到不可置信，雖然威爾曾不經意洩漏情感，但那時還不是自由之身的他，將一切隱藏在自己與生俱來的拘謹矜持中，查理從不敢奢望威爾能回應自己的感情。

現在一切終於得到釋放，抑制許久的熱情以猛烈的方式尋找出口。查理歡迎著這股熱情，直到他倆喘不過氣，熱得再也穿不住身上的大衣為止。他提議大衣有比穿在身上更好的用途時，威爾欣然同意。等毛巾和大衣鋪到地上後——接著壓在上面的是被威爾撲倒的查理。查理仰躺著，為了威爾熱切剝去自己身上衣物的行動感到愉悅，接著突然想起小屋的門沒有鎖，「我們是不是該找個方法把門閂卡住，免得有人進來？」

「我覺得除了海水應該沒有其他東西會進來，也許一兩條鱸魚吧。」但威爾站起身找個東西卡住了門，站著解開了自己的領帶和背心。

查理拉了拉他的褲腳，「回來躺著，不然你待會等重新幫我加溫才行。」

威爾欣然從命，炙熱的體溫像毯子般重新覆上查理，再用一輪綿密的親吻讓查理的體溫高到無法加溫為止。領帶、鞋子，阻撓在兩人間的所有衣物全是多餘。威爾靈巧的手指再次碰上查理的褲扣，不只是為了怕他著涼，而是他夢想著的其他情境。查理忍不住閉上雙眼，不敢相信自己的狂野想像居然真能成為現實。但想像當然不能和威爾試探性地碰觸他陰莖的溫熱手掌相比——還有環繞其上的手指，手指堅定地收攏，在確認他的硬挺後緩慢地來回套弄。查理發出呻吟，將身子縮向威爾，但威爾將他推遠，褪去他身上的褲子和所有衣物，讓查理赤裸地像剛出生的嬰兒一樣。

在冰冷的空氣往他的背脊送去寒意之前，威爾赤裸的高熱身體壓上他，嘴唇找尋著他的嘴唇，靜默的熱烈親吻像是在說……嗯，查理無法解讀其中的含意，但他仍為此感到巨大的喜悅。他閉上雙眼，雙手撫過威爾的肩頭，滑下他的背脊，握住他的雙臂，威爾將身體壓向他作為回應，兩人堅硬的陰莖緊靠在一起。這個舉動帶來的快感幾乎讓人無法忍受，但他還需要更多……而威爾將嘴離開他敏感的嘴唇，一路朝著更敏感、更有反應的地方前進，像是要吻遍吞噬他的每一寸肌膚。

閃電劃過，雷聲爆響，查理忍不住驚喊出聲。但威爾印在他臍下綿密深情的吻立刻抓回了他的注意力，在威爾嘴唇的溫熱包圍住他的陰莖時，他忍不住再次喊了出來。包覆在那之上的還有威爾的手，他的手有節奏地上下套弄，嘴則輕輕拉扯著掀起快感，雖然查理希望這永遠不要結束，但很快威爾不疾不徐的步調變得更為激烈，即使他刻意慢下手上的套弄，也阻止不了高潮的來臨，查理不受控制地捲入目眩神迷的狂喜之中。高潮褪去得甜蜜又緩慢，威爾溫熱的嘴始終套在查理的陽具上。他用手指爬過身下的威爾潮濕凌亂的頭髮，作為報復，威爾用舌尖滑過口中的陽具。

查理抽搐了一下，「有點同情心，你已經把他抽乾了，要讓它恢復精神得再等等。」

威爾跪坐起來，「最多半小時吧。」

查理喜歡他眼裡閃出的惡作劇光芒，「你覺得要那麼久嗎？」

他拉住威爾，讓他倒在他們的臨時床鋪上，並跨到身上給他一個緩慢磨人的吻。威爾分開兩人緊接的嘴唇，喘著氣說，「想折磨人的話乾脆淹死我好了，那樣會快點。」

查理更用力地把自己的身體貼到威爾身上，享受著手指在威爾頭髮裡穿梭的觸感，「沒錯，我是想淹沒你。」他低聲說，熱烈吻起他來。威爾發出呻吟，鼓勵著他的進犯，並且在查理的髖部靠上來時，挺起臀部相迎。查理的大腿頂住威爾堅硬、充滿渴望的性器，他很想頂著它繼續摩擦，但更想讓威爾享受自己剛剛嘗到的快樂。

他低下身子，將威爾一吋一吋慢慢含進口中。他相信威爾正期待著舌頭和嘴唇的每種愛撫，於是大膽探索了所有可能，直到威爾不安的挺動催促他帶自己奔向巔峰。查理加重壓力和速度，直到威爾不能承受，臣服著吐出放棄所有控制的呼喊，滿足了查理取悅的願望。高潮又急又深，查理在威爾發出的呻吟中同樣感到巨大的愉悅，然後像威爾耐心陪他從高潮回到人間一樣，他溫柔地持續含著威爾，等他完全平靜下來後，才往上爬躺在他的身邊，一起聽著似乎已平息好些的風雨敲擊著小屋的屋頂。

今天簡直是不能更好的一天。但更讓他驚嘆的是，他能想像明天還會更好，「我猜我們已經失去進入天堂的門票了。」他發出疲倦的笑聲。

威爾翻身面對他，放鬆地靠在他的身上，潮濕的髮尾搔著他的頸項，他心滿意足的輕嘆鑽進了查理的耳朵，「這不就是了嗎？」

✦第十五章

致你的舞會邀請

Invitation to the Dance

在寒冷刺骨的星期六，渡輪上大概是威爾最不想出現的地方了，但只要靠在查理身邊，不管是顛簸的風浪或刺痛臉頰的寒風，威爾都不介意。甚至捧著味道嗆鼻的魚簍，為了漁獲洋洋得意的漁夫，都變得很有意思，連著兩個晚上沒好好休息的威爾居然津津有味地打量起來。

關於他欠佳的睡眠品質，實在不能怪罪旅館。他和查理離開海邊小屋後，在離岸更遠的地方找到各項條件都令人滿意的住宿地點，滿心想補點眠，而安穩平靜的雨聲、溫暖的床鋪和拉上窗簾的黑暗房間，理論上對入眠也很有幫助。只是查理是個黏人精，威爾雖努力忽視他靠近的身體，但在查理貼上背後，在他的脖子上印下熱烈的吻後，就再也無法抗拒了。

「這樣下去，我們一整天就要耗在這張床上了。」威爾笑著警告他。

「你知道這麼說是在引誘我嗎？」

「我們明天真的該回去了。」

「沒問題。」查理一隻手臂環抱住威爾，將臉埋進他的肩頭，「現在我還要繼續表達謝意呢。」

威爾哼了一聲，「你一直都這麼討人喜歡嗎？」

「你現在才發現嗎？」

「嗯，你得承認你留下的第一印象不太正面。」

「我不是要你去《紐約時報》面試嗎？」

威爾不解，但還是愉快地轉頭看向他，「你覺得那是好的第一印象？」

「我那樣說，就是因為我知道他們絕對會立刻僱用你。」

為這個繼續吵下去好像有點傻，但……「你覺得我是個好編輯，但你不希望我在《先驅報》工作。」

「我不能讓你把我文字裡的鋒芒都削掉啊。」查理一副這再合理不過的樣子。

威爾輕輕咕噥了一聲，然後笑了出來，「我不認為有誰可以削減你的鋒芒，查理。」

「我給的第一印象沒那麼糟吧？」

雖然房間的光線十分昏暗，但威爾仍清楚看見查理臉上咧著那副招牌的笑容，「就說你給人的印象蒸蒸日上這樣好了。」

這下換查理哼了一聲，「你沒有更好聽的說法了嗎？」

「給我一點時間，我說不定能想出更委婉的表達。」

「那我先表達自己好了。」查理說，然後用力貼緊威爾的背脊，將熱烈的吻印在他身上。

因此，他們到下午兩點才醒，不想直接回紐約的兩人在雨果餐廳享用了一頓奢華晚餐，托詞要討論出下一篇專欄報導的方向。當然，沒什麼實際成果，他們便決定在島上多待一晚，以期找到更多靈感。頻頻延遲回程的兩人沒說出口的是，一旦回到紐約，他們就很難有機會私下相處，畢竟在董尼德大宅不可能擁有像海濱小屋那樣的私密空間——除非他們要在較開放的區域找個新住處。

看著近在眼前的曼哈頓，威爾知道他們得趕快想出辦法。他輕推了下身旁正打瞌睡的查理，查理發出不滿的咕噥聲，頭沒有離開威爾的肩膀，身體仍靠在威爾身上。

威爾再推了他一下，「我們得談談接下來該怎麼辦，要不然我們就得把所有薪水奉獻給我們根本住不起的旅館了。」

「那我們就住那些住得起的旅館，怎樣？」

「看來你知道很多包厘街的旅館？」

「我不會帶你去那裡的。」

威爾笑了出來，「你之前不是還想帶我去包厘街聽音樂嗎？」

「那裡的旅館比較……」查理嘆了口氣，「也許我們能找到更體面又不貴的地方。今晚我們只能充滿渴望地凝視彼此了。」

「我想最好連渴望的凝視都不要有。但晚一點我會去你房間，一起寫明天要交的稿件。」

「那你得答應當個完美的紳士，不能有絲毫踰矩。」

「只要你做得到，我就可以。」

查理貼著威爾大衣領口的雙唇中溢出笑聲，「我們完了。」

雖然威爾不認為他們真會一時忘情，做出讓其他住客起疑心的舉止，但還是格外努力抑制情感，避免流露任何超出友誼的跡象。他們順利吃完了晚餐，但等威爾到查理房間準備寫稿時，他發現真正艱難的考驗這才開始。

威爾在火爐前的椅子坐下，希望這個離查理最遠的位置，能創造出一點安全的距離，但查理跟平常一樣活潑好動，在真的開始寫字前，無法好好坐在位置上。「這是最後幾篇了。」查理說著，在威爾對面的椅子上坐了下來，「我猜，你不會想寫輪船公司女繼承人薇奧蕾特・查平即將宣布的訂婚消息吧？」

「那你想寫釀酒公司女繼承人蘿絲・梅修可能的訂婚對象嗎？」

查理苦笑了一下，「我們是不是失去做這件事的勇氣了？」

「寫不認識的人比較容易。」

「我們不認識的人可多了，就找一個來寫吧。」查理站起身來，開始來回踱步，「上一場宴會追著你跑的那些迷人小姐呢？有沒有什麼可寫的？」

「她們只是無辜的年輕女孩，我不想讓她們任何一個人惹上麻煩。」

「嗯，但你讓我惹上麻煩的時候，怎麼看起來完全沒有猶豫？」查理坐到床上，對著威爾咧嘴一笑，「說到麻煩……你要不要過來坐我旁邊？」

「我們說好了，渴望地凝視著彼此就夠了。」威爾提醒查理。

查理臉上的笑容褪去，眼中露出惆悵渴求的神色，「我一整天都很想要你。」

要怎麼忽視這樣的告白呢？威爾站起身，在坐直身子的查理身旁輕巧坐下，「我們得謹慎行事，你不會想被趕出這裡的。」

「只要是跟你一起被趕走，我不介意。」

「你會介意的。你很在乎董尼德小姐對你的看法。」

「好吧，你說的對。但……」查理的手從被單移到威爾手上，「這個世界這麼無情，真令人疲倦。」

「董尼德小姐並不是無情的人，她只是不理解。」威爾靠向查理，「我知道我們能寫什麼了，寫個你也認識的人。」

「是嗎？」

「就說你聽說內史密斯先生在一週內就要啟程回加州……無法想像將如何面對沒有他的紐約社會。」

查理突然笑得喘不過氣來，但笑聲中帶著些許沉重，「你是不是惡化了？」

「從各方面來看，是的。」

「完全墮落了？」

「嗯……」威爾沒有拒絕擦過下巴的柔軟嘴唇，「畢竟，我現在人還在曼哈頓。」

「沒錯，你應該更清楚。」查理靠在他身上，溫暖的身體散發出邀請靠近的氣息，威爾只能欣然接受落在嘴上的吻。這個悠長的吻漸漸變得越來越迫切，威爾知道如果繼續下去，他們兩人都會失去控制。他抽開身，努力平息呼吸。

「查理──」

「我鎖了門。」

「在安靜的房子裡面，很容易聽到別的房間的聲音。」

查理動情的雙眼裡露出愛意，「你想等下次有雷雨的時候？」

「不是──」

「那你安靜地吻我就好，我不出聲。」

查理趴在身上熱切索吻，像是全世界最重要、最好玩的事情，威爾實在無法拒絕，只好努力忍住不發出聲音。但查理總能讓威爾忘了自己身處何處，他逐漸忘我，直到門上傳來的短促敲門聲驚醒他的神智。呼吸短促又衣衫不整的威爾爬坐起來，在查理無聲的指示下躲進床下。接著查理立刻走到門邊開了門，他看起來如此熟練，威爾猜想他也許之前也曾經帶過一兩位男人回來。

門只開了一縫，威爾聽不清低聲的談話。門再次關上後，查理走到床邊屈膝跪地，臉上帶著笑容，「有人來找你，內史密斯先生。」

「你這人沒辦法正經。」

威爾扭動著身體想從床下鑽出，查理彎下身拉住他的手臂和腿，徒勞無功地想幫上忙，「希爾達說，來找你的人是格拉斯普爾夫人。」在威爾可以起身前，查理撲到他身上，迫不亟待地送了個吻，「我告訴她你馬上下去，等我好好品嚐完你身上每一寸肌膚以後。」

「你引誘男人的時候，通常會把對方嚇得神不守舍嗎？」

查理沒說話，只是用他深情熱烈的雙唇做出回應，威爾在灼人的激情中幾乎燃燒起來，隨著一波波襲來的欲望，擔憂逐漸消退——但很快地伴隨另一次的敲門聲又迅速湧現。這次的敲擊聲節奏急躁堅定，顯然不是希爾達。挫敗的查理無奈把頭埋進威爾肩頭，「搞不好我還是得帶你去包厘街才行。」

「至少我不用躲到床底下。」

「如果警察來了，你搞不好還是得躲。」

敲門聲再次響起，門外傳來阿奇低沉焦慮的聲音，看來**真是**警察來了。威爾爬回床下，這次幾乎貼到牆邊，並努力讓自己的呼吸在查理開門前平靜下來。

「晚安，警官大人。」查理愉悅地說。

阿奇的笑聲聽起來有些憂傷，「別介意……我吵醒你了嗎？」阿奇抱歉的語調裡帶著驚訝，查理清了下喉嚨，「沒有，沒有。我剛只是在紀錄一些報導的靈感，以免忘記。」

阿奇有些猶豫地走進房間，威爾猜是被查理推的，「我等早上再說好了——」

「這件事既然害你睡不著，那現在就說吧，」查理說，「來，坐下。」

「不是什麼壞事，」阿奇在火爐邊坐下時說。「其實是一件很好的事，但……」他的聲音裡再次出現了焦慮。

「和梅修小姐有關嗎？」查理聽起來充滿了同情，「還是跟梅修先生和夫人有關？」

「你怎麼知道？」

「對於陷入愛河的人來說，這不是最令人擔心的事嗎？」查理彎下身，撿起茶几下的領結——威爾的領結。「他們沒有禁止她和你見面吧？」

「噢，沒有……」阿奇嘆了口氣，「目前還沒有。」

「等等。你該不會是在擔心出席惠特莫爾家宴會的事吧？」

阿奇大聲嘆了口氣，「我不是擔心，我是怕得要死。」

「你怕嗎？」查理聽起來不可置信，「你追過很多小偷，甚至包括**殺人犯**。當然上流社會的宴會裡不乏宵小之輩，但——」

「查理，我從來沒去過上流社會的宴會。我一定會出盡洋相，然後蘿絲的父母就會禁止我們來往。」阿奇站起身，走到壁爐架邊靠著，「也許蘿絲也不會理我了。」

最後一句話聲音極輕，幾乎要逃過威爾的耳朵。他很希望自己能跳出來說點什麼。但他相信查理一定能說出正確的——安慰的話。

查理沉默了很長時間，也許連他也不知道該說**什麼**才好。阿奇把落在火爐邊的小煤塊踢回火中，走回來癱坐在椅子上，「你見過她的父母，你就直接告訴我吧，還心存希望的我是不是像個傻子？」

「嗯……」查理聽起來很不自在，「梅修先生思想很開明，他人很好，真的。梅修夫人——」

「她希望蘿絲能嫁給這個叫貝爾考特的傢伙，蘿絲跟我說的。」

「她會以蘿絲的幸福為優先，」查理大膽地說，「我肯定她一定是那麼想的。然後你別擔心宴會。真的，宴會那種無聊東西，你只要人到那裡，讓大家看看你有多麼和藹迷人，梅修一家人就會像我們一樣愛你。」

威爾認為自己也不可能說得更好了。阿奇再次陷入沉默，也許在仔細思考這番話。「我很高興你也會去。」最後他說了這句話，站起身來，「要是我看起來像是快幹出什麼蠢事，你要即時糾正我。」

「在那種狀況下，威爾應該對糾正別人更在行，」查理笑著說，「但我會很高興跳進去，做件更大的蠢事，吸引走大家的注意力。」

阿奇的笑聲中帶著寬慰。當他走後，威爾從床底下爬出來，在地板上盤腿坐著，用懷疑的目光打量查理，「我對於糾正別人很在行？」

「你花了那麼多力氣試圖把別人導回正軌，我想應該能說是在行了吧。」

「你會這麼想，可能是因為你身上有太多需要回到正軌的地方了。」

查理坐到威爾腿上，手搭上他的肩膀，「你是在承認，我對你來說失敗了嗎？」

「更像是精疲力盡。」威爾將手環繞著查理，把身體靠著他，「那麼，包厘街吧？」

查理嘆了口氣，「我不知道……」

「還是霍夫曼別墅？」

查理的嘴角帶點無奈地翹了起來，「然後把房費記在貝爾考特帳上？」

威爾笑出聲來，「我們在包厘街和貝爾考特之間找個折衷吧？」

「好吧，那就街尾的洲際大飯店？」

「我希望只是今晚。」

「我們也可以在別的地方租個房間。你之前在十五街上租的地方怎樣？」

「我寧願把所有的錢都花在霍夫曼別墅。」如果他們真的打算每天住旅館，那確實得花掉所有的錢，「如果有人注意到我們不在，那該怎麼解釋？」

查理聳聳肩，「就說我們在跑新聞啊。這不是我第一次在蒐集情報或準備採訪時暫住酒店。」他站起身，開始穿上衣服，「之前節慶期間追新聞的時候，我還曾經在公園椅子上過夜。」

「你不覺得我們能租到一個房間嗎？」

「我們也許得千里迢迢回到那個海灘小屋才行。」

「在這麼冷的晚上？」

「我會讓你暖起來的。」

洲際大飯店和他們詢問的百老匯街其他旅館都沒有空房，威爾不想冒著寒冷搭船回到史泰登島，於是建議回家，他又冷又累，只想在溫暖的被窩裡蜷起身子。但查理決定放鬆對旅館的要求，兩人便搭了一程電車，找到一家街角的小酒館，招牌上除了美味的拉格啤酒和德國香腸，還寫到店面樓上有舒適的房間可供過夜。

威爾對於房間的舒適程度半信半疑，但兩人還是走進被嘈雜人群擠滿的酒館，和人聲同樣喧鬧的還有一架跑調的鋼琴，男男女女追逐著彼此跑上樓，不久後又快速地走出房間。威爾瞥見查理的眼神，意識到他擔心自己不能接受，趕忙扯出一個安心自在的微笑，「我們問問他們三樓有沒有空房？那裡會比較安靜。」

查理緊盯著威爾的表情，「你確定嗎？」

威爾傾身靠近查理，低聲說，「如果你一定要聽我的心裡話，我確定只要我們待在一起五分鐘，我就會忘了自己身在何處。」

查理的表情明亮起來，「那好，我們一起忘了自己在哪裡吧。」

三樓確實創造了與噪音的距離，搖晃的床架和帶著霉味的床單雖然令人不適，但窗戶可以關上，門上還有鎖，這表示他們能夠完全沉浸在彼此的懷抱中。在威爾身上衣服尚未褪盡，兩人倒向床墊之前，查理在威爾身上引起的巨大愉悅，就已讓他完全臣服。在筋疲力盡的查理靠在威爾肩頭發出鼾聲時，樓下傳來的嘈雜和荒腔走板的鋼琴演奏仍然沒有停歇，但這些噪音現在像是隔開兩人和世界的堡壘。威爾相信，在如此毫不休止的喧鬧和尋歡作樂的掩護下，兩人絕對不會引來注意，便安心沉入夢鄉。

在陌生又破舊的環境中醒來令人感到相當惶恐，威爾叫醒查理，回家換了衣服，不等其他房客發出疑問，就悄悄溜出了大宅。前往報社的路上，心情愉悅的查理興致高昂滔滔不絕，但威爾一心想著該怎麼解決眼下的問題。他不想離開董尼德大宅，和查理一樣。但如果他們繼續住下，就得找個白天幽會的地方；也許是個不引人注目也不須添購家具的小房間。

他倆在上班時花了幾個小時偷偷找尋這樣的地方，最後在一棟六層樓高、幾十年前稱得上是高檔的酒店裡頭，挑中了一間樸實但尚稱乾淨，位於轉角的房間。房間鑰匙一到手，他們便一點時間也不浪費地撲到彼此身上，過後兩人穿上衣服回到報社，走到頂樓一起喝杯咖啡，難掩內心焦慮，確認自己沒有吸引任何注意。

「我猜花點時間就能習慣的，」威爾說，「再一兩個星期，我們就不會瞎操心了。」

「除非我們那時已經在坐牢了，」查理試著苦中作樂，「想想我們在裡面能寫出怎樣的報導。」

「應該就是最後的報導吧。」威爾拾起被人留下的週日報紙，「也許我們在惠特莫爾家的宴會之後再出現。」

「你是說在內史密斯先生離開紐約之前吧。」

「我以為這兩件事差不多會同時發生。一旦傳開後，內史密斯先生自然也無須多留。」

查理笑出聲來，「你是擔心傑克·加巴還在跟著你吧。」

「你不擔心嗎？」

「我認為他主要覬覦的對象是貝爾考特。但如果這能讓你感覺好一點，我可以答應你保持貞節幾天。」

「那樣我感覺也不會好。總之，我一旦離開紐約，人們很快就會忘記我……」威爾苦笑，「然後我們就能隨心所欲進行可能讓自己身敗名裂的行為了。」

缺少彼此體溫陪伴的夜晚並不好受，但威爾還是堅持待在自己的房間裡，決心讓內史密斯先生和他的私人祕書在週三離開紐約後，沒有任何人能議論他和私人秘書的醜聞。早餐的餐桌十分安靜，尤其是查理和阿奇；同樣憂心忡忡的威爾也沒能讓他們高興起來。他忍不住後悔接受惠特莫爾家的邀請，即使他們那麼和藹可親，但每出席一次舞會或宴會，就代表更多在大眾面前被揭穿並羞辱的風險；他一直以來確實幸運，但總忍不住覺得這好運就快要見底了。

工作是個分散注意力的好方法，尤其是查理外出跑新聞去而不在城市部門時。他要是在辦公室，就總是在威爾位置旁打轉，靠在威爾的書桌上說話，讓威爾緊張得心都要跳出來。等到六點，威爾準備好換衣服去參加舞會，但到家以後，卻發現查理的躁動像流感一樣蔓延開來了。儘管阿奇穿著租來的晚宴服，看來風度翩翩非常迷人，但平常愉快親切的氣息絲毫不存；不安地接受深諳各種繁文縟節的卡洛琳和希爾教誨。

等威爾換好衣服下樓，他發現他們已從會客室移動到曾被當作舞池使用的音樂室。卡洛琳坐在天鵝絨蓋布已被陽光曬得褪色的老鋼琴前，彈奏著一曲華爾滋，阿奇則領著雙頰飛紅的希爾達，用比起跳舞更像踢正步的活力踩著地板。威爾不發一言待在牆角觀察，直到查理出現——看到阿奇和希爾達笨拙的舞步，忍不住大笑出聲。

威爾自己也沒法不被眼前的景象逗樂，但仍責備地看向查理，「我們也沒有好多少。」

「跟阿奇和希爾蒂比嗎？」

希爾達離開阿奇笨拙的雙臂，經過查理時責備地看了他一眼，馬上讓他臉上的笑容蕩然無存，「要我說，我跳舞沒問題。是你們這些年輕人……」她攏了攏自己有些散亂的髮髻，「你們這些人就像只有兩隻腿的小馬。」

「沒錯。」阿奇慚愧地說。

「我不是。」查理反駁，接著拉過希爾達，牽著她轉了個圈。她立刻掙脫，憤怒地哼了一聲，「一個人能忍受的擺布是有限的。」她回道，但威爾接著伸出了手，希爾達則露出警惕的神情。

「您願意賞光嗎？古瑞小姐。」

她沒辦法拒絕這麼禮貌的請求。於是威爾牽著希爾達走進舞池，擺了個姿勢，得到她滿意的表情，兩人便優雅踩起環繞的步子，希爾達露出讚賞笑意，「內史密斯先生，我不會說你是小馬了。」

「這是我收到最好的讚美，謝謝您，古瑞小姐。」

「拜託。」查理說，「你這樣跳華爾滋，你的舞伴會睡著的。」

威爾賞了他一眼，「就我所知，我們之前去過的舞會從來沒有發生這個問題。」

查理哼了一聲，「不過去了幾場舞會，你就覺得自己是大師了嗎？」

他們這一番鬥嘴，終於引出阿奇臉上的笑容，威爾感到非常欣慰，「仔細看好，科爾貝克先生，你說不定能學到點東西。」

他挽著希爾達走到鋼琴旁的沙發，彬彬有禮地向她要了胸花。

「我可以也要一個嗎？」阿奇問。「如果你喜歡玫瑰花苞的話。」卡洛琳說著從琴凳上站起身。

「蘿絲也就是玫瑰的意思。」威爾調侃著阿奇……但眼神忍不住看向查理，看出他眼中有著和自己一樣的心情，陷入愛河的又豈只蘿絲和阿奇而已。

查理露出微笑，「我也要……」他懺悔地看著希爾達，「如果您肯原諒我把您轉來轉去。」

「要出發前才來跟我討胸花！」希爾達哼了一聲，「我早就幫你們三個都準備好了。」

卡洛琳笑著，「全部都修剪和綁紮好了，非常完美。希爾達，如果我們能在出發前喝杯茶——」

「我馬上把茶送到會客室。」

雖然有幾綹散落的灰色髮絲落在肩頭，希爾達仍踩著得意的步伐離開了音樂室。卡洛琳慈愛地看著她的背影，「在我們走進會客室前，她一定就已經把茶具擺好了。」她領著大家往外走，露出愉快的微笑，威爾暗自慶幸自己沒有拒絕惠特莫爾的邀請。

等他們在會客室坐下，卡洛琳捧著茶杯，臉上的愉快神色轉為惡作劇的神采，「內史密斯先生，請告訴我，過去這個月來，你該不會每次坐下前，都會把晚禮服的衣尾拎起來吧？」

「董尼德小姐，我——很抱歉，您是什麼意思？」

卡洛琳倒了杯茶，遞給威爾，「這麼多年來，我從來沒有見過任何一個紳士，會在坐下前特別把禮服衣尾拎起來。這件要是穿壞了，他就再買一件就是了。」

威爾從來沒想過這一點，「一定也有一些比較勤儉的富人。」

「白手起家的那些可能吧，」卡洛琳說。「但你的財富應該是繼承來的？」

查理一口茶嗆在嘴裡，一邊搖頭一邊笑出聲來，「他不會坐在衣尾上的。」

在眾人期待視線的壓力下，威爾心不甘情不願站了起來，「這是租來的禮服……」

查理扯住威爾的外套要他坐下，在威爾想要抗議時，突然站起來，用力坐進他懷裡，「好了，這下你就不用整晚都站著了。」

卡洛琳對於查理的粗暴作法並不在意，「內史密斯先生，我們會將你培養成真正的紳士。」她雙眼發亮地說著，阿奇被逗得笑出聲來。

一人難以敵眾的威爾打破自己的原則，憤然瞪著查理，「你知道自己現在也坐在外套衣尾上吧？」

查理用晶亮的藍色雙眸看向威爾，眼中閃現狡猾的幽默感，「那你最好趕快給我加薪。」

「我明天一早就開除你。」

「看來這樣開除我，你很享受。」

「我熱切期待那一刻的到來。」威爾把查理推走，站起身來，「既然這是我們本季最後一次出席宴會，我們得好好享受才行。」他轉向阿奇，「準備好勇闖上流社會了嗎？」

阿奇臉上褪去了一些血色，但仍站起身來，撫平了他沒有弄皺的衣尾。

「先來杯波特酒吧。」查理建議。

「我們最好清醒地開始這個晚上，」威爾說，「否則天知道結束時會變成什麼樣。」

惠特莫爾宅邸座落在一排爭奇鬥艷又富麗堂皇的豪宅之間，相對低調的莊重外表只有最有鑑賞力的人才懂得欣賞。入門大廳有冷色調的灰色大理石地面和藍色垂帘裝飾呈現出冬季的氛圍，襯得走廊盡處接待客人的房間益發溫馨。房內火爐內劈啪作響，火光映照著一畦紅豔豔的玫瑰。惠特莫爾夫人用戴著手套的手友善地拍拍威爾肩頭招呼，她眼中閃著促狹的光芒，提醒威爾不只一張舞伴卡上列了他的名字。

試圖鎮定地接受這件事，威爾決定先去找蘿絲，查理則是拖著阿奇在舞池內逛逛，希望能循序漸進讓阿奇適應舞會上如狼似虎的未婚小姐們。威爾花了好半晌才找到梅修一家人，發現查理和阿奇居然早了他一步，查理流暢的介紹雖然不令人起疑，但蘿絲臉上散發的光芒和阿奇雙頰的紅暈，無疑地暴露了他們的情況……或者會暴露，若非梅修夫人顯然地忙著關心貝爾考特勛爵的下落。

「我們不久前才遇到他。」查理說，「他和以賽亞．諾克司一起來的。」

梅修先生聞言五官皺了起來，但梅修夫人英勇地繼續追問，「**只有**諾克司先生嗎？」

查理一臉驚訝，「我不確定，他旁邊像平常一樣圍著一群人——」

「我的天哪。」梅修夫人看來更加堅定了，「嗯，我們得維持禮節才行。」她轉向丈夫，「親愛的，你能帶我們過去拜會嗎？」

蘿絲睜大了雙眸，「母親，內史密斯先生已經邀請我們去他那桌一起用餐了。」

「有嗎？」她轉向威爾，「內史密斯先生，你這麼早就要用餐了嗎？」

威爾捕捉到蘿絲請求的目光，努力演起戲來，「我得承認我確實飢腸轆轆，梅修夫人。當然，我能理解您還不想用餐……您覺得先來點蛋糕和香檳怎麼樣？」他朝查理遞去鼓勵的眼神，「我想藉此先觀察一下人群，適應適應環境。」

「我不介意先來一兩杯香檳，」查理開心回道，「給我找點事做，以免有人傻得想找我跳舞。」

「我會當那位傻瓜的。」蘿絲笑著回。

「蘿絲。」梅修夫人表情嚴肅，「記得妳的禮儀。內史密斯先生，我們很希望能和您一起用點心，但我們得向貝爾考特勛爵致意。」

梅修先生憂慮的神情突然放鬆，「你們怎麼不一起來呢？如果勛爵大人忙得沒空和我們說話，我們就可以直接一起去用餐了。」

梅修夫人一臉想抗議的樣子，但終於強撐鎮定，為蘿絲做了禮儀的表率。她抓著並不甘願的蘿絲逕自往前走去，留下後頭的威爾不安地想，梅修夫人一定已看見阿奇和蘿絲交換的眼神，這才如此積極吸引貝爾考特注意蘿絲，即使這有違蘿絲的意願。

查理和阿奇看來也得到相同的結論，如喪考妣地跟在後頭，一起穿過喜慶的人群。他們好不容易找到貝爾考特，但如威爾所料，勛爵大人身陷人群包圍，除了一打年輕女士還有為數眾多的紳士，所有人凝神諦聽他發表高談闊論，像是有了這個頭銜必定能說出至理名言一樣。饒富興味的威爾把查理拉到一旁，「你去邀蘿絲跳舞，我把阿奇帶到房間的另一邊，到時候我們在那裡碰頭。」

查理皺緊的眉毛突然放鬆，「真的嗎？這聽起來像是我才想得出來的妙計。」

「沒錯，我都被你帶壞了，」威爾無奈地說，「現在去吧。」

但卡洛琳已經想出了妙招，她開始和梅修夫人熱烈談話，阿奇便覷緊機會，悄悄帶著蘿絲走進舞池。梅修夫人也許沒注意，但這沒逃過梅修先生的目光，「那個年輕人是誰？」

「您是說杜蘭警官？」查理輕聳了下肩，「和我們一樣是董尼德小姐的房客。他既聰明又好心……您說是吧？內史密斯先生。」

「沒錯，你說得很對。」

梅修先生若有所思看著阿奇，「那天晚上街燈停電，他對我們確實很好心。」

「如同其在白天般認真誠懇。」查理說，聲音裡充滿對阿奇的欣賞。

「我欣賞這樣的年輕人。」梅修先生表示。

查理看向威爾露出笑容，「我也是。」

威爾露出淡淡的笑意回應了讚美，但笑容中同時警告查理得低調小心，「杜蘭警官非常對得起他身上穿的制服，如果蘿絲喜歡他，我完全可以理解。」

梅修先生的眉頭皺了起來，「她喜歡他嗎？」

梅修先生正要仔細思考這個可能性，但終於擺脫卡洛琳網羅的梅修夫人緊緊挽住丈夫手臂，「親愛的，你讓蘿絲溜去哪裡了？我想找貝爾考特勛爵打個招呼——」

「蘿絲去跳舞了。」

「但貝爾考特勛爵——」

「如果貝爾考特想和蘿絲一起跳舞，他會自己問她。」梅修先生雖然明顯不悅，仍對著夫人露出微笑，「現在，妳可能得接受只有我和妳一起找貝爾考特勛爵說話……要不然，妳也可以陪我跳一兩支華爾滋。」

梅修夫人一臉嚴肅，「你得認真看待我說的話。至少為了我們的女兒。」

梅修先生嘆了口氣，「親愛的，我對妳的交代總是十分認真。」他伸出手臂，「我們去致意吧。」

等他們走得夠遠以後，查理學著梅修先生嘆了口氣，「你覺得我們說服他了嗎？」

「我不知道**我們**有沒有，但阿奇可能說服他了。我該邀董尼德小姐跳舞嗎？」威爾前去尋她，發現她竟穿過貝爾考特身邊的重重包圍，得到勛爵大人的全部注意力，兩人談笑晏晏，惹得旁邊不忍離去的年輕小姐們怏怏不樂。

查理笑出聲來，「可憐的小史，我來跟你跳舞好了。」

威爾哼了一聲，「我可不想被警車拉走。啊，諾克司先生來了——」

「我可不跟**他**跳舞。」查理說。

「那太好了，他看來有別的來意。」

「喔，怕是因為我給了梅修先生意見，他來興師問罪。」

「我猜他也想給你一點意見。」

查理瞥了四周一眼，看著正在靠近的諾克司，「那聽聽他的意見吧。」

「查理……」

「我不會節外生枝。」查理戴上禮貌周全的面具，轉向以賽亞．諾克司，「諾克司先生，晚安。您是來和貝爾考特勛爵重修舊好的嗎？」

威爾差點岔氣，警告地掃了查理一眼。諾克司本來略顯嚴肅的臉色立刻更加陰沉，「抱歉？」

查理一臉無辜，「我不是要探人隱私，我只是聽說您們二位好像起了點爭執，想確認您們的友誼是否和好如初。如果您不想提這件事的話——」

「我和貝爾考特勛爵的關係好得很。」他壓低聲音，高出查理許多的身形充滿威脅意味地壓近，「但如果您總是來擾亂我的生意，我和您的關係恐怕好不起來，科爾貝克先生。我希望您明白我的意思。」

「梅修先生不想被逼著做出倉促的決定。我只是鼓勵他相信自己的直覺而已。」查理學著諾克司放低了聲音，傾身向前，「我想您會發現惠特莫爾先生也是這麼想的……您一定能諒解他們的小心翼翼，畢竟，沒有仔細視察就購買土地的那些人，有好幾個因而破產。」

「您讓他們覺得我是要欺騙他們。」諾克司的聲音聽起來一派淡然，但威爾清楚看見他緊繃的下顎。

查理看起來也雲淡風輕，「即使梅修先生明言拒絕，您還是用盡方法說服他投資，又不願意讓他視察產業。」

「我不是不願意。」

「您要求他先付給您一大筆錢才能視察。」

「到西部視察確實所費不貲——」

「要到兩萬五千元？」

「紳士們。」威爾輕聲插話，「這裡不是吵架的場合。」

「內史密斯先生，請命令您的秘書別來插手我的生意。」諾克司目光仍在與查理交鋒，

「這是為了他好。」

被這句威脅激怒，威爾努力按下爭執的欲望，靜靜看著諾克司邁步離開，「查理，我們不能再管這件事。梅修先生和惠特莫爾先生都不會答應投資的，這樣一來，諾克司無法說服

其他人加入。」

「也許。」查理吐出的呼吸中充斥著不滿，「我猜你覺得他應該往我鼻子上招呼一拳。」

威爾露出微笑，「我怎麼會那樣想？」

「因為我自己是這麼想的，我知道我也許對他太有成見，但他做生意的方式實在……」

查理搖了搖頭，「實在不正派。」

威爾拍了拍他的肩膀，「你知道嗎？我希望**可以**在這裡跟你跳舞。」

「也許晚一點吧。」

查理眼中突然發射的光芒讓威爾忍不住笑了出來，「我不知道那能不能算是跳舞。」

查理朝他靠近了一步，「喝點香檳吧。」

「我以為我們決定今晚要遠離酒精。」

「喔，不行。你要喝得相當醉才行，這樣我們才能有一個合理的藉口把你扛到隔壁的旅館去過一夜，而不是繼續這場精緻的折磨。」

但這場精緻的折磨才剛剛開始，當時針剛過十一點，威爾相信自己善盡了舞伴的職責，幾乎已經和在場所有女士跳過一輪，**只剩**他最想共舞的查理。他溜到用餐室喘口氣，發現梅修先生、卡洛琳和查理早已坐在裡面，而不在場的梅修夫人則在尋找女兒的路上。蘿絲今晚幾乎完美避開了自己的母親和貝爾考特勛爵，查理不得不對她躲藏的技能豎起大拇指，坐下來的威爾大概猜到阿奇的下落，沒費事問他去了哪裡。過了一會兒，阿奇不出意料手上挽著蘿絲出現，兩人呼吸急促、雙頰緋紅，滿臉明亮的笑意，似乎梅修夫人沒有回來是件幸運的事。

梅修先生心內暗笑，一邊去把遲遲不歸的梅修夫人找回來。在蘿絲和阿奇坐下開始用餐後，威爾雖然不想破壞氣氛，但不得不承認這是宣布離開的好時機，便在香檳酒意和查理不自在微笑的鼓勵之下，開門見山地說，「我本來想在晚宴結束時再告訴你們……」他清了清喉嚨，「但現在看來是個更好的時機，如此道別就不用那麼匆促——」

「不會吧。」蘿絲立刻轉向威爾，表達自己的不滿，「你這就要離開了？」

內疚啃蝕著威爾的心，但他把這個情緒隱藏在憂傷的微笑之後，「很遺憾，但我得回家一趟，我這趟已經待得太久了，而且……嗯，妳明白，有些事情只能擱置那麼久。」

「你什麼時候會再來呢？」蘿絲激動地抓住了威爾的手，「你會再來吧？」

「這個，我沒辦法確定是什麼時候。」威爾溫暖地握了下她的手，「妳讓我在紐約的時光非常愉快，妳和妳的家人都是。我不知道該怎麼好好感謝妳——」

「那就答應再來看我們。」她雙眸發出光芒，「我們不能在加州的荒郊野外永遠失去你。」

查理開口幫腔，「如果他過度認真工作，我馬上把他送上火車運來給你。」

「沒錯！」蘿絲輕喊，「我們不在的時候，科爾貝克先生會好好照顧你。」她熱切地看著查理說。

「最好的照顧。」查理一邊回，一邊朝著威爾送去帶著促狹光芒的眼神。

威爾覺得應該要反駁個一兩句，但他的心情實在過於沉重。他心想此時說不定是全盤吐實的好時機，但一想到隨之而來的受傷和失望，就失去說出全部真相的勇氣。他看著蘿絲和阿奇的臉龐，清楚明白這是蘿絲會記得一輩子的夜晚。而威爾不忍心破壞這個晚上。

查理意識到威爾的難受，開始說起各種瞎編的加州奇聞軼事，努力保持餐桌的活絡氣氛。很快梅修夫人挽著貝爾考特勛爵，像是皇后般出現在餐桌旁，而看起來像是被捕獵夾困住狐狸的貝爾考特，在看到這些熟悉的臉龐後再次鼓起了精神，「董尼德小姐，內史密斯先生，很高興見到你們。」他的眼神飄過查理，「科爾貝克先生……」他遲疑了一下，緊張地清了清喉嚨，查理則是哼了一聲。

「很高興見到你。」他冷淡地回，貝爾考特勛爵聞言笑出聲來，「是的，很高興。」他的手指爬過領口，像是領子箍得太緊，「親愛的梅修小姐……」他輕巧地擺脫作母親的挾持，朝作女兒的點頭致意，「我知道時間已經很晚了，但您願意給我這個榮幸，和我一起共舞嗎？」

蘿絲臉上的表情像是從美夢裡被人硬是搖醒，「噢……」她偷偷覷了阿奇一眼，瞬間變回之前那個蘿絲，露出退縮的笑意，「好的，當然，勛爵大人。」

他對站起身的蘿絲伸出手臂，兩人邁著優雅但缺乏熱情的步伐走向舞池。梅修夫人得意洋洋地在蘿絲空出的位置上坐下，「真是個可愛的人！他們看起來不是很登對嗎？提摩西，我們這星期一定要找貝爾考特勛爵來喝茶，讓他們兩個好好互相熟悉一下。今天這種場子太熱鬧了，想好好聊個五分鐘都沒辦法——」

「當然可以，親愛的，」梅修先生輕聲說，「吃點蛋糕吧。」他把自己的盤子和一隻散落的叉子遞給夫人，「我覺得我想邀在座的大家這星期一起來喝茶，說不定我們可以辦一場熱鬧的午宴。」

梅修夫人的笑容變得若有所思起來，「嗯，我們當然可以安排一下。但接下來有那麼多假期的宴會要辦，這星期會很忙。」

想到那些假期的宴會無須他參與，鬆了一口氣的威爾決定好好享受惠特莫爾家這場宴會剩餘的時光。晚餐結束後，威爾搶在年輕女孩們再度開始獵取舞伴前，邀請卡洛琳共舞，她很開心地答應了。兩人在舞池中踩起步子，威爾抓緊機會致歉，說這場扮演遊戲確實持續太久，但卡洛琳只是揮揮手要他不要在意。

「很遺憾看到這件事要結束了，畢竟是件挺好玩的事。但我必須詢問一下，你是否打算繼續住下來。」她淘氣笑了笑，「我擔心的事情是，如果你住下來，杜蘭先生又繼續追求梅修小姐，你會不會有所顧慮？」

「我承認之前很想對梅修小姐吐實。我認為她無法原諒我，而這場謊言裡最讓我困擾的就是對她的欺騙。」

「我不是建議你別對梅修小姐吐實，但你得確保蘿絲知道杜蘭先生對你們假冒身分毫不知情。」

「噢，那當然。」這個對話讓新的顧慮浮現，「您認為，如果她對我生氣，就會開始躲避我嗎？」

卡洛琳的笑容充滿了母愛的光輝，「就我的觀察，蘿絲是個善良明理的年輕女孩。如果你和科爾貝克先生好好解釋的話，她可能會原諒你的……至於杜蘭先生，我非常懷疑是否有任何事能損及她對他的評價。」

「也許我得找其他落腳的地方，」威爾不安地說，「我已經利用了您的好意和阿奇的——」

「別說傻話，能照顧我的住客我非常開心。」卡洛琳抬起放在威爾肩上的手，輕拍了下他的臉頰，「我很歡迎你繼續住下來……」她眼中再次露出淘氣的光芒，「只是深夜從外面回來的時候，記得要低調謹慎一點。」

威爾的所有憂慮一下擠在一起，把他的五臟六腑攪扭成一團，「我們無意打擾您——」

「親愛的，別這麼憂慮。我知道你們年輕人偶爾喜歡到處玩樂，我對這一點也不反對。我只是希望你小心一點，別讓鄰居閒言閒語。科爾貝克先生一直以來都很謹慎，我知道你一定也會的。」

「是的，女士。」雖然極力克制，但他還是忍不住抽了一口氣，看來她不知道完整的實情——感謝上帝。他確實冒了極大的風險，這樣的危險對不久前的威爾來說簡直難以想像。他離開學校後一直十分小心，知道名聲這件事一旦受損就難以回復——監獄更是絕非理想選擇。那之後他也從來沒有遇到能讓他動搖保持理智和安全的決心。

直到查理。

人生再次充滿了重溫過往的深淵，但威爾無法想像少了查理日子會變怎樣。查理這幾天一直努力抑制自己的欲望，但威爾看得出來這所謂的守貞約定對他來說有多煎熬，他知道自己隨時準備繳械投降。整個晚上，他的腦海裡不停想著在舊旅館租來的那個小角落，想著自己能在那裡好好待在查理的懷抱裡。

他突然很想知道查理身在何處，護送卡洛琳回到用餐室取了杯香檳。惠特莫爾先生此時邀請卡洛琳跳舞，威爾於是空閒下來，他沒有回到舞池盡男伴義務，而是決定要去找查理，但不管是舞廳還是旁邊的長廊，都沒有查理的蹤跡。威爾步出人群，走進另一間門扇緊閉的大廳，裡面的房間空無一人，看來不對今晚的賓客開放。

他本想試試另一個方向，但發現走廊盡處有扇打開的門，門後洩出月光，而查理正要步出……但他突然立刻縮腳回到門內，看來沒注意到威爾。查理躁動不安的神色讓威爾一下想到諾克司的威脅，他一陣警戒，加快腳步邁向走廊另一端，一個箭步跨進房間。一走進去，他才發現讓查理緊張的不是諾克司而是蘿絲——全然地，威爾明白是因為她。她把手套捲成一團用來拭淚，但眼淚像是怎麼擦也擦不完。查理讓傷心欲絕的她靠在自己肩頭，一手輕輕拍著她的背。他的目光轉向威爾，臉上立刻湧出安心的神色，「感謝老天，小史，你過來幫忙一下，好嗎？我不知道該怎麼辦。」

「這到底是怎麼了？」威爾把手放在蘿絲緊握的拳頭上，「親愛的女孩，妳怎麼了？」

蘿絲抬起布滿淚痕的臉頰，她臉上的痛苦讓威爾心中警鈴大作，她發出哽咽，兩隻手用力地握緊威爾伸出的手，「我該怎麼辦呢？一切都完了。」

「蘿絲——」

「這真是太糟糕了——」

「**蘿絲**……」

她再度失聲痛哭，把臉埋進威爾的大衣中，他從來沒看過她這麼失態的樣子，只好轉頭無助地看著查理，「怎麼了？」

查理一臉嚴肅，「貝爾考特勛爵向蘿絲求婚了。」

第十六章

威爾一定知道怎麼解決——或至少，他會知道說什麼能讓蘿絲打起精神。查理對此束手無策，畢竟淚眼汪汪的女孩子是他的死穴，除了說一些連自己也不信的安慰，他什麼也做不了。正是因為如此，當威爾像是聽到他內心的呼救英勇出現時，查理簡直喜出望外。

只是現在，威爾面對著哭倒在肩頭的蘿絲和被告知的惡耗，顯然也慌了手腳，「他問了妳嗎？那妳怎麼回答的？」

蘿絲坐直起來，低下頭偷偷擦乾臉頰，很不好意思的樣子，「我什麼也沒說。我就……」她聲音一緊，像是一口氣提不上來，忍不住抬起手壓在唇上，「我跑掉了。」

查理讚賞地吹了聲口哨，「妳就這樣把他一個人丟在舞池裡嗎？」

「查理！」威爾警告地瞪了他一眼，「蘿絲，妳希望我幫妳把父親找來嗎？」

「我去。」查理感覺自己需要將功補過地說道。

「噢，拜託，別這樣，」蘿絲倒抽一口氣，「我現在沒辦法和他說話。他會要我給個回覆，即使是拒絕。都會引起騷動的——」

「我想妳已經引起騷動了。」查理正要繼續說，但威爾哀怨的眼神讓他停了下來，「怎麼了？考量到今晚有那麼多人在注意貝爾考特，這事**一定**像森林野火一樣傳出去了。可惜阿奇沒有先發制人。」

威爾忍不住戳了下查理的肋骨——但令人驚訝的是，蘿絲笑了出來，「那未免也太快了……但我真希望他採取行動！我沒辦法向我父母解釋，他們不會理解我為什麼要拒絕貝爾考特勛爵的，畢竟我之前還算欣賞他，直到……」她的手再次按上雙唇，努力忍住又要奪眶而出的眼淚。

「這樣吧，」查理說，「如果他們想要一個藉口，那就說是威爾先跟妳求婚的——」

威爾發出不可置信的抗議，「我真得把你關進衣櫃裡才行。」

「聽我說，」查理繼續說，聲音顯露出不滿，「如果兩個人同時追一個女孩，大家接受那個女孩可以晚一些答覆，對吧？在妳拖延回覆的這段期間，我們可以邀請妳的家人來喝茶，讓他們知道阿奇是個多好的人。我覺得妳的父親已經知道妳和阿奇……」

「但你要回加州了，」蘿絲轉向威爾問，「你可以多留一陣子嗎？」她問道，彷彿不敢抱著太大的希望，「多待幾天就好？」

威爾掙扎著是否要接受這個非他幫忙不可的餿主意，「我們可以——」

「我們當然可以。」查理拍了拍威爾的肩膀，「現在你無法離開紐約了，你可是在和另一個男人同時爭取蘿絲的手。」

查理邊說，邊在心裡思忖威爾把他關進衣櫃的可能性——這時蘿絲所期望的求婚對象突然在走廊現身，而他出現帶來的效果是威爾和查理怎麼安慰都無法達到的。她看起來簡直在發光，「我正盼著你來。」

「所以，是真的？」

「貝爾考特勛爵求婚了，但我沒有回應他。」蘿絲走近阿奇，阿奇則溫柔拂去她臉上的淚水，「妳不用今晚就給他答案，讓我送妳回家，我來跟妳父母說——」

「不行。」蘿絲臉色蒼白但神色堅定，「我會跟他說我需要時間……雖然我猜他應該已經明白了。」她露出懊悔的笑容，「如果你能送我回宴會……」她挽起他伸出的手，把頭輕輕靠在他肩上，「別讓其他人找我跳舞。」她語氣變得更加輕柔，「我想在這溫馨的時刻道晚安，並讓它陪我一起入睡。」

「我很願意和妳共舞……」他壓低聲音，嘴角浮現羞怯的笑容，「用我的餘生。」

「這聽起來就是求婚了。」查理冒出來插話，然後立刻後悔了，因為威爾立刻抓住他的大衣，拖著他離開房間。查理任由威爾領著他在走廊上快步行進，半認真地試圖擺脫箝制，「我們要去哪？」

威爾只是更用力抓緊查理，加快了腳步。查理一開始乖乖趕上，直到他意識到自己沒有必要這樣。他突然停住腳步，逼得威爾也停了下來。「我只是覺得我們需要給阿奇一點鼓勵，他一直都很靦腆——」

「讓蘿絲去鼓勵他。」威爾用力抓住他的手臂，「走吧。」

「那，如果你**要**把我關進衣櫃，要不要跟我一起待在裡面？」

威爾對查理不懷好意的笑容視若無睹，但在靠近舞池時總算緩下腳步，「我們去和惠特莫爾先生和夫人致意。」

「我們這就走了？」

「沒錯，我不想跟別人跳舞，不想和人聊加州的生活如何，**也不想**收到明年的舞會、晚宴或任何社交場合的邀請了——你怎麼稱呼的？精緻的折磨？」

查理笑出聲來，「我們最好去找卡洛琳，看她是想一起走還是要等阿奇。」

他們找到卡洛琳時，她正和一群懶得跳舞的賓客一起玩牌，她讓兩人先回家，答應他們自己不會待得太晚。查理很高興這個夜晚終於結束，雖然惠特莫爾豪宅家門外的寒冷夜晚並不怎麼平靜。屋外街燈下候著一排排馬車，預備接送歡慶結束的賓客。那些無懼寒冷站在屋外的人之中，有人在依依不捨地道別，但查理注意到也有些鬼鬼祟祟徘徊的記者。正當他和威爾走下人行道，準備招輛計程車時，同時聽到身後傳來，「內史密斯先生！」

查理發出呻吟，「我們用力跑應該可以甩開他。」

「如果得上《太陽報》頭版，我希望刊出來的照片體面一點。」威爾轉身面對朝他們走來的傑克·加巴，「加巴先生，晚安。你也受邀參加惠特莫爾家的派對嗎？可惜我們在裡面沒有遇上彼此。」

查理差點要被威爾裝出來的無辜逗笑，但加巴沒有因此退縮，「惠特莫爾家的宴會通常不邀請記者，除非那個記者很幸運，和受邀出席宴會的賓客住在同一個大宅裡。」他打量查理的視線充滿好奇……也許還有一絲忌妒，「你在裡面待一個晚上蒐集到的材料，一定比一般記者一個月能蒐集到的還多。」他對著威爾露出苦笑，「我也打算寫個一兩篇報導呢。先生，能佔用您幾分鐘時間嗎？要是能拜訪貴府，我會十分榮幸——」

「你想知道什麼？我和貝爾考特勛爵的友誼？還是我對梅修小姐的追求？」

查理猜不出威爾打的是什麼主意，忍不住憂慮起來，「現在很晚了——」

「您說的兩個主題我都想知道，」加巴愉快地說，「事實上，先生，我對您的許多事情都很有興趣。有我方便拜訪的時間嗎？」

「我現在剛好有空。」看著駛近的計程車，威爾拍了下查理的背，「科爾貝克先生，我們回頭家裡見。不用等我。」

加巴看起來像被好運的閃電擊中，他在威爾的催促下爬上計程車，但威爾正要跟著上車時，查理抓住他的大衣，「內史密斯先生……」

威爾用眼神讓他放心，「沒事。」

查理皺了下臉，「多小心。」

「當然。」

查理一點也不安心，但只能招來另一輛計程車，回到漆黑安靜的董尼德大宅。居然連希爾達都不在，查理喃喃抱怨著損失的大好機會，上樓走進自己的房間。要不是他如此疲倦，搞不好他能阻止威爾和加巴接觸，雖然威爾是一旦下定決心就不容易改變主意的類型，而且他看來像要引導加巴寫出一篇非常特定的文章。查理不相信加巴寫的東西能完全符合威爾的期待，但對於威爾勇於嘗試的心態無法怪罪。

壁爐的爐火燃燒，一手拿著威士忌，他癱坐在椅子上一邊憂慮一邊等待著。十五分鐘後，威爾仍不見人影，查理放棄了椅子，移動到窗邊打開窗戶，希望窗外的新鮮空氣能讓他保持清醒。最終他還是打起了瞌睡，直到一隻手搭到了他的肩膀上，溫熱的唇瓣刷過頰邊，將他喚醒。

查理抬起頭，努力讓自己醒過來，「你回來了。」

這話讓威爾露出寵溺的笑容，「我回來了。而且行單影隻。」威爾在窗臺的另一端坐了下來，「我以為你睡了。」

「等待解釋會讓人輾轉難眠。」

威爾的笑容摻入了歉意，「我沒想讓你擔心。只是怕如果沒有餵點別的消息給加巴先生，他會把蘿絲寫得很難聽。」

查理跳了起來，「我就**知道**！你告訴他貝爾考特不是唯一向蘿絲求婚的男人了。」

「恐怕是這樣，加巴先生聽到這個消息顯得非常高興。」威爾嘆了口氣，「我猜三角戀愛大概是名流社會版最受歡迎的故事類型了。總之，還好我們不會看到嘲諷蘿絲拒絕貝爾考特求婚的頭條標題。」

「你太紳士了。」

「你是說，對**你**吧。」威爾微笑著，眼神飄向樓下的街道，「哪來的音樂？」

「我們的鄰居看來正在享受人生呢。」查理聳聳肩，「我回到家以後音樂就沒停過……」他清了清喉嚨，「家裡一個人也沒有。」

「很快就會有人回來的。」威爾試探地道。

「只有一段時間，也許。」

「沒錯。」

「當然，他們也可能會在那之前回來……」

「也有可能。」

「我們該把窗戶關上嗎？」

威爾笑出聲來，「除非你還想跳舞。」

「這是個邀請嗎？」

威爾用充滿愛意的眼神做出回答，查理站起身來，將威爾拉到跟前，開始吻他。威爾的雙臂抱住查理，溫柔似水的吻，悠長緩慢地像是他們擁有無窮無盡的時間。他們隨著音樂緩緩轉著華爾滋的舞步，查理感覺威爾和他一樣毫不著急，兩人都想細細享受此刻。他的手指撥過他的頭髮，溫暖的雙唇尋找著發燙的肌膚，希望這樣的夜晚能夠不停地持續下去。

等他倒到床上時，威爾印在他身上的吻已在全身血管中燃起烈火，但查理還是無意加快節奏，畢竟他不知道下次再親近威爾會是什麼時候。照這個情況看來，查理今晚要打破守貞的諾言，但內史密斯先生還沒準備好啟程回加州……

查理嘆了口氣，把臉埋進威爾的頸窩，威爾堅硬的陽具輕輕撞擊著他自己的硬挺，快感折磨著他，他幾乎支持不住，「這是租來的褲子。」他喘著氣帶著笑意說，威爾呻吟了一聲，「見鬼的褲子。」他咬牙回道，威爾於是加重撞擊摩擦的力道，久違的愉悅在他的身上爆開，他和查理心甘情願地一起沉入快感的漩渦。等查理回過神來，發現威爾和他一樣屏住呼吸，癱軟在他身上。

查理放縱自己享受一會兒飄浮的滋味，等威爾把溫熱的鼻息呼在他的頸項，滑下他的身體躺到他身邊後，才心不甘情不願地站起來脫下褲子，「看，我得用洗衣皂好好洗洗這件褲子了。」他彎下身，幫威爾解開褲子的鈕扣，「我來幫你把衣服脫掉，」他喃喃著，一邊對著威爾咧嘴一笑，「當然，這可是有償的。」

「我們還不夠鋌而走險嗎？」威爾抓住查理伸出的手，借力站了起來，開始脫起自己的衣服，「我們最好梳洗一下——」

「好了以後回來陪我一下，好嗎？」查理不想一個人躺進被窩。

威爾似乎也有同樣的想法，但等他們剛梳洗完，樓下立刻傳來了聲響，卡洛琳和阿奇顯然終於回家了——而從樓下的嘈雜程度看來，其他人應該也是。威爾拎著自己的衣服衝回房間，查理則留在房內努力擰乾好不容易刷洗好的褲子。等他終於把溼褲子晾在窗邊後，他倒進床舖，神遊物外地聽著街邊還在吹奏的音樂聲。門外傳來各個房客回到房間的腳步聲，很快屋子再度恢復了寂靜，只剩遙遠的小提琴聲中傳來的一絲哀切。他難以入眠，適才的幽會太過短暫，他好想繼續擁著威爾，溫暖而赤裸……

查理呻吟著，拉過枕頭蓋住自己的頭。能治好他失眠的特效藥如此之近，但又無法觸及。他正猶豫著是不是要偷偷走過走廊，去竊取幾分鐘的溫存，就聽到房門被打開的聲音。既期待又害怕失望，他挪開臉上的枕頭，正好看見穿著睡袍的威爾提著煤桶，鎖上門後——接著走到火爐前，把煤全數倒入查理幾乎見底的桶子裡。把空桶留在火爐旁，他走到床邊，露出充滿惡作劇神色、一點也不像他的微笑，「能收留我一晚嗎？」

「你的煤用完了，是嗎？」查理不得不欣賞他的機智，「你可以跟我借一點去用。」

「我的火柴也用完了。」

「我也可以給你——」

「你的不見了。」

查理忍不住笑了出來，「你不會打呼或翻來翻去吧？」

威爾爬上床，鑽進被單深處，發出心滿意足的嘆息，「我不能保證。」

「別人分給你一半的床舖，你得表達點謝意吧。」查理往威爾身邊移，直到貼在他的身上，威爾露出疲倦的笑意。

「你想要我怎麼表達謝意？」

查理移動了被單下的手，先是輕巧且短暫地放在威爾膝頭，接著用指尖溫柔地撫上威爾汗毛站立的皮膚，往上移動的手掌輕輕掀開了睡衣，發現握入手中的陰莖和主人一樣疲倦渴睡。查理溫柔地上下套弄，聽見威爾發出令人滿意的抽氣聲，接著把另一隻手伸到威爾頸後，輕柔吻著他，他刻意放慢步調，讓這個珍重謹慎的吻顯得比先前所有的吻都更親密。威爾目眩神迷地忘了在唇舌上有所回應，但繞在他陰莖上的手指堅定暖和，讓他從昏昏欲睡的狀態中醒了過來。他雙手攀緊查理的肩頭，把查理拉向自己，查理則緩下手上的動作，享受著威爾在他的手中逐漸堅硬的感受。接著他一陣用力套弄，威爾發出一聲驚呼，躺回枕頭閉上了雙眼，「這種感謝嗎？」

「就是**這種**感謝。」查理低聲回道，接著鑽進被單裡。威爾沒辦法停止身體的動作，但他努力擋住所有想逸出雙唇的聲音，只有在查理用最惡劣的手段逗弄他最敏感的地帶時，才忍不住發出抽氣聲。高潮來臨時他沒有出聲，只是用迷醉的聲音，輕輕喊了查理的名字。查理在被單下探出頭來，爬到威爾身上。「你要是想的話可以打呼，但如果你把床位都佔了，我就要睡在你身上。」

「嗯哼。」威爾的睫毛顫動了下，又垂了下來，他轉過頭，把臉頰枕在查理臂上。查理輕笑出聲，很輕很輕地吻了威爾一下，沒有把他吵醒，「可憐的小史。」

他窩在威爾身邊，拉過毯子蓋住兩人。也許身體的疲倦還是勝過了一切，但他已經得到自己最想要的東西了，而且知道威爾最想要的也和他一樣，為此他心裡充滿著無以言喻的喜悅。他強撐清醒享受著威爾貼在身邊的舒適安心，但過了幾分鐘還是忍不住沉進夢鄉——醒來時，房間仍是一片黑暗。他感覺早晨快要來臨，威爾的體溫還熨在身邊，他們還有一些時間。他鬆了口氣閉上雙眼，希望能夠重拾睡意，但這變得更艱難了。屋內一片寂靜，窗外的音樂早已停歇，看來沒有任何東西妨礙他入睡，但……

他深吸一口氣，把毯子攏緊到脖子，用力閉上雙眼。他很想輕輕喚醒威爾，然後，如果他看來有一絲意願，就要撲到他身上——哪怕只有幾分鐘溫存。這想法在他的腦海裡逡巡，成了最愉悅的分心之物，終於覺得好不容易又要睡著。他想著，威爾的唇會印在自己的唇上，他的手會輕撫著自己的臉頰，接著輕柔地張開五指，往下停在腹部上。

他屏住氣息，擔心自己要從好夢轉醒，而夢中的唇則往下找到他的鎖骨，在上面印上輕柔的吻。停在腹部的手屈起手指繞起磨人圈子，好不容易才慢悠悠地輕輕覆上他的陰莖，他渴望更熱切的碰觸，但怕輕舉妄動會破壞了好夢。此時那對唇瓣轉而戲弄他的乳頭，接著在胸骨上落下輕柔的吻。

一切行動都在緩慢地進行著——太慢了，慢得像是他隨時可以在進行到重點之前醒來——但他不願讓它結束。小腹之下，陰莖接受緩慢而有節奏的來回套弄，在掌心溫度下逐漸硬挺，變得如鋼鐵般堅硬，捲繞其上的手指隨之加重了力道。唇瓣刷過他的小腹，查理意識到自己的心正在狂跳。

他醒了。而且威爾正在親吻著他陽具的頂端，分開了雙唇將他含沒，他試著打開眼睛，但意識到自己並不想睜開。他只想清醒地感受威爾的嘴和手，沉浸於那銷魂蝕骨的快樂。魔法持續籠罩著他，他在威爾溫柔且漸趨狂野甚至粗暴的服侍吞嚥中，發出陣陣喘息。他緊閉著自己的雙唇，但無法堵住溢出的呻吟，他即時在最後釋放的時刻來臨前，抓過被單蓋住自己的頭，掩住了劇烈的的快樂呼喊。威爾等他完全釋放後才移開雙唇，但即使威爾的體重壓著查理，仍用最溫柔的撫觸撥開覆在他額上的頭髮。「也許不該在夜深人靜時喚醒你進行這個活動，但剛剛做到不小心睡著是我的錯。」

查理張開雙眼，定定地將威爾臉龐上的微笑神情收進心裡，「我原諒你。」

威爾低下頭，把自己的額頭貼在查理的額頭上，「我的心靈終於平靜了一點。」

查理察覺到威爾打算躺回他的位置，趕緊伸出雙臂環繞住他，「別動。」他親了親威爾的頸項，「沒有比這感覺更好了。」

「你覺得現在睡得著嗎？」

查理笑出聲來，「我希望自己別睡。」

但他還是睡著了。窗外照進的蒼白日光將他喚醒時，他發現威爾已經回到自己的房間，走之前為火爐添了柴火，以免窗戶開著的房間過於寒冷。查理慢吞吞起身著裝，仍沉浸在前一晚獲得的愉悅幸福中。夜晚像是神祕又神聖的應許之地，和威爾和他必須劃清界線的無聊白晝格格不入，但夜晚的喜悅又牢牢附在他的身上，這充盈體內的幸福足以讓他應付任何難關。而這也帶領他進入了繁忙的城市部門，在那裡，默特得意洋洋且裝腔作勢地走向查理，宣布哈洛威下達的傳見指令。

查理拒絕因默頓幸災樂禍的樣子而感到心虛，「為什麼要見我？」

默頓攤開手上的報紙，查理一看，是《太陽報》的早報。加巴刊出了求婚的事，還配上了蘿絲和貝爾考特在惠特莫爾家共舞華爾滋的照片。

查理努力做出不屑一顧的神態，但威爾顯而易見的沮喪破壞了這一點，「讓我看看？」默頓把報紙遞給威爾，「你們兩個怎麼會讓這個新聞被傑克·加巴搶了先？」

他看來真心疑惑，但查理不打算放縱他的好奇心，只是拉著恐怕要如實託出的威爾走向門口，兩人一起前往哈洛威的辦公室。他正要敲門時，威爾伸手抓住他的手腕，「我反而把這個新聞鬧大了——」

「別怪自己，你是為了蘿絲才這麼做的。」查理敲了門，「讓我來跟他談，好嗎？如果他想找麻煩，我知道該怎麼安撫他。」

哈洛威的臉色看起來跟平常一樣暴躁，只是今天桌上除了吃了一半的烤牛肉三明治，旁邊還多出一瓶胃藥。看來免不了一場訓斥，查理在心裡做好準備，知道他和威爾不忍心寫而被加巴搶先的這條新聞，一定會讓哈洛威暴跳如雷。查理想不出什麼好藉口能轉移哈洛威的怒火，他沒把工作做好，當然得挨罵。

但當他坐下來盤起雙手，準備好接受哈洛威的雷霆之怒時，查理注意到威爾採取了不一樣的應對方式。他滿臉憂慮懺悔地靠近哈洛威的辦公桌，查理忍不住想自己是不是該在威爾幹出辭職這等蠢事前，把他拉回座位好好坐好。他發出低低的警告氣音，但威爾狀若未聞，反而繼續把《太陽報》攤在哈洛威辦公桌上，「先生，這不是查理的錯，這完全是我的所作所為。」

這番出乎意料的告白顯然引起了哈洛威的興趣，「那是當然，不是嗎？」他站起身來，

「內史密斯先生，當我派你去執行任務的時候，從來沒有考慮過……」他輕笑出聲，搖了搖頭，「你墜入愛河了，對吧？」

威爾先是吃了一驚，但鎮定下來後，他吐了一口長氣，站姿中的緊張感消失了，「沒錯，長官。實際上……」他微偏了下頭，像是要看向查理，一抹溫柔的微笑爬上了嘴角，「我是陷入愛河了沒錯。」

哈洛威的注意力突然轉向查理，接著皺起眉頭，「你在傻笑什麼？你可是個天殺的記者，居然讓《太陽報》搶在前面發了這篇新聞！你今天有專欄稿件可交嗎？」

轉移哈洛威的怒氣看來是個好主意，「有的，長官。六點前會交到你桌上。」

「五點。」

「是的，長官。」

查理快速走出辦公室，威爾費了好大力氣才在走廊上趕上他，「查理，等等，你手上有正在寫的專欄文章？」

「沒有。」

「那你有靈感嗎？」

查理清了下喉嚨，「沒有。」

「查理——」

「這不是第一次。別擔心。我會隨便寫點什麼的。」他慢下腳步，讓威爾走在他身邊，

「你剛在辦公室裡說的是真心話嗎？」他瞥了威爾一眼，看到他臉上開出一朵微笑，「希望你不要把這件事拿來寫報導。」

「寫成報導？」查理想要沿著百老匯街奔跑，把這件事告訴所有和他擦身而過的人，「你還沒準備好讓群眾看著你陷入愛河嗎？」

「要是我可以確定群眾會祝福我的話，也許可以。」

「只有我的祝福的話……可以嗎？」

威爾的眼神亮了起來，「你會嗎？」

他聲音裡的不確定讓查理停下腳步，「如果要說明我的感情，我可能會不小心描述得太過冗長。」

「我會幫你刪減到只剩三個。」

查理抓住他的手腕，拖著他走進一間空辦公室，轉身鎖上門，接著在那個安靜的空間哩，將威爾擁入懷中纏綿地吻著他。雖然身在報社，但威爾毫不保留地回應了查理的激情，兩人吻得難分難捨。此時走廊上傳來呼喊查理名字的聲音，聽起來是默頓，也許是要來再滅滅查理的威風。查理心不甘情不願地放開威爾，「給我一分鐘。把他推出窗戶應該一分鐘就夠了。」

他走出辦公室，迎上走廊上的默頓，「帕爾默，如果是有關於那篇《太陽報》的報導的話——」

「跟那沒關係。而且我要提醒你，科爾貝克，我可不是你的助理，別指望每次有人來找你我就得為你服務。」

威爾從辦公室中探出身子，「有人來找我們？你該不會把他帶上樓了吧？」

「是個女的。」默頓瞇起雙眼，眉頭也皺了起來，「你們兩個在夜班編輯的辦公室裡做什麼？」

威爾看起來像是從未聽過如此愚蠢的問題，「編輯。」

查理把笑聲咽下肚裡，「我們的訪客有留下名片嗎？」他問道，有些擔心來者會是薇奧蕾特。

默頓還在滿腹疑問地盯著威爾，「沒有，她在等你們。」

「她有自我介紹吧？」威爾的聲音裡開始冒出惱怒。

默頓哼了一聲，「她叫我管我自己的事就好，真是獨斷專橫的老女人——」

「希爾蒂。」查理鬆了一口氣，他拍了拍默頓的肩膀，「如果我是你，我不會在她面前這麼叫她。她會拔光**你**所有羽毛的。」

威爾已經逕自走向階梯，查理跑著跟上他，兩人在樓梯上遇到上樓的希爾達。雖然希爾達每次出門辦事都是一臉煩躁，但她今天臉上寫滿焦慮，查理忍不住挽起她的手，扶著她下樓走到大廳，「希爾蒂，妳這是怎麼了？董尼德小姐沒事吧？」

「她還好。」希爾達在查理找的僻靜長凳上坐了下來，「我得找到阿奇先生，而且要快。」

「我們被闖空門了嗎?」

希爾達責備地看了查理一眼,「一點也不好笑。梅修小姐在我們家。她一個小時前提著行李出現在門口,兩眼濕潤紅腫得像是她整個早上哭得沒停過。董尼德小姐請我去找阿奇先生,但我在他常去的地方都找不到他……」她黯淡地搖了搖頭,「那女孩不肯回家,她說除非和阿奇說上話,不然不回去。」

「董尼德小姐和她在一起嗎?」威爾看起來也很黯淡——而且顯得有些內疚,查理想著。

「董尼德小姐讓她吃了點東西,還安慰了她,但那可憐的女孩聽不進勸戒,她不讓我們通知梅修夫人她很安全。得等到——」

「她和阿奇談過。」查理幫她把話說完,「嗯,那就讓她和阿奇談,我們來找他。」

「讓我去找他,」威爾說,「你五點前得寫出一篇專欄。」

「有什麼新聞比離家出走的女繼承人更好看呢?」

威爾瞪著查理,「查理——」

「你想讓我把這個八卦留給《太陽報》嗎?我跟你保證,加巴會把這件事寫得非常難聽。如果我來寫,蘿絲和阿奇聽起來會像是最無辜的孩子。」

「加巴甚至根本不知道——」

「你覺得他不會到處跟著蘿絲,試著打探她會不會答應貝爾考特嗎?見鬼,他現在搞不好就在董尼德大宅外呢。」查理清了下喉嚨，「請原諒我，希爾蒂。」

「我們最好現在就走。」希爾達看起來更憂慮了，整段回家的車程上她一句話也沒說，威爾則滔滔不絕，主要意思是想勸說查理不要拿蘿絲寫專欄。查理心想，威爾只是因為內疚而被情緒捆綁，等他讀了自己寫的稿子，一定就不會覺得這是餿主意了。但如果他那時還是不同意……

如果沒有威爾首肯，查理知道自己不會把這條新聞交給哈洛威。他寧願被哈洛威責罵——甚至**開除**——也不願意威爾認為他利益薰心到為了保住工作，寧願出賣羞辱蘿絲和她的家人。

但威爾一定不會這樣看他。

計程車終於到家，查理的眼神定定看著車窗外，努力平復不停啃蝕自己的憂慮。他寧願放棄發這篇大好新聞，也不要威爾對他生氣，但他同樣不能一被威爾質疑，就放棄自己的記者職責。如果他不能好好完成自己的工作，那他對《先驅報》也沒有用處了。威爾一定能理解這個邏輯，並且原諒他。

一定會。

「查理？」威爾調侃的聲音聽起來非常溫柔，「你想在這裡坐到晚餐時間嗎？」

查理這才回到現實，發現威爾已經幫希爾達下了車，正在等自己出車廂，「威爾……」

「我們現在終於可以直呼彼此名字了嗎？」

威爾的微笑讓查理打起精神，但也讓他接下來的話更難啟齒，「如果你想的話，你可以編輯這份稿件，你如果覺得這不能刊，也可以把它丟進垃圾桶。但不管如何，我得寫這個新聞，哈洛威先生等著我寫出一篇新聞報導，這就是我要寫的報導。」

威爾的笑容變得有些苦澀，他退後一步，把車門開得更大一點，「在這個狀況下討論太花錢了。你先下車，讓我把車錢付了吧。」

查理跳上人行道，從口袋裡掏出零錢交給威爾，「隨便你想怎麼罵我——」

「我不想罵你。」

「但你**在**生氣。」

威爾等到計程車開出很遠，才轉頭面向查理，「對一個想把自己工作做好的記者生氣，我知道一點用處也沒有。但如果你有別的新聞可寫呢？」

「你有嗎？」

「只有一條。」

查理突然意識到他在說什麼，「你知道我不會對你做出那種事。」

「但你對蘿絲就可以？」

「那不一樣——」

「是不一樣，寫蘿絲還更糟糕一點。蘿絲沒有想要欺騙任何人。」

「你也沒有。」**去他的。**他猜這就是墜入愛河的代價——而且他切切實實愛**上**這個人了。

荒謬，瘋狂，無法回頭地，「你勸她回家吧。」

「你說什麼？」

「勸她回家吧。」忍不住對自己生悶氣的查理朝著威爾大吼出聲，「勸她回家，要不然我就要自己把她扛回去了，如果我不得不這樣做的話。」

威爾的神情亮了起來，「你的意思是不會寫蘿絲囉？」

「要是沒有這件事，我就不能拿它作新聞了。」

站在門口的蘿絲既蒼白又雙眼發腫，但她勇敢挺著雙肩，脣邊拉出堅毅的線條，顯示出堅定的決心。查理無法將視線從她身上移開，明白了絕望地墜入愛河的人不只自己，「我們得找人來幫忙才行。」

「你覺得你找得到他嗎？」

「噢，我一定會找到他的。」就算他得翻遍百老匯街每個街區，他也一定會做到。

✦第十七章

徹夜未眠的蘿絲明顯地經歷了一個不愉快的早晨。威爾想到她對《太陽報》那篇報導仍一無所知，又想到自己為了讓她不用急著回覆貝爾考特而做出的莽撞行為，忍不住一陣糾結。他這一插手，事情沒有好轉，搞不好還更糟了。如果她的父母知道了新聞，說不定會馬上來這裡把蘿絲揪回家，根本不會讓她和阿奇說上話。

但從蘿絲走下階梯的神情看來，她對威爾一絲責怪也沒有。她臉上帶著威爾熟悉的那抹羞怯溫柔笑意，只是眼神中光彩較往日黯淡許多。他對著她伸出手臂，「我們回屋子裡去吧——」

「科爾貝克先生去哪裡了？」她雖然開口詢問，但看起來像已清楚答案。

「他去找阿奇。」兩人走上階梯時，威爾轉頭面向蘿絲，「請原諒我這麼直白，但……妳來這裡是打算私奔嗎？」

她的臉一下漲紅了，垂下雙眼看著地面，「你覺得我是個糟糕的小傻瓜——」

「我絕對沒有這麼想。」威爾握起她的手，「進來吧，我們喝杯茶，好好想想辦法。」

「我不知道這是否還有辦法可想。」她輕聲說，但還是跟著他的腳步走進會客室，迎面撞上步出房間的卡洛琳。

「我的天哪，原來妳在這。」她伸出手臂環繞住蘿絲肩頭，並且用焦慮的眼神看了威爾一眼，「天氣太冷了，在外面等會受寒的，進來坐在火爐邊吧。科爾貝克先生——」

「他會把阿奇帶回來。」威爾向她保證道。

沙發邊立著一只行李箱，上面掛著蘿絲的帽子，威爾腦中短暫地想了下，惱怒的查理肩上扛著蘿絲和行李箱，沿著百老匯街大步前進的畫面，差點露出不合時宜的笑容。無論多麼不得體，但這可能是蘿絲的父母樂見的，他能想像他們多擔心……應該有能先讓他們安心的方法才對，「董尼德小姐，您是不是忘記午餐約會了呢？」

「我的……」卡洛琳挑起雙眉，「我不——」

「您早餐時提到過的呀？」威爾瞄了時鐘一眼，「就在中午，對吧？」

卡洛琳突然明白過來，「天哪，沒錯！我真健忘，但眼下這個情況，我當然不能——」

「噢，您必須赴約，」悲慘的蘿絲說，「我耽誤您太多時間了，我真的很抱歉，請務必前去！」

卡洛琳猶豫了一下，「妳確定嗎？我可以讓希爾達前去致歉……」

「請別讓我毀了您的午餐約會。」蘿絲把手搭在卡洛琳手上，「您收留我已經很好心了，我現在好多了……內史密斯先生陪我很夠了。」

卡洛琳思考了一下，「是的，我想內史密斯先生會是個適任的監督人。我認識的紳士裡面，沒有人禮儀比他更完備了。」

威爾吃了一驚，「我期望自己能配得上這個讚美。」他站起身來，「讓我幫您招輛車——」

「親愛的，你不用麻煩，留在這裡喝杯茶吧。」卡洛琳站了起來，彎下身親了蘿絲的臉頰，快步下樓出門了。希爾達前來上茶，雖然一句話也沒說，但威爾看得出她滿臉憂慮。

「希爾達，如果科爾貝克先生帶著杜蘭先生回來，能好心通知我們嗎？」

她的吐氣更像是驚呼，「查理先生不是去寫他的報導了嗎？」

威爾的笑容帶著安撫意味，「我想他改變主意了。」

「是嗎？那太好了。」希爾達用仍微微顫抖的手倒了茶，「我來找找他喜歡的薑餅，還有阿奇先生喜歡的糖蜜餅乾。」

「我覺得她寵壞你們了。」希爾達走了以後，蘿絲開口說。

「沒錯。」威爾把糖遞給蘿絲，「的確，比我們應得的還多。」

蘿絲嘆了口氣，「我這輩子都不可能烤出這麼美味的蛋糕。我不會煮飯，也不會針線。我沒辦法幫他補襪子，也不知道怎麼好好洗他的制服。」她心煩意亂地把糖碗捧在手心，「母親說我沒辦法當警官的稱職妻子——」

「妳不必完美，他也不完美……但你還是愛他，不是嗎？」威爾輕輕把糖碗拿出蘿絲手中，放在桌上，「妳母親還說了什麼？」

「說我不可能剛認識一個人就知道我對他的感情……但她要我嫁給一個我也沒認識多久的人。」她的聲音裡流露出絕望，「我們昨晚大吵了一架，我沒辦法讓她理解我。」蘿絲搖了搖頭，「我不能嫁給貝爾考特勛爵，除了阿奇我沒辦法嫁給別人。」

「即使是妳的父母，也不能逼你接受貝爾考特的求婚。」

蘿絲輕笑出聲，「母親總是說我得嫁給一個對我全心全意的人，就像父親對她那樣。她認為阿奇看上我一定只是為了我的家產，我提醒她，貝爾考特勛爵正是為了錢才對我展開追求。她很憤怒，但不能否認這是事實。」蘿絲抬起憂慮的雙眸，看向威爾的雙眼，「我被禁止來這裡或在其他地方見阿奇。她今早還談論到要去國外旅行，也許她是希望貝爾考特勛爵會追到大西洋彼岸。」她的笑聲變得更為輕柔，滿溢苦澀，「嗯，所以我選擇了自己的旅程。」

「妳沒有告訴任何人？」

她笑了，露出一種略顯遲鈍但又了然的微笑，轉頭瞥了他一眼，「董尼德小姐去拜訪我的父母了，對吧？」

威爾回以苦笑，「妳不覺得他們驚嚇得夠久了嗎？」

她垂下雙眸，摸索著那條被遺忘在膝上的手帕，「我得來一趟，我不能一句話也沒說就離開紐約，我至少得向他道別。」

她轉過頭蜷縮在沙發靠墊，把手帕按在嘴上抑止哭聲。威爾很想拉過蘿絲，讓她靠在自己的肩膀上好好哭一哭，但這有違禮儀。除了給予一些蒼白的安慰，他不知道該怎麼減輕她的悲傷，但她需要的遠不只安慰，「蘿絲……親愛的女孩，別哭了。我知道現況看起來很不樂觀，但妳還沒結婚，而婚姻大事妳的意見當然重要。如果妳父母懷疑阿奇的動機，我可以告訴他們阿奇人品如何，查理也可以。我們可以邀請你的父母一起晚餐──」

「他們不會接受的。」蘿絲立起背脊，但頭仍低垂著，不讓人看到她還沒擦乾的眼淚，

「他們不會和他坐下來——」

「那我們一定能想到別的辦法，我們可以安排在路上撞見妳——當然是碰巧的——然後好好告訴他們阿奇的品格多麼令人敬佩。就算我沒辦法說服他們，查理也一定可以。」

這番說詞成功讓蘿絲發出一聲微小而真誠笑聲，「我的父親也許會聽，但……」她搖了搖頭，「我不覺得有誰能說服我母親。」

「逃走的麻煩就是，她會覺得妳的心智還沒成熟到可以結婚。如果妳想說服她，妳得讓她看見——我眼前的這個女孩——一個意志堅定、知道自己要什麼，而且除了自己愛的男人絕不另嫁他人的蘿絲。」

她露出疲倦的笑容，「我猜我該那麼做，但我現在只想鑽進被窩，躲進棉被裡。」

「這是因為妳幾乎整晚沒睡什麼也沒吃。我們一起去花園走走吧，查理和阿奇很快就會回來，我們到時再一起好好吃頓午餐。」

「我的父母可能就要來接我了。」蘿絲憂心忡忡地說。

「那樣一來，我們就更有理由躲進花園了。」威爾剛起身，希爾達就出現在房門口，「他們來了！」

蘿絲跳了起來，驚慌地看著威爾，「我的父母——」

但當希爾達推開會客室門時，走進來的是查理和阿奇，雙頰潮紅的兩人喘得上氣不接下氣，臉上露出像男孩一樣的傻氣笑容，「我差點就要因為擾亂公共秩序被逮捕了。」查理歡快地說，「但你在這裡了，蘿絲妳看，我把他帶回來了。」

這話似乎略顯多餘，因為蘿絲人已經在阿奇懷裡了。阿奇低頭親吻了蘿絲，那股深情溫柔讓威爾不得不轉開雙眼，他想著自己是個糟糕的監督人，但如果這是蘿絲和阿奇的最後一面，他們應該得到一些獨處時間。威爾離開了會客室，順便帶走了科爾貝克先生，跑去廚房打擾希爾達，她則提供了茶和薑餅給兩人，讓查理吃得津津有味，但威爾太過焦慮以至於無法長時間坐著。走到後側房間，發現蘿絲採納了他的建議，和阿奇兩人走進花園。當查理這時跳上他身旁的沙發，越過椅背跟他一起朝窗外偷看，過度內疚的威爾忍不住把臉皺在一起，放下窗簾遮擋住窗外的風景，「我很好奇，是不是所有監督人都覺得自己是個多管閒事的討厭鬼？」

「我猜大部分會吧——嗯，除了那些**本來**十分好事的人。」查理貼上威爾，兩人並肩靠在一起，「你想上樓嗎？希爾蒂在忙，屋子沒其他人了。」

威爾又拎起窗簾偷看了一眼，發現蘿絲和阿奇在覆著青苔的石凳上抱在一起，正是他幾個星期前和查理一起坐過的位置，「卡洛琳把照顧蘿絲的工作交給了我。」

此時蘿絲正轉頭看著阿奇，抬起的下巴散發邀請，兩人便戀戀不捨親吻起來，可想而知，寒冷對這對戀人不起作用。查理輕哼一聲，「以現況看來，蘿絲才是照顧人的那位吧。」

「**這就是**不對勁的地方，」威爾突然意識到查理貼近的身體有多溫暖且過於誘人，連忙把臉轉向窗外，心裡帶著責備的意味，「你也需要一個監督人管束你的行為嗎？」

查理用手指捏住威爾的領結，輕拉了一下，「我們從來沒在花園裡接吻過。」威爾一下抽開身，不小心撞上沙發扶手，查理藉此貼近，跪坐在沙發上居高臨下地看著威爾，「這裡也沒有過。」

「查理……」

在威爾的警告下，查理笑出聲，「我確實需要一個監督人。」他靠著威爾坐了下來，惡作劇笑容斂去，轉為甜蜜的微笑，「就是這個。」

他們的吻十分短促，但查理對他的渴望從他的雙脣離開威爾的那一刻就顯而易見——威爾幾乎沒能忍住把吻加深的衝動，但查理主動結束了吻，眼中的懊悔又瞬間轉為惡作劇光芒，「想去花園走走嗎？」

威爾從他身下脫身而出，「梅修夫婦隨時可能會接走蘿絲，我覺得我們可以邀請他們一起吃晚餐，但蘿絲認為他們會拒絕。她被禁止和阿奇見面，梅修夫婦在考慮送她出國，顯然認為這樣她就能忘掉自己的情感。」

查理再次推開窗簾往外偷看，「我不覺得有人能把**那樣的**吻忘掉。」

「你說的沒錯。」

查理聽懂了威爾的意在言外，馬上得意起來，「你確定你不想上樓嗎？」

「你現在腦子裡似乎只裝得進一件事。」

「這是我的錯嗎？」

威爾抓住查理的領帶猛拉了一下，「我們得專注在眼前這件大事上。我們得想個巧計，才能讓蘿絲既和阿奇在一起，又不和家人決裂，我覺得你那詭計多端的腦袋一定能想出什麼辦法——」

「滑冰。」

「滑冰？我不懂——」

「我們可以帶上阿奇，蘿絲找她的父母一起，兩邊就裝作剛好碰上，再邀他們一起晚餐。我們如果說這是你在紐約最後的晚餐，他們怎能拒絕呢？」

「我想梅修夫人還是會努力拒絕。」威爾預測。

查理聳聳肩，「她到時候應該要忙著隔開蘿絲和阿奇，這樣一來我們就可以直接問梅修先生了，他會答應的。」

威爾再次拉開窗簾，這次不是偷看小倆口，而是抬頭看著天色，「這種天氣，我不認為公園部門會允許在湖上溜冰，風吹成這樣，冰況不會好。」

這時房門突然打開，慌張的希爾達把頭探了進來，「董尼德小姐剛下計程車，還有梅修先生！」

「可惡。」查理馬上站了起來，「我先去陪他們，你去把蘿絲帶進來，記得告訴她這個計畫，讓她接下來不要做傻事。」

威爾帶著沉重的心情走進花園，暗自懊悔自己太早通知蘿絲的父親，他不想告訴蘿絲她那段美好時間已經結束。但當他在花園找到他們時，蘿絲和他打招呼的神色裡沒有一絲先前的憂慮。她和阿奇互道再見——但就威爾看來，這告別的姿態不像是預計長久分離的樣子。他跟著蘿絲走進前廳，沒脫外套帽子的梅修先生，一臉嚴肅直挺挺地站著，正在拒絕卡洛琳留他吃飯的好意。緊張不安的蘿絲默默走向父親，梅修先生一把將靠近的女兒擁入懷中，聽到父親慶幸又感謝的嘆氣，蘿絲用力抱緊父親，結結巴巴地喃喃道歉。不到一分鐘，他們就上車走了。

蘿絲終於平安回家了，威爾十分感謝上蒼，卡洛琳和查理也鬆了一口氣——和有些震驚。一行人走進會客室，在茶几旁圍坐了下來，但沒人有伸手倒茶的意願。威爾終於開口打破了沉默，「梅修夫人——」

「她太心煩意亂了，就沒跟我們一起來。」卡洛琳說。

威爾點點頭，「我猜她看到女兒回家一定心情複雜，但蘿絲很堅定。」

「蘿絲是個不屈不撓的年輕小姐。」卡洛琳笑著說，「她不會退讓的，不會在她未來的幸福岌岌可危的時候。」

她的聲音充滿希望，但藏著一股淡淡的舊日哀傷，威爾很好奇，但因為對她不夠了解，因此不敢開口詢問；而且這些問題可能不是她願意被詢問的。她對蘿絲十分篤定，顯然和她自己個人經歷有關，威爾很想相信這一點。梅修夫人可能覺得對於涉世未深的年輕女兒來說，貝爾考特勛爵才是安全的選擇，但威爾認為他不是值得託付終身的對象，他言談過於浮誇，而且雖然他嚴詞否認，但很可能就是想找個家底殷實的妻子。最重要的是，蘿絲並不愛他。梅修夫人看來並不在意最後一項，但蘿絲可能會讓她別無選擇。

如果梅修夫人願意給阿奇一個機會，讓他向她展示自己有多在乎蘿絲就好了……

阿奇走進會客室的腳步將威爾從沉思拉回現實，他坐了下來，將手盤在瘦削高眺的身前，眼神望向遠方。卡洛琳幫阿奇倒了杯茶，但他溫和地拒絕了。查理拿了一塊蛋糕，但除了用叉子戳弄，一口也沒吃。威爾看著他嘴角邊的紋路，知道他一定在努力思考解決眼前困境的辦法。

威爾感到無能為力，再想到梅修夫人可能會把蘿絲送走的前景，就更加憂慮了，「你知道，我們不用等天氣配合，我敢說冰上皇宮再幾天就會開放了。」

「你不能去那裡。」卡洛琳說，「空氣太潮濕了，而且那裡沒有風來緩解。你們要是有人病了怎麼辦？」

「你在室內是不能真正地滑冰的，」查理不滿插話，「你怎麼會想到這樣的主意？」

阿奇露出無奈的笑容，威爾笑了笑，決定換個話題，「你不是五點前要交一篇稿子嗎？」

查理眼神一黯，「我本來有東西可在五點前寫好的。」

「我以為曼哈頓隨時都有值得寫成新聞的事發生。」阿奇觀察道。

「我們可以去樓上……」威爾想個更好的主意，「或是去花園好好想想有什麼東西可以寫。」

「我可能有個消息可以給你。」卡洛琳試探性地說。

「真的嗎？」查理坐直身體，「您在惠特莫爾家的派對上聽到了什麼消息是嗎？」

卡洛琳的眼神露出淘氣的光芒，「你也可以這麼說。」她一本正經地把手交握在腿上，「有人看到卡洛琳．董尼德小姐和鰥夫華特．萊頓先生星期三晚上一起在戴爾莫尼科餐廳用餐。兩人前一天晚上在惠特莫爾家的舞會一起玩了好幾場牌戲，萊頓先生連輸董尼德小姐三局之後，提出要請她吃頓豐盛的晚餐……而當她發現兩人對歌劇都有強烈興趣以後，又覺得這個主意還不錯。」

查理驚訝地瞪著她，「您**今晚**要和老華特．萊頓一起——」他咳了一下，「不好意思，我的意思是說，是那位百貨商華特．萊頓嗎？」

「沒錯。」卡洛琳順了順自己的裙子，「他過去二十年都在國外，最近剛搬回曼哈頓過起退休生活。他幾乎不認識什麼人——感覺是那種離群索居的人，我想——但他剛好住在惠特莫爾家隔壁，盛情難卻才出席了宴會。」

「這太好了。」查理說，咧著嘴笑了出來。

「真的很棒。」阿奇也露出微笑。

「確實如此……」威爾則是有點猶豫，「您確定這件事見報您不會在意嗎？」查理已經從大衣口袋裡掏出鉛筆和一張皺掉的紙，開始寫下句子了。

卡洛琳笑了。「喔，親愛的，不管人們從哪裡聽到八卦，他們總是要閒言閒語的啊。報紙就是印出來的八卦而已嗎？就寫吧，別擔心，想把我寫得有點邪惡也沒關係。」

「不敢不敢，」查理說，「否則希爾蒂接下來一個月會只讓我吃麵包喝水。」

等稿子寫完，威爾決定要去報社編輯，於是和查理一起搭上電車。空氣變得越來越寒冷，越見凌厲的風勢擊打著纏繞在街燈上的冬青和緞帶，好幾個進行聖誕節採購的行人追逐著被風吹走的帽子。查理本以為明天就是適合滑冰的天氣，但週四天氣居然回暖了，接著週五陽光持續放送，整個週末氣溫都不見降低——一直到隔週週四，冬天才以加強的威力重返紐約。威爾的煤桶不到午夜就空了，他忍不住覺得這是上天給騙子的懲罰，帶著贖罪感在冰冷的床鋪上蜷縮起身子，希望睡意趕快降臨讓他免於感受寒冷。但在他睡著之前，一雙溫暖的臂膀和印在頸項上的熱烈親吻拯救了他。

「你帶煤來了嗎？」威爾低語。

「你不需要煤。」查理一邊說，一邊小心翼翼驅趕他身上的每一寸寒冷。深夜造訪彼此已經變成一種習慣，危險又美妙的習慣。等威爾沉入夢鄉後，查理摟緊了他，心裡想著明早得談談以後該怎麼辦，為了他們自己的安全。隔天，威爾在冷冽的晨光中跳下床，正套上睡袍時，門上就傳來一陣短促激動的敲擊聲，威爾還沒出聲，阿奇就開門衝了進來，滿臉興奮。

「範可蘭公園開放滑冰了！是有點遠，但……你們覺得呢？你們會去吧？對吧？」

查理從被單裡探出髮絲凌亂的頭顱，「我們當然會去。對吧，小史？」

「當然。」威爾發現睡袍似乎綁得太緊，繩結突然變得很難打開，「記得約個確切時間，如果滑太久，梅修夫人可能會托詞太累，就不跟我們去吃晚餐了。」

「最好現在就去問他們，」查理倒回枕頭上打了個哈欠，「不然他們可能會有別的計畫。」

「我現在就去。說……」阿奇突然用眼神在威爾和查理之間來回掃射，咧嘴笑了出來，「你們的煤也用光了，對吧？我跟班借了一點。」他仔細扣好外套每一顆鈕扣，轉頭離開房間，「萊恩先生剛送了煤過來，希爾達在抱怨他把房子弄得一團糟。」

阿奇關上房門後，威爾重重坐上床墊，因為逃過一劫而放鬆的身子垮了下來，「感謝老天，他滿心想著自己的事，根本沒注意到。」

「是我的錯，我以為我鎖了門。」查理翻了個身，把手臂搭上威爾肩頭，「我們再重新立下約定，對吧？」

威爾靠到查理身上，「我們今天晚上還是去租的房間吧，但天氣這麼糟，我不想半夜再偷偷摸摸回來——而且董尼德小姐也不喜歡那樣。」他給了查理一個懊悔的眼神，「我月底前會找個新的住處。」

查理咕噥一聲，把臉埋進威爾的睡袍裡，「那帶我一起去吧。」

他真的很想跟他一起住，非常。「我覺得你走了卡洛琳和希爾達會很傷心。」

「我又不是要搬到別的城市，只是找個離報社更近的地方而已。卡洛琳可以把我們的房間租給其他剛開始工作的人。」

「你確定你想搬走？」威爾說，「這可是你的家。」

查理跳下床，環抱住威爾的頸項，在他的頭頂印下一吻，「沒有你的地方，它不是。」

他走出房門，留下威爾思索這番言論是否算是愛的告白，以現況來說，這個推理非常合理。在其他地方找時間幽會也許能滿足查理，但威爾覺得自己想要更多，他一想到能和查理一起租間公寓就開心得不得了。但他得肯定查理準備好了，才能開始認真找房子。

再說了，聖誕假期也不是做這件事的好時機。傍晚來臨時，嚴寒的天氣降臨，回家的電車旅程冷得讓人非常不舒服，但一回董尼德大宅就能感到溫馨。卡洛琳和希爾達整天都忙著接待客人，但仍準備好了熱騰騰的晚餐。他們寫的那篇報導吸引了不少注意，許多人抱著探聽八卦的心情上門求見，卡洛琳便以她一貫的優雅作風接待所有來客。威爾猜她覺得會會這些人挺好玩，因為她整頓晚餐都在談論這些不速之客，連房客們拿她的情人開玩笑都毫不在意，還跟著一起笑了起來。

雖然查理看起來精神不錯，但沒有加入大家的熱切交談——威爾猜他恐怕是想「家」了。晚飯過後，宅子裡十分溫暖，兩人的煤桶也滿滿當當，但這顯然不足以阻止查理在一小時後過來敲威爾的房門。威爾發現查理穿著外出服但沒戴帽子和手套就走了進來，「我聽說可能會下雪。」

「那就下吧。」查理把門關上，「你還沒生火，太好了。」他撿起威爾丟在椅背上的大衣和圍巾，「我今天一直在想我們晚上的計畫。」他把圍巾繞上威爾的脖子，再幫他穿好大衣，「回家的路上也想，晚餐的時候也想。」接著是手套和帽子，「還缺了什麼嗎？」

威爾哼了一聲，「也許缺了點理智，但我猜你自己也沒有。」

查理帶著鼓勵意味親吻了威爾——雖然這其實並不需要鼓勵——接著他倆穿過寒冷陰暗的街道，抵達那間寒意沁人的小房間。暖氣和威爾記得的一樣毫無作用，床單也冷得像冰，但查理溫暖的雙手和雙唇觸碰都能讓他保持著溫暖，而這是普通火焰無法做到的。他們整晚沒睡好，不是因為寒冷，而是他每隔幾小時就會醒來，確保查理溫暖赤裸的肌膚貼著自己。

他們幾乎消磨了整個早上，直到飢餓感逼兩人穿上衣服，走到樓下找了間咖啡廳，邊喝咖啡邊討論報導靈感。接著查理宣布該回家了，威爾看著他唇邊的甜蜜笑意，知道他說的並不是卡洛琳的宅邸。

這只是短暫的同居假象，但威爾希望能一直延續下去。這個下午，他和查理一起躲在從房務間偷來的一疊毯子下，一個寫稿，一個編輯。到報社交完稿件以後，他們走路到西三十五街的法國餐廳吃晚餐，漫步在落下的雪花裡，回到租來的旅館房間。

隨著星期天的到來，魔法消失了，但偷來的這幾天甜蜜時光，在威爾洗澡、著裝甚至磨利冰鞋上的冰刃時，都在持續溫暖著他。風勢強勁，湖邊的天空晴朗無雲，長長的暗色冰層上聚集上千名終於等來滑冰天氣的遊客。阿奇不願意離岸邊太遠，深怕自己錯過蘿絲到來的身影，威爾和查理只好到人群裡尋找，確認梅修一家人是否已經抵達。尋找著蘿絲的他倆往湖心滑去，查理一路上頻頻用瘋狂的轉圈和跳躍炫耀技巧，引來不少少女朝他投去害羞的微笑。

威爾忍不住想到薇奧蕾特也曾如此張揚展現風采，徒勞試圖引起自己忌妒，威爾意識到現在這種感覺正在攪動——而查理用優美身姿滑過威爾身邊，對威爾送上得意笑容時，威爾不得不懊惱承認自己的愚蠢。他心裡知道，雖然查理對誰都有種無邪的逗引姿態，但對自己不同，他向著威爾總是既熱切又誠懇，威爾決定甩開不成熟的醋意，滑向湖心，試著也轉個圈，這才發現自己的技巧早已年久失修。顯然，查理比他花了更多時間在史泰登島的冰上琢磨滑冰的技巧。但努力保持平衡避免跌倒是無效的，因為查理覷緊機會衝向他，兩人一起倒在冰上。

被壓得透不過氣的威爾把查理推走，坐了起來，「你是故意的。」

查理笑著站了起來，對著威爾伸出手，「沒那麼糟吧？你已經跌倒過了，接下來可以不用那麼謹慎了。」

威爾鬱鬱看著他，「科爾貝克先生，我這個人就是這麼謹慎，你最好早點習慣。」

他掙脫開來，加速滑向岸邊，希望至少在速度上能贏過查理……但查理很快趕了上來，「梅修夫人！」他倒抽了一口氣。威爾本來不欲理會，以為這是他讓自己慢下來的詭計——卻立刻發現梅修夫人就在前方。他踉蹌一下，努力保持站立。還好查理即時抓住了他，兩人一起轉了出去，雙雙倒在梅修夫人的腳邊。

「哎呀。」梅修夫人雙眉緊蹙，用不敢恭維的神情盯著威爾，「你還好吧？內史密斯先生。」

查理立刻站了起來，接著撈起威爾，幫著他穩定站姿，搖搖晃晃的威爾則一邊向梅修夫人致上羞愧的歉意。她神情這才緩和了些，但威爾有種可怕的預感，她一定知道他們打得是什麼主意，「請見諒，梅修夫人，但我們到處都找不到梅修先生——」

「他去叫蘿絲回來了，」梅修夫人僵硬地說，「杜蘭警官說要去找你們，蘿絲一句話也沒交代就決定陪他一起去。現在她父親去找他了，以免……」梅修夫人再次皺起眉頭，「我真不知道他為什麼去了這麼久。」

威爾知道，「梅修夫人，請讓我陪您四處繞繞，這樣說不定我們能更快在人群裡找到蘿絲。」

「嗯……」她閃過一瞬間的煩躁不安，「內史密斯先生，你得謹慎小心，我的冰技不熟練，沒有梅修先生在旁邊協助，要是跌倒那可麻煩了。」

「我會非常小心的，」威爾向她保證，無視查理在梅修夫人背後露出的淘氣笑容，對著她伸出手臂，「我們慢慢滑，您想快一點再跟我說。」

顯然他的慢慢對梅修夫人來說已經很快，查理遙遙領先在他倆前方，像是被派去清理前方冰況，好容她老人家安全通過。梅修夫人一路上喋喋不休抱怨，像是不聽話的女兒多麼讓人操心，和糊塗的年輕女孩總是為最不適合自己的對象傾心，這類悲慘的事，「還有報紙上的八卦版，內史密斯先生！這些負責寫名流社會版的蠢蛋寫的都是什麼垃圾啊？他們還說**你**向我的女兒求婚了，我不敢想像貝爾考特勛爵看了作何感受，難怪我們到現在為止都沒收到他的隻言片語。」

威爾在心裡祈禱查理能回來加入他們，但也知道他滑得那麼快是為了先找到阿奇和蘿絲，好警告他們在梅修夫人面前維持該有的分寸。但滑著滑著，查理消失在湖岸轉角，湖岸邊那叢高高的樹林阻絕了威爾看見查理的任何機會，他突然感到一陣焦慮——這種情緒似乎是會傳染的。

「我們該繼續往前嗎？」梅修夫人轉頭看了看人群聚集的南岸，「他們應該不會跑這麼遠，這裡感覺不太安全。」

「如果不安全的話，警察不會開放在湖面上滑冰。」威爾試圖讓自己的聲音聽起來比實際上更有信心，「我們多等一下再回去吧，看科爾貝克先生會不會帶回來什麼好消息。」

過了好幾分鐘後，威爾忍不住開始思考，如果提出自己要去找查理，請梅修夫人待在原地等，她會不會勃然大怒。此時查理突然現身，讓威爾免於提出這項艱難的請求，他繞過彎曲的湖岸拐角，旁邊則伴著梅修先生。阿奇和蘿絲沒有和他們在一起，但查理或梅修先生看來並不擔心。事實上，接近的兩人臉上都帶著笑容。

「親愛的！」梅修先生伸臂摟住了夫人，試圖在她抓緊自己外套領口的力道下穩住身形，「妳不該滑這麼遠，我說了我會找到蘿絲——」

「那你找到了嗎？」梅修夫人焦慮地環顧四周。

「別擔心。她和杜蘭警官就在後面而已……」他清了清喉嚨，「看來內史密斯先生剛剛一直在看顧妳。」梅修先生感謝地朝威爾點了點頭，「親愛的，妳沒有累著吧？」

梅修夫人恍若未聞，只是急著要找到蘿絲，「不用擔心，我很好。」

查理和梅修先生再次咧開笑容，默契好得就像同謀，「聽妳這麼說我很高興。」梅修先生愉快地說，「科爾貝克先生剛告訴我，今晚是內史密斯先生在紐約的最後一個晚上。他們邀請我們一起用餐……我們當然很榮幸能加入這個特殊的夜晚。」說完後他還有禮貌地點了個頭。

梅修夫人一下子明白了他在說什麼，「噢，我不確定能不能去，畢竟這個計畫實在太突然了。而且在這種天氣待在戶外，突然又要去吃晚餐……」她看向岸邊的樹，突然起了疑惑，「蘿絲**到底**去哪裡了？」

「別擔心了，」梅修先生溫柔地說，「我去帶她回來。」

「我來。」查理說完便滑出冰面。

梅修先生朝威爾使了個眼色，暗暗鼓勵他更直接地邀請梅修夫人。威爾不確定自己是否能夠說服她，「梅修夫人，今晚如果能和朋友們相聚，對我來說是再高興不過了。如果您想晚點用餐也沒關係，我可以配合。您們一家人對我一直這麼和藹好心，我非常希望能在回家之前有機會好好謝謝您們。」他為了自己說的謊話不安，但謊言之後的情感仍是真實的，這給了他一些安慰。

梅修夫人似乎也感受到威爾誠懇的謝意，但臉上露出遺憾的微笑，「內史密斯先生，你要知道，我真的很兩難。我已經禁止蘿絲和杜蘭先生見面了，他對蘿絲的追求太過執著，而蘿絲年紀太小了，她不知道這會給自己惹來什麼麻煩。她已經違逆我的命令兩次了，這次我必須嚴格堅持自己定下的規矩。」

「如果您能允許我為杜蘭警官說兩句好話……」

梅修夫人搖搖頭，「母親必須相信自己的直覺。像蘿絲這樣的女孩，追求她的人常常是別有用心。」

威爾很慶幸查理沒有聽到這句話，他努力嚥下自己的反駁，但不願意就這麼敗下陣來，「阿奇愛她。」

梅修夫人眉頭皺了起來，「他們這是一起私奔了嗎？」她快速轉頭看向丈夫，用力抓著他的肩膀以免失去平衡，「提摩西，這件事該不會你也有一份吧？背著我這麼做……你怎麼可以？」

梅修先生還沒來得及為自己辯護，樹叢後就傳來了一聲尖叫，眾人嚇得一聲也不敢吭。已經滑遠的查理帶著警戒的神色回頭看了下威爾，威爾這才回過神來，他加快腳步向前滑行，但查理已消失在樹叢之後。等威爾好不容易滑到擋住視線的湖岸時，他看到的是往外飛出的查理，再往前大約四百公尺，一個魁梧的黑衣人把蘿絲鉗抱在懷中，正在把她拖往岸上，阿奇則和另一名黑衣人打得難分難捨，戰況激烈的兩人腳下濺起許多碎冰，並努力站穩腳跟。

蘿絲一邊激烈抵抗，一邊發出尖叫，但腳上冰刀的踢踹對箝制她的黑衣人完全不起作用。但她的聲音並不是毫無作用，突然間阿奇一下制服了第二名黑衣人，他發出巨大的撞擊聲倒在冰面上，發出虛弱的哀號。阿奇毫不戀戰，馬上快步衝向岸邊，抓著蘿絲的黑衣人眼看自己將被追上，鬆手將蘿絲拋入雪中，阿奇便立刻調轉方向，衝出去接住蘿絲。查理則跳上湖岸，追在逃跑的黑衣人身後。

被阿奇擊倒的黑衣人站了起來，身影消失在樹叢之中，威爾馬上追著這名黑衣人，一路穿過覆滿冰雪的交疊樹枝，他不只要閃過伸出的枝條，還得注意腳下易滑的路面。不知道跑了多久，前方傳來了模糊叫喊，眼前出現林子盡頭的一片空地，他看到查理正和攻擊蘿絲的黑衣人扭打在一起，踉蹌走到路面上想要幫忙。此時身後埋伏的影子突然跳出，用力撞了威爾一下，倒在地上的他盯著疾馳而來，眼看要輾過自己的馬車，幸好千鈞一髮之際即時回過神來，翻身避開了馬匹迅疾的腳步。等他終於鼓起勇氣抬頭，馬車只剩下拐過轉角的最後一點影子。

他顫抖著雙腳站了起來，歪歪扭扭走到路邊的雪堆旁，找到半埋在雪中的查理，他跪坐下來，心裡狂湧出害怕，讓他差點發不出聲音，「查理？」

查理回應的呻吟聲讓他定下心來，他把雙手架在查理腋下，幫他從雪裡坐起來，一番動作讓查理的臉痛得皺在一起，他把凍得雪白的手貼在自己紅腫的臉頰上，「我的老天爺，痛死了。」他彎下身挖了一捧雪，把冰涼的雪壓在臉旁，「你有抓到那個混帳嗎？」

「恐怕沒有。」威爾的聲音還在顫抖，他決定別告訴查理那個混帳差點要了**自己小命**，「你站得起來嗎？」

查理吐了很大一口氣，閉上雙眼，「你不打算背我嗎？」

「我也許可以。」

查理朝他眨了眨眼，這才發現威爾像是受過驚嚇後好不容易安下心，「有的時候，你真的會讓人很想佔你便宜。」他咧開嘴角的動作顯然不無痛楚，但眼神十分明亮，「幫我站起來，我可以自己走。」

冰鞋讓站立變得十分困難，但威爾用一隻手攙扶著查理，直到他們走回湖岸再次回到冰面上。梅修先生在那裡等著他們，一臉焦急。「他們跑了嗎？你有認出他們嗎？這群天殺的到底是誰？」

查理搖搖頭，「我沒能讓他開口說話，但我威脅他的時候……對方笑了，說我們不可能一輩子把她關起來。」他倒在威爾身上，「我覺得這兩個人一定受雇於人，那輛四輪馬車看起來太華貴了。」

梅修夫人擁著蘿絲站在一旁，「這種事並不罕見。」

「我不管這是罕見還是不罕見。」梅修先生沙啞地說，「我要紐約每個警察都去追查，把這些混蛋給我抓出來。」

阿奇跛著腳走向他們，他的臉上有著血污，手上纏的手帕則浸滿了血，眼中寫滿歉疚，「我絕對竭盡全力追查到底，先生。」他縮了下肩膀，臉上露出吃痛的表情，「我真希望我能做得更多。」

梅修夫人背對著他，她的頭緊貼在女兒頭上，當她抬起頭時，緊張的臉上已不見傷痛，「提摩西。」她輕聲喊了丈夫，把還在哭泣的蘿絲放進他的懷裡。確認蘿絲已在父親的懷抱中安頓好之後，梅修夫人略帶搖晃地轉身滑向阿奇，在冰上甚不熟練的她輕輕拉了阿奇的袖子作為煞車，阿奇連忙伸手穩住她，她這才放下手，抬頭迎向阿奇的目光。威爾只能看到她的側面，但看出梅修夫人的臉上寫滿懊悔……和一絲驚奇，她愣了半晌說不出話來，靜默一陣後，決定伸出她的手。

阿奇青紫腫脹的臉上浮出的微笑想必讓他痛得要死，但威爾在他快活的眼神裡沒有發現任何痛楚。梅修夫人並沒有照著他們計畫的方式改變態度，但蘿絲和阿奇可能可以期待未來了，威爾只能感謝上蒼，還好這出乎意料的事態發展後，他們每個人都尚稱平安無事……

尤其是這個靠在他肩膀上，沒心沒肺地笑著，得意得像是認為能得到這個幸福快樂的結局，完全有賴他一手策劃的傻瓜。

第十八章

和梅修一家人約好推遲晚餐的日期，又在繁忙的警局做完筆錄之後，查理很高興能回到家坐在火爐前，聞著希爾達烤牛肉發出的誘人香氣。雖然他又累又痛，但他完全忘記要好好檢查自己傷痕累累的臉——倒是卡洛琳和希爾達一看到他就發出驚呼，馬上忙著為他找藥上藥。被人悉心照顧的感受十分受用，但他沒能全心享受，因為查理注意到威爾全程不發一語，想必內心充滿憂慮。警方判斷攻擊蘿絲的人意圖索要贖金，便讓阿奇帶上其他警員護送梅修一家人回家，但就查理看來，如果綁匪再次出現在梅修家，這已經足夠了。

一番折騰後，查理好不容易躺到床上，暗暗希望威爾能溜過來看看他。但威爾並沒有出現，查理只好偷偷地溜進威爾房間，看到站在火爐旁的威爾正在刷大衣，「記得把門鎖上。」他頭也沒回地交代。

這擺明是個邀請，「你就這麼肯定是我嗎？」查理鎖上門，一屁股坐進火爐邊的椅子。

「只有你才會不敲門，再說了，我聽到你房門打開的聲音。」

「因為滿懷期待嗎？」看到威爾容忍地瞥他一眼，他咧嘴一笑，「我只是來說晚安。」

「是嗎？」

這個人怎麼這麼陰陽怪氣？查理站起來移到他身後，靠向威爾的肩膀，「說吧，小史。你到底是怎麼了？」

威爾手上有力的刷理動作慢了下來，開始處理個別小污點，「你覺得，」他雲淡風輕地說，「有人會撕碎到手的族長會舞會（Patriarchs' Ball）邀請函嗎？」

查理收回靠著的頭，轉到前面打量威爾的臉，「你沒在開玩笑。」他不敢相信，「在哪裡？」

「在壁爐架上。我們離開警局前梅修先生拿給我的。今晚發生太多事，他差點忘記。」

查理小心捏著邊緣把信封拿了起來，仔細從中抽出邀請卡，「十二月二十三日。准許威廉·內史密斯先生入場，西拉斯·格拉斯普爾先生敬邀。」他還是不太能相信，「這可是曼哈頓所有舞會的聖杯。全紐約——甚至是全國最盛氣凌人、最自以為了不起、又最無所事事的有錢人齊聚一堂的盛會——而他們邀請了**你**……」

「這顯然是格拉斯普爾夫人的意思。」

「嗯，那當然。但……」查理驚嘆地看著威爾，「你不想去？我的天哪，想想你在那裡能挖到什麼新聞——」

「這簡直荒唐。」威爾繼續用刷子奮力攻擊無辜的大衣，「再說了，我已經決定要離開紐約了。要是再多一個星期——」

「多一個星期也不會怎樣的。」查理把邀請卡放回壁爐架上的時鐘旁，「你不好奇嗎？」

「也許是有點。但我開始覺得好奇心不是我們該培養的特質，這只會讓人陷入麻煩。」

查理忍不住笑了起來，「你想去。」

「我不屬於那裡，你也是——」

「我沒有受邀吧……有嗎？」

威爾放下刷子，「事實上，你有。顯然格拉斯普爾夫人深信，我這副身體少了你哪裡也去不了。」

「真不知道她怎麼會有這種誤會，」查理哼了一聲，「你要是不去的話，我也不可能去吧？」

「查理——」

「承認你也很有興趣吧。」查理用肩膀撞了威爾一下，「最後一次？」

威爾再次用力刷起大衣，「這是最後一次，之後我們就要和阿斯特家、貝爾蒙特家、戈萊家和摩根家那些人——」

「他們裡面沒有人能和你相比。」查理試著奪過威爾手上的刷子，這才注意到大衣上那一大片幾乎蔓延到領口的乾裂泥巴，「你到底對你的大衣做了什麼？我的大衣上可是一點土都沒有。」

「路上有很多泥巴。」威爾把大衣攤在椅子上，再次開始意興闌珊的清理動作，「我得把它送去好好洗一洗才行。」

查理突然意識到威爾說的話代表什麼意思，「那個混帳……他把你推倒，然後揍你？」大衣尾端印著一條清楚的泥痕——像是馬車輪子壓過的痕跡，查理想到那是什麼狀況，胃中一陣翻攪，抬起不可置信的雙眸，「你怎麼沒有告訴我？」

威爾皺起眉頭，「我沒受傷——」

「你差點就沒命了。」

「我人好好的沒事，讓你驚慌又有什麼好處？」

查理搖搖頭，他回答不出來，至少沒辦法平靜地回答，他很想生氣——很想責怪威爾沒說這麼重要的事情——但被冰冷的恐懼填滿的心並沒有為此讓步。他只能抓住威爾睡衣的衣角，把他拉向自己，再把臉埋進威爾頸項。威爾雙臂圍繞住他，吻像雨點般落在肌膚上，這帶來了平靜與安慰，查理努力吞下喉頭發乾的痛感，「以後別這樣了。」

威爾彎下頭靠向他，「我很抱歉。」

查理絞扭成一團的胃鬆開了，他想待在威爾身邊，想和威爾抱在一起入睡，想感覺威爾平安健康地待在身邊。他想……他希望自己不要因為這件事表現得像個傻瓜，於是努力壓下翻騰的情緒，逼眼淚不要從灼熱的眼眶中流出，「我還是說了晚安就去睡吧。」

威爾抽開身，但沒有放開手，他的目光掃過查理的臉龐，臉上的表情有查理從未見過的鄭重嚴肅，「你今天挨了很重的一拳。」威爾的手指輕輕撫過查理的瘀青，「醫生一定會建議晚上睡覺得有人看著你。」

「你不是醫生。」

「我也不是記者。」

查理笑出聲，疲倦地把頭靠在威爾肩膀上，「這是個很糟糕的藉口，你確定嗎？」

「我很確定自己想要你留下來。你明天要是想回去好好報導正經新聞的話，今晚一定得好好睡一覺。」

小史以最務實的態度。但——奇異地——令他感到平靜。

查理倒進床舖，希望能好好表示自己的謝意再睡，但一感覺到威爾的體溫，他立刻就睡著了。早晨來臨時，查理想到終於**可以**擺脫名流版，心裡一陣輕鬆——除了族長會可能發生的各種有趣事情——他踩著輕快的腳步踏進城市新聞部，準備好接受人生的無線可能性，感覺就算被派去奧蘭治鎮也能欣然接受。他和其他記者同事一起聚攏在暖氣旁烤著身子，接著哈洛威出現，頭上頂著沒有被假日氣氛絲毫軟化的威嚴，準備把案件派給記者們。

查理很驚訝哈洛威對自己臉上的明顯瘀青沒有過問，但顯然心懷同情，而把他派去附近的警察總局寫篇竊盜案的稿子。當他回到報社時，威爾已經坐在辦公室裡，穩定搖著手上的藍色鉛筆。

「小史，你工作太認真了。」

「沒辦法，總是得彌補那些記者偷懶沒作好的工作。」

查理靠坐到威爾桌上，「你安安穩穩坐在辦公室裡的時候，我可是得整個曼哈頓四處跑呢。」

威爾抬頭看了他一眼，「你不是只是搭了趟電車去警察總局再回來？」

「天氣很冷，電車行進得很慢，我還得走路，路上到處都是盯著聖誕裝飾看著又擋住交通的遊客。我的手和臉都凍僵了，我敢說我接下來一定會因為**某些原因**倒下——」

「但你發牢騷的能力顯然完全未受影響。」藍色鉛筆的速度加快了，顯得格外冷血無情，「你去暖氣旁邊寫稿吧。」

「我剛有提遇到阿奇嗎？」鉛筆馬上停了下來，查理站了起來，「你還有事情得忙——」

「坐下。」威爾轉過椅子面對查理，「他們抓到那些人了嗎？」

「沒有……而且我猜他也覺得抓不到，雖然我們描述了犯人的外貌。」查理再次靠坐回桌角，「但他說昨天護送梅修一家人回去以後，梅修夫人留他下來吃晚餐。」

「是嗎？他一定很開心。」

「我認為他大概從昨天晚上開始，臉上的笑容就沒停過，阿奇還說梅修夫人完全沒有提到貝爾考特。」

「她應該放棄貝爾考特了。自從惠特莫爾家的舞會之後，貝爾考特就沒有和他們聯繫。」

「你不覺得這聽起來很奇怪嗎？」

「我猜他是在給蘿絲時間，讓她想清楚自己的心意。又或者是，他以為自己已經輸給另一個男人了。」

查理露出了一絲俏皮的笑容，「其中之一。」

儘管帶著一絲幽默，威爾臉上出現責備的神情「連梅修夫人都不相信我向蘿絲求婚，她覺得都是記者編的。」

「等貝爾考特現身在族長會舞會，看我們能編出怎樣的八卦。」

「諾克司先生應該不會來。」

查理哼了一聲，「你覺得勛爵大人想不出合情合理的藉口把土地經紀人一起帶進場嗎？」

威爾笑出聲來，「也是，可惜他不是貝爾考特的私人秘書，不然會容易得多。」

「這事真的很奇怪，看起來貝爾考特身邊沒什麼僕人或員工，甚至也沒有朋友。」

「何以見得？總是有一大群人簇擁在他身邊。」

「我看他沒有親近的人，你覺得呢？」

威爾無意識地用手上的鉛筆敲打著桌面，「他來紐約以後確實沒有尋求注意，如果他沒有帶隨從一起來，顯然是刻意的。也許他真的只是來看看自己的產業，找到新的投資人。」

他的眼光轉向查理，掩不住好奇的光芒，「你現在該不會是在懷疑貝爾考特吧？」

「也不能說是懷疑。我只是在想，諾克司是把勛爵大人當笨蛋耍呢？還是成功拉他加入了某種計畫，好接近紐約的有錢人。畢竟是貝爾考特提供了諾克司機會。」

「如果是的話？這可能有些不恰當，但——」

「如果諾克司在騙取投資人的錢，那就不只是入不入流的問題了。」

威爾瞇起雙眼，「你還是沒辦法放棄追查，玩撞球那天晚上他們之間發生了什麼事。」

「我覺得我已經想通了。如果我想的沒錯，這真是非常聰明的詭計。」查理接著說出自己的設想，「貝爾考特越過大西洋來到紐約，假裝自己在尋覓佳人，於是各個宴會爭相對他發出邀請。他帶著迷人的諾克司先生出席，相準那些投資經驗不足的百萬富翁，用極高的溢價把一文不值的土地賣給這些單純的買家——或者更糟的是，還包括早已被開採一空的金礦。」

「我的天哪。」威爾丟下鉛筆站了起來，「哪怕一個人只是春天站在人行道上打了個噴嚏，你大概也能鬼扯出一個龐大的陰謀故事。你那天怎麼不和貝爾考特比試撞球，用賭局向他刺探資訊呢？雖然如果沒有先把他灌醉，我猜你什麼也問不出來。」

查理勉強露出微笑，「這行不通的。他是我認識的英國人裡對美式撞球最熟悉的……」

查理說到這裡，突然冒出一個奇想，但他立刻對自己說這不可能，也許他真的不管遇到什麼小事都**能**編出一大篇故事……

但威爾看來也冒出了那個奇想。他臉上的深思神情出賣了他，他先是張開嘴，接著又抿起雙唇，像是不敢把腦子中瘋狂的想法訴諸言語。

於是查理挺身代勞，「兔羽勛爵。」

威爾冒出一聲乾笑，「不可能吧。一定**有人**要求他出示過身分證明……」

「誰會那麼做？他在最恰當的時機出現，整個上流社會前仆後繼對他表示歡迎，邀請他出席舞會和午宴，把他介紹給雲英未嫁的小姐們。」

「但他花錢的樣子像是有無盡的財富，住的還都是紐約最好的旅館。」

「但他有結帳嗎？說不定有了勛爵大人的名頭，大家都在讓他賒帳？」

威爾瞪著查理，「他的身分不可能是假的，要是那樣，怎麼可能到現在還沒被發現？」

「**我們**可以去查查看？報社圖書室有貴族家譜和歷史的書，或是我們可以發封電報到倫敦的有關當局問一問。」

「查理……」威爾一臉糾結，不知道該怎麼適當表達自己的反對，「只因為他熟悉美式撞球，又和土地經紀人起了爭執，你就要花大把時間和力氣調查這個人嗎？這看來並不公道。」

「所以……這不是讓人起疑嗎？」

「但僅憑這一點？我不覺得——」

「那你為什麼也得到相同的結論？」

威爾皺起眉頭，「沒錯，這不是前所未聞的事——」

「那你應該也記得，高登勛爵也是闖蕩上流社會許久後，才有人想到得確認一下他的身分。我們確認一下貝爾考特是否貨真價實，又有什麼壞處？」

「你不會找到破綻的。」

「也許不會。」

「但如果你找到了……」威爾皺起眉頭，「你會給他解釋的機會嗎？」

查理把鉛筆交還給威爾，站起身來，「一定會。」

「我不希望他和高登勛爵一樣落入舉槍自盡的下場。」威爾嚴肅地說。「我和他談的時候會確保他身上沒有武器。為了他好也為了我好。」

在走去圖書室的路上，亞歷克推著裝滿書的推車，沿著走廊奔馳，查理忍不住開口，「轉角記得減速，」他建議道，「我可不希望你因為碾過一群行動遲鈍來不及閃避你的編輯而被開除。」

亞歷克笑了出來，但聽話慢了下來。他走過電報室時，查理突然冒出一個靈感，轉身抓住亞歷克的大衣領口，「等等！」他把亞歷克拉到一邊，「現在有人在電報室嗎？」

「洛格尼先生已經來上班了，但他現在去見哈洛威先生。」

「那我時間不多，你幫我守著門口好嗎？在我出來以前，幫我絆住洛格尼先生。」查理開門後扭開電燈開關，「你還得幫我注意有沒有人回覆，一旦收到回覆就拿來給我。別讓其他人看到回覆內容。」

亞歷克迫不及待地把推車裡的書散落在門口附近。洛格尼沒多久就回來了，查理分心留神兩人的撿書動靜，一邊快速寫好電報發了出去。一等大功告成，他馬上從另一個門溜出去，從走廊另一邊繞了回來，撿起地上最後一本書交給亞歷克，「拿去，好孩子。早安，洛格尼先生。」

洛格尼先生不耐地回了一聲問候，接著梳理起自己因勞動而散落的白髮。他走進電報室後，亞歷克咧嘴一笑，「我剛問他待會要不要進去幫他打掃一下。」

「聰明的好孩子，你慢慢來。」

他本來以為自己能悠閒在圖書室進行研究，但才開始沒多久，威爾就突然現身，警告他哈洛威正在詢問他的下落。查理掏出自己在警察總局作的筆記，倉促寫下四段文字，然後在離開時交給了威爾。查理不願聲張自己在追查貝爾考特的身分。所以當聽到哈洛威派他出發前往市長辦公室，寫一篇跟最終年度預算有關的報導，即使一想到整個下午都得聽政客沒完沒了爭論就忍不住頭皮發麻，查理毫無抗議地接受了。

經過三小時的討論過後，查理帶著記下的諸多名言妙句，跳上回到報社的第一輛電車，踏入忙碌喧鬧的城市新聞部門準備寫稿。辦公室內聚集著許多記者，雖然幾乎每個人都在埋頭努力生產文章，嘈雜的交談聲還是此起彼落。查理坐進威爾空著的辦公桌，在這個離窗戶更遠的位置，居然反而一陣安心，他定定神，開始將自己鬼畫符般沒人看得懂的筆記，謄寫成可供觀看的稿件。

好不容易完成稿件，威爾還不回來，不想把稿件交給特倫鮑爾的查理決定尋找威爾的下落，先是找了樓上的咖啡廳，接著尋遍二樓每間辦公室，但都一無所獲。他突然想起該先去圖書室瞧瞧，在那裡果然找到威爾，他面前擺著一本查理先前取出的書，正在伏案翻閱，雖然翻頁的動作顯得並不專心。威爾抬頭看向查理時，若有所思的表情讓查理頓了一下，

「怎麼了？」

威爾從背心口袋拿出一個紙片放到桌上，查理定睛一看，是一封電報，「亞歷克把電報

給了你。」

「我猜你叫他不要拿給其他人？」威爾闔上書，疊到其他書上，「帕爾默先生看到亞歷克拿著電報，試圖把電報搶走。」

「所以亞歷克在帕爾默得逞之前把電報交給你。」

威爾點點頭，「你不想知道上面說什麼嗎？」

查理發出一聲輕笑，「是我太多疑了，對吧？我一整個下午都在想，這麼容易假設別人是壞人，我自己真是個傻子。哎呀，如果我多聽你的話——」

「你不是個傻子。」

「天哪。」他腹中一陣翻攪，覺得自己應該趕快坐下——或至少站穩一些——但兩樣都沒能作到，「真的嗎？那他到底是誰？」

「也許我們該問問他。」

「問他？嗯，當然啦，我們是可以問他——」

「查理，你再繼續踱步下去，地板要被你磨出洞來了。」威爾拉出一張椅子，「我們邀請他過來晚餐，這樣就可以在家裡和他碰面。」

「但我不希望卡洛琳接近這個騙子——」

「卡洛琳明天晚上要和萊頓先生一起去聽歌劇。如果可以，我們和貝爾考特約那個時候，給他機會解釋。」

查理用力坐到椅子上，「你怎麼這麼平靜？你覺得他的行為會有什麼正當理由嗎？他是個騙子——」

威爾輕輕清了下喉嚨，「我們也是。」

「我們只是為了寫新聞而已。」查理輕笑出聲，「現在這是個大新聞了。」

「不管我們的原因夠不夠充分，這都是欺騙行為……」威爾勾起的嘴角露出懺悔，「而且我們的所作所為對於《**太陽報**》來說，也會是個大新聞。」

「我會承擔起責任，」查理說，「是我說服你——」

「一開始也許是。但讓這件事拖了這麼久的是我。」

查理避開威爾的眼神，「你知道，我**很**抱歉——」

「我知道。」威爾站起身來，用一隻手溫柔地拂過他的頭髮，「但我不這樣認為。」

「是嗎？」

「沒錯……但，我還是得告訴你，我希望你再也別幹這樣的事了。」

查理坐在椅子上的身體放鬆下來，朝著威爾咧嘴一笑，「我需要有人幫我編輯。」他遞出差點被遺忘的稿件，威爾接了過來。

「你上次那篇做得很好啊。」他說，「如果你每篇稿子都能那麼言簡意賅的話——」

「那**你**不就沒事做了？」

威爾聞言一笑，俐落地在截稿時間前完成了編輯。倫敦來的那封電報壓在心頭，兩人一起坐在威爾的辦公桌前，寫了一封充滿好話的邀請，約勛爵大人到戴爾莫尼科餐廳一會。回信很快送來了，寫得很倉促，字裡行間全是貝爾考特平常的神采奕奕。

查理對於事態將如何演變難以把握，於是交代阿奇隔天晚上不要離家太遠。為了謹慎起見，他們還得確定其他人不會在家，幸好即將到來的聖誕假期讓大家有許多事忙。查理相信貝爾考特絕對不會單獨赴約，他太習慣帶著諾克司同行了，極有可能諾克司才是這場騙局背後的真正主使。

昨天看似無窮無盡的二十四小時飛快地過去，約好的晚餐時間即將到來。查理在寒冷的房間裡換裝，要是平常，他一定會不停抱怨天寒地凍，但今天他滿心焦躁，不停踱步到窗前，透過窗戶查看貝爾考特是否有已隨著夜幕降臨抵達的跡象。他還沒穿戴完畢，就聽到阿奇下樓的腳步，沒多久威爾也下去了，他再次試著用不穩的手指固定好領片和領結的位置，決定無視它們的歪斜直接下樓。阿奇和威爾都在會客室，阿奇坐在窗邊的扶手椅上，威爾正在來回踱步，查理忍住想叫威爾坐下不要折磨地毯的衝動，自己站到壁爐架上的鏡子前，再次和領結徒勞無功地搏鬥起來。此時窗邊的阿奇宣布有輛馬車停在門外。

「我來應門。」威爾說道，沒等門鈴響起，就消失在走廊上。不安的查理對阿奇比了個手勢讓他在房裡等著，接著走到門口加入威爾。窗外夜色已開始變得濃重，他看不出來馬車裡還有誰，但靠近門口的那位紳士顯然不是貝爾考特。穿戴著長大衣高禮帽的這位先生高出貝爾考特許多，粗獷的五官隱在又密又黑的鬍鬚之中，他站定在門外，朝兩人露出最親切的微笑，點頭作為問候。

「請見諒，內史密斯先生，勛爵大人詢問您是否可以走到馬車旁，想和您說幾句話。」

「他不想進來嗎？」威爾問。

那人露出猶豫的神色，「這個我不清楚，先生……」

查理轉向威爾，「把你的外套借我，我去。」

「請見諒，先生，勛爵大人要見的是內史密斯先生。」

「我這就去，」威爾邊說邊用手拍拍查理肩頭，讓他放心，「如果他希望在餐廳碰面，我們可以要間包廂。」

查理突然意識到對方不是貝爾考特的手下，而是他的同夥，一思及此，查理追出大門，趕上走到馬車邊的威爾。毫不意外地，馬車內坐著諾克司，他像位國王一樣舒適地坐著——而貝爾考特，面色蒼白且一臉畏縮的——縮在馬車角落，雙手用力握緊手上帽子的邊緣。

諾克司看來一派安閒，事實上，當他傾身對威爾說話，臉上帶著微笑，「內史密斯先生，原諒我們得把你從溫暖的火爐邊找來，但我保證，跟我們走一趟不用太久。當然，如果你一個人來是最好，但既然……」他眼神轉向查理，出現一抹更凌厲的神色，「我也只好處理一下。蘭德雷司先生，麻煩你了。」

查理聞言一陣緊張，舉起手準備攻擊從身後接近自己的打手，但蘭德雷司沒有要出手攻擊的意思。諾克司輕笑出聲，「先生，你不用緊張，完全不必擔心。只要內史密斯先生和我們合作，你就會很安全。」

「查理，別動。」威爾輕聲說。

不用威爾發出指示，查理也開始明白當下的處境，因為蘭德雷司正用槍對著自己。有槍的不只蘭德雷司，路燈的光線也照出諾克司戴著手套的手上，握著一把左輪手槍，「現在，內史密斯先生，只要你上車，我們就當作這件事友好和平地解決了。」

查理一聽，胸腔裡的空氣像被瞬間抽光，但威爾顯得很鎮定，聲音裡甚至透出了怒氣，「試圖綁架蘿絲．梅修的是你。」

「這種事我本來是不願意如此的，」諾克司聲音裡的懊悔聽起來非常虛情假意，「如果她乖乖接受勛爵大人的求婚——或者科爾貝克先生沒有插手攪和我的生意，肯定就沒有必要做此下策了。不幸的是，梅修小姐身邊顯然有許多人保護，要抓到她很是困難……但我**也能**接受替代品。」諾克司臉上嘲諷的笑容褪去，眼中閃出陰沉的決心，「蘭德雷司先生快要等不及了，先生，請趕快上車吧。」

「你這個混帳，」查理激動地說，伸手揪住正要上車的威爾，「威爾，你別去——」

威爾轉向他，琥珀色眼眸中寫滿不耐，就像查理第一天遇見他時一樣，這樣的眼神讓查理像是挨了一拳，但他不能鬆手，「威爾……」

「你留在這裡，科爾貝克先生。」這句粗暴的命令似乎耗光了威爾的氧氣，他掙開查理的手，爬進馬車，貝爾考特便移到更角落的臨時座位，把諾克司身旁的位置讓給威爾。一等威爾坐定，諾克司用手杖頭敲敲車廂屋頂，馬車伕便一打轠繩趕起馬來。諾克司沒有多看查理一眼，威爾則是朝查理送去了讓他安心的眼神，眼神中寫滿誠懇熱切，但查理沒能因此安下心。他滿心想著，要是馬車離開百老匯街，找到威爾的線索就會消失了。

查理不敢拔腿追上馬車，畢竟蘭德雷司可能會朝他開槍——就算他在天色昏暗中瞄不準，但說不定會擊中無辜路人。被挫折幾近逼瘋的查理試著甩開緊握在外套袖口上的大手，「諾克司要你等到他遠離這裡以後，再把我殺了是嗎？」

蘭德雷司大笑出聲，開始從路邊把查理拖回屋內，「屋裡有人嗎？」

「這裡是寄宿公寓。」查理說，「隨時都有人進進出出。」

「我們進去。」蘭德雷司用槍管推了推查理的肋骨，靠在查理身後走到門邊。阿奇從房間窗戶可能看不清發生了什麼事，但他足夠機警，一定知道要躲在哪裡伺機而動，所以現在只要稍微引開這人的注意力……

「你該不會要在我家把我殺了吧？」

「我想怎樣就怎樣。」蘭德雷司繼續用槍推著他前進，查理一轉身面向他，他便舉起了槍管，「我看不出死在哪裡對你有什麼差別。」

查理試著保持呼吸，但不停湧上喉頭的恐懼堵住了氣管，「這對杜蘭警官來說應該會有差別，他也住在這裡。」

蘭德雷司笑了，「你騙不倒我的。」

突然門廊後飛出一個小巧又亮銀色的東西，擊中了蘭德雷司的太陽穴，他縮起身子，嘴中冒出髒話。查理趁此機會跳起來，抓住了蘭德雷司的手腕，想把槍搶過來，但蘭德雷司強力反抗，抓住了查理領口，努力把手中的槍對準查理，放了一槍。查理耳中傳來玻璃破裂的巨響，接著緊握在身上的手放鬆了，因為阿奇手臂已扣上蘭德雷司的脖子，把他往後拖去，接著用力制服在地面。查理往會客室看了一眼，胃揪了起來——卡洛琳的茶具碎了一地，「希爾蒂會帶著樺樹枝來找我們麻煩了。」

阿奇正把手銬套到蘭德雷司的手腕上，「查理，你沒把血灑在地板上她就很高興了。」

「她說不定更寧願是這樣。」查理彎下身抓住蘭德雷司的頭髮，硬把他的頭抬起來，「他們帶內史密斯先生去了哪裡？」

「去死吧你。」蘭德雷司吐了口口水。

查理低聲咒罵了一句，站起身來，沒時間慢慢盤問這個人了，他衝出門口，阿奇在身後對他大喊，「查理，你沒帶武器不能去追他們。等等！查理！」

他不是毫無武器，他雖然怕得要命又全身發抖，但他很肯定，要是以賽亞·諾克司落在自己手上，他一定會揍得他體無完膚。他現在只擔心一件事，諾克司的馬車說不定已駛出太遠，早就追不上了。

還好百老匯街一如既往繁忙，街燈和餐廳的燈光閃耀著，路上的馬車緩慢前進，要找到他們不是毫無希望。但馬車數量多到不斷延伸至遠處，查理記得諾克司的車伕圍著一條白色圍巾，但他怕自己記錯，搜尋的雙眼不敢放過任何顏色。他檢查著一路上每輛華貴的四輪馬車，這雖然縮小了點搜索範圍，但四輪馬車的數量還是多過他檢查的速度。他用力搜尋的雙眼因寒冷而疼痛，吸進的每口空氣似乎都感受到肺炎的威脅，也許他已經領先他們了——又或者更糟，諾克司刻意轉到另外一條路上，以防有人追上來。

他經過聯合廣場後對自己的懷疑越來越深，開始找起附近有沒有警察。此時一輛四輪馬車經過十四街的街燈，開始彎進叉路，查理知道離開百老匯街可能就會錯過他們，但他心裡有個聲音，要他不能跟丟這輛馬車，他拔腿快跑起來，決心要在馬車再次轉彎前追上。

在那個瞬間，他看到了那條圍巾，白得像雪一樣，在車伕肩頭迎風飛揚。他內心湧出希望的火花，腳下多了幾分力氣。等到他十分接近馬車，查理用力一跳，落在上馬車的階梯上，雙手抓住車上的燈柱。諾克司從昏暗的車廂裡探出頭來，陰鬱的面容幾乎填滿了整扇車窗，接著用肩膀用力撞了一下車門。查理抓緊燈柱捱過撞擊，但諾克司沒有放鬆，持續在門上施加壓力，要擺脫查理。威爾跨步向前，撞向諾克司的肩膀把他推離車門——但這只是暫時奏效，諾克司馬上轉身用力把威爾推回座位。

從威爾在位置上掙扎著坐不起來的姿態，查理發現他的手腕應該是被綁起來了。少了威爾幫忙，諾克司隨時可能甩開查理。查理考慮自己是不是該放棄車廂，轉到馬車前面去襲擊車伕，但肩膀上傳來的疼痛鞭笞讓他打消了這個念頭。他低頭閃過第二次攻擊，但在諾克司有如憤怒鬥牛般的奮力撞擊下，差點失去站立的位置。

他感覺自己快要抓不住燈柱，只好用一隻腳勾住階梯，把全身的重量壓在車門上，以免諾克司把車門和他一起甩出去。但諾克司的體重佔盡上風，他成功將車門推開一縫，把槍口從縫隙裡擠了出來。

貝爾考特對諾克司發出一聲警告，但他這聲出得太遲，威爾成功把身體壓上諾克司，在這一片混亂中，槍管發出巨響，驚嚇的馬匹狂奔起來。車伕試圖安撫馬匹，但發狂的馬蹄不受控制，馬車歪歪斜斜往公園大門衝去，高速運轉的車輪在途中撞上人行道邊，馬車便失去平衡，車伕甩了出去。抓住車門的查理則發現自己水平趴在門板上。他知道馬車絕對要翻了，必須用力抓住門……

但他真的抓不住了。

他的身體用力撞擊地面，疼痛由肩部向身體四周擴散，他用力喘了好幾口氣，才意識到自己**還在**呼吸——他還沒死！這簡直是個奇蹟，考量到在下墜中，伴隨著那麼多震耳欲聾的木頭和玻璃粉碎的聲音。他不顧抽痛的肩膀，努力坐了起來，檢查四周後幾乎不敢相信自己飛了多遠。馬車躺在第二大道的另外一端，車輪尚在轉動，馬匹奮力試著站起，但毫無辦法。流著血的貝爾考特此時打開車廂門，從裡面爬了出來，他看也沒看查理，跌跌撞撞地往十四街的方向走去。

「噢，不行，你別想。」肩膀傳來劇痛，但查理的身體似乎還能運作，於是他跑了起來，試圖追上貝爾考特，還好從公園閃出的警察快了他一步，他們在轉角逮捕了貝爾考特，押著他走回馬車，查理迎向他們，「你們現在抓的是試圖綁架蘿絲．梅修未遂的歹徒，她不是唯一一個——」

「你還沒聽取我的證詞。」貝爾考特抗議，「聽著，你和內史密斯是體面的好人，我們很合得來，對吧？你得幫我說幾句好話——」

「好話……」查理瞪著貝爾考特，「你試圖綁架蘿絲！你還綁架了威爾——」

「你不明白。」貝爾考特絕望地環顧四周，發現更多警察正在包圍馬車，「這整件事……不過是一場扮演遊戲，以賽亞跟我保證過的，我們不過是要獲取一些有錢人的信任，讓他們參與投資而已。我欠了一些錢，你懂吧……」勛爵大人真誠的微笑現在看來只剩下一些怯弱虛軟的影子，「幫我跟內史密斯說，可以嗎？以賽亞的威脅只是要讓他合作，我們不過說說而已，不可能真的傷害他的。我保證！」

查理皺著眉。貝爾考特正在浪費他的時間，而威爾需要幫忙。匆匆離開正戴上手銬的貝爾考特，奔到馬車旁，恰好遇上諾克司推開車廂頂站了起來，看來一點傷也沒有。查理還沒反應過來，諾克司就用力推開查理，步履蹣跚地走向公園，查理沒等警察出動，立刻飛撲到諾克司背上，力道之大讓兩人一起滾到路上。

無視肩上再次傳來的劇痛，查理立刻爬了起來，怒火中燒的諾克司，站起來後立刻朝查理揮了一拳。查理後退躲過攻擊，諾克司則向前一步，顯然要不顧一切實現自己的威脅——直到充斥著夜色的警笛讓他恢復一絲理智，停下手上的動作。

他意識到被查理這麼一耽擱，逃跑的大好機會正在迅速溜走，轉頭奔向公園大門，但警官們立刻把他制服了。人群開始聚集在馬車旁，有些人在安撫受傷的馬，有些人則試著爬上車廂往裡頭看。查理撥開人群擠了進去，好不容易來到敞開的車廂門，看到裡面一片昏暗，躺著的威爾動也不動……應該被剛剛的車禍嚇得動彈不得。只是這樣而已吧。查理試著慢慢下探，但一不小心跌了下去，落在木屑和碎玻璃的殘骸上。他焦急著四處摸索，直到傷痕累累的手掌摸到威爾大衣柔軟的毛料。威爾還在呼吸。他一定還在呼吸的。如果他撞到頭的話……有血嗎？查理只能看到模糊的影子。

「威爾……」他胸口擴散的痛楚幾乎要撕碎他努力裝出的平靜，四周傳來的聲音讓他不得不抬起頭，看到一圈好奇又關切的臉龐聚在車廂口。對，應該趕快呼救才對，「這裡需要醫生，還有救護車，拜託……」他不確定自己發出的聲音是否夠大，有沒有被聽見，他太害怕了，得多吸幾口氣才行。他彎下身，把威爾的臉龐捧在手中，「老天爺啊，拜託別死，不可以死。我們才剛開始而已。」他彎下頭，把臉埋在威爾的頸項中，「我愛你，你不可以死，可惡。」

一陣溫暖的吐息拂過他的頭髮，「我還沒讓你成為個好編輯呢。」

查理在劇烈的抽氣中突然發現自己還在呼吸，他抬起身子，威爾的眉毛疼痛地揪在一起，臉上每一條紋路都在訴說身體的不適，但他的眼神一瞬也不捨得離開查理，就像查理有多害怕失去他，他就有多害怕失去查理一樣。查理瞪著威爾，害怕、無助、不可置信，簡直想要……想要**罵髒話**，「你這個天殺的、可惡的、無藥可救的──去你的，小史，你嚇掉我十年壽命。」

威爾浮上嘴角的微笑很快變成苦相，像是輕輕牽動嘴角也會造成劇痛，「我很有信心我能把它們補回去。」

查理再次彎下身，用嘴覆住威爾的嘴，短暫但溫柔，等他結束這個吻時，威爾臉上帶著溫柔但責備的神情，「我們有觀眾。」他低聲說。

查理疲倦地吐出一口長氣，把盤旋在體內的恐懼全部呼出，「我才不在乎，重點是你還在這裡。」

「如果你要佔我便宜的話……」威爾疲倦的聲音裡出現一絲幽默感，「先把我解開。」

他居然忘了，「天殺的，我很抱歉。」

查理花了好些力氣才把繩子解開，看著威爾手腕紅腫的皮膚，這重新喚起了查理去追打諾克斯的欲望──雖然他知道自己可能打不過**他**。威爾則像是根本沒注意到手上的傷，扶著查理站了起來，他站好以後，把頭靠在查理肩頭，沉默了好一段時間，靜得讓人擔心。

查理輕輕把手放在他頸背的交界處，「體面的紳士是不會在史岱文森廣場上昏倒的，你知道吧？」

「我可能會成為第一位。」

他們小心翼翼爬出車廂，在許多人的熱心幫忙下，兩人很快就站到人行道上，啜飲了路人遞過來的琴酒，裹著陌生人給的毯子，順利搭上計程車。就算有人看到那個吻，他們應該也解讀成別的意思了，又或者車內的陰影擋住了大家的視線，總之，他們從廣場啟程回家時，沒有人露出質疑，反而收到許多人的關心善意。兩人終於到家以後，看到蹲在地上收拾瓷器碎片的希爾達。

查理還沒來得及開口道歉，但希爾達跳了起來，露出滿臉淚痕，用力把查理摟進懷裡，「感謝上帝。」她抱著查理久久沒有放開，「感謝上帝……天哪，真是感謝上帝，我差點嚇死了。」她也用盡力氣抱著威爾，雖然他看起來虛弱得快昏倒了，但完全沒有抵抗，一直等希爾達平靜下來。希爾達則是一放開雙手，就馬上注意到這一點，「把他送到床上。」她對查理下達命令，「我馬上上去。」

威爾疲倦地嘆口氣，「真的不用大驚小怪——」

「讓她大驚小怪吧，」查理輕聲說，拖著威爾走上樓梯，「你可以靠在我身上，小史。你要是不扶我，我就抱你上去。」

在這個威脅下，威爾別無選擇只能靠著他，但他坐下時臉上露出了如釋重負的表情，讓查理忍不住擔心。等希爾達端著茶上來後，查理不顧威爾的抗議，麻煩她立刻去請醫生來，自己則幫威爾脫掉外衣躺上床，然後開始詳細描述著諾克司要威爾上車以後，自己身上發生的一切經過，就怕威爾在醫生到來前不小心睡著。

換威爾開始描述自己在車上的經歷好一陣子以後，希爾達才急匆匆帶著卡洛琳的醫生，年邁的威斯布魯克先生回來。醫生囑咐威爾睡著時必須有人照顧，查理便待在床腳寫起報導。等差不多完成，查理拜託希爾達幫忙看著威爾，自己前往警局蒐集威爾沒能說完的資訊。在前往報社的電車上，他寫好了社論對頁版要用的事件簡短摘要，沒和任何人打招呼，逕自回到座位上坐了一個小時，用威爾平常的風格編輯了自己的文章。

接著他把文章交給夜班編輯，跳上回家的電車，走進威爾房間，希爾達正在火爐旁打著毛線。

「交給我吧。」他對著站起身來的希爾達開心地說。

希爾達的微笑可以和威爾的責備媲美，「你自己也得好好睡一覺。」

「他有好好休息吧？」

「有的。」她把毛線塞進什麼都塞得進的圍裙裡，「等董尼德小姐回來，我會告訴她發生了什麼事，所以你可以不用再重述一遍。你還沒吃晚餐，對吧？」

他不想給希爾達添麻煩，「我不餓——」

她哼了一聲，「恕我冒犯，查理先生，但我認識你已經兩年了，你只要覺得溫暖舒服，肚子就會開始餓了。我拿點東西上來給你們兩個。」

「希爾蒂……」她聽見自己的名字，在門前轉頭看了他一眼，查理努力吞下喉嚨裡突然冒出的苦澀，「我真的很抱歉，妳的瓷器被打破了。」

讓他驚訝的是，她居然笑了出來，「別緊張兮兮的，那是董尼德小姐的瓷器，我們可以再買。」

「會比現在有的更多。」

她笑著走出房門後，查理立刻發現，現在身子溫暖起來，除了睡覺又沒有正事要做，自己確實**就**肚子餓了。他注意著希爾達的腳步聲，一聽到動靜就走下樓梯，示意要自己把食物端上來，她也沒有反對，直接把托盤交給查理。查理回到房間，把威爾叫醒一起吃飯，逼著他喝了茶和湯才能回去睡覺。卡洛琳回家時，查理其實還醒著，但希爾達顯然替他解釋了一切，沒有人上來打擾他們。

他今晚不太敢鎖上門，於是脫掉外衣，穿著褲子和襯衫爬上床躺在威爾身旁，「真期待讓你看到我們寫的專欄文章，」他低聲說，「真是個精彩的大新聞，而且是我們追到的新聞。這是最棒的東西。」

威爾喃喃說了幾句，翻了個身貼近查理，接著再度睡著了。查理咧嘴一笑，「嗯，也許**這**才是更棒的東西。」

隔天一早，威爾不肯繼續臥床，而且他確實看來好多了，查理便讓他起身著衣，自己趕著想看到今天的報紙。在出門的路上，他發現有人——應該是希爾達的好意——留了一份在大廳桌上。他們的故事刊在頭版，詳細揭露土地經紀人以賽亞．諾克司和不入流雜耍演員道格拉斯．蕭合作幹下的驚天計謀——儘管「不入流」這個詞不太厚道。畢竟，他演起貴族挺有模有樣。

查理帶著報紙回到樓上時，威爾還在扣背心的釦子，「你帶報紙回來了嗎？」

「沒錯。」

「有什麼有意思的報導嗎？」

「有一篇。」

威爾從他的聲音裡聽出端倪，轉頭透出好奇又了然的笑意，「就一篇嗎？」他伸出手，查理猶豫了一下。

「你不介意我自己寫了報導吧？這還是我們一起寫的報導——」

「比**《太陽報》**好吧？」

「當然。」

「那我不介意。」

查理把報紙遞給威爾，他立刻坐下閱讀起來。想看清威爾表情的查理則選擇在床舖上坐下，但不久又分神盯起天花板。威爾安靜閱讀著——顯然在吊他胃口——等他好不容易看完，站起身坐到查理身邊，「你自己編輯的。」

「不只我而已。」

「不是嗎？」

查理咧嘴一笑，「你精神上參與了編輯。」

威爾脣邊的笑意加深，眼神中流露出驕傲，「**你**自己編的。」

「夜班編輯也有更動，但不多。」

「這篇文章很優秀。」

「對吧？」

威爾聞言大笑，「看來你不需要我的評價。」

查理拉下威爾的身子，不由分說緊緊擁抱著他，「我不能沒有它。」

「嗯，那……這是你寫過最好的報導。我在《先驅報》看過最好的報導之一，我覺得哈洛威先生也會這麼說。」

這下換查理大笑，「他已經兩年沒這麼說了，我不覺得他現在會開始培養這個習慣。我覺得更有可能的是，我會因為在派案時才進辦公室，而被他訓一頓。」

這個預言看來註定成真，因為當他走進城市新聞部時，哈洛威正對著所有聚在一起的記者宣布些看來十分重大的事項，但查理現身引來了一片寂靜，他忍不住緊張起來，拉住威爾的大衣衣角，不讓他走回座位，「我知道我們來的有點遲——」

「沒錯。」哈洛威先生原本靠著桌子，現在突然立起身，「是的，科爾貝克先生，你遲到了。我猜我得再說一遍……從頭開始。」

眾人發出嘆息，但嘆氣聲不像懊惱，而帶著玩笑成分。哈洛威先生嘴唇抖了一下，「好的。就是這個……」他攤開手中那份報紙，露出查理寫的頭條。查理緊張萬分地等哈洛威評論，他確定自己檢查過每個細節，確認過的每個真相，不知道哪裡還有可能……

哈洛威清了下喉嚨，「各位紳士，這就是《**紐約先驅報**》。這——」他用食指戳了戳頭條，「就是值得上《先驅報》頭版的新聞。」「而**這位**……」他用報紙指著查理，接著把報紙丟向他，「是天殺的優秀記者。」他拍拍查理的肩膀，「幹得好，科爾貝克先生。還有你，內史密斯先生，要寫出好看的新聞，需要記者和編輯一起合作。我想你們兩個現在明白了吧？」

「是的，長官。」威爾說。

查理笑得像是臉要裂開了，「是的，長官。」

「太好了。」他點了點查理抱在胸前的報紙，「繼續努力，你現在開始以版面計稿費。」

「我……」他以為自己聽錯了，「我……」

「從星期一開始，好了，大家回去工作。」

哈洛威先生離開辦公室後，所有人圍繞在查理身邊，輕拍他的背表示祝賀——甚至連默頓也彆扭地這麼做了。查理和每個人握了手，試著掩藏因過度驚喜而引發的呆滯狀態，但從威爾掩不住的笑意看來，他應該還是表現得像個傻子。等人群散去，威爾拿過查理手中的報紙，用藍色鉛筆戳了個洞，爬到桌上把報紙掛在燈具垂下的開關鍊上。

查理大笑出聲，「我們又回到原點了，對吧？以版面計稿費……你能相信嗎？」

「你想怎麼慶祝？」威爾爬下桌面，跟查理一起靠坐在桌邊，「戴爾莫尼科餐廳？」

查理哼了一聲，「我們得在你品味變得嬌貴前，趕緊把你送回加州才行。」他靠向威爾，

「你覺得街角那個小餐館怎樣？我們可以走過去……」他清了一下喉嚨。「順便看看路上有沒有出租的公寓。」

威爾沒有說話，但笑容裡的喜悅已充分回答。

✦第十九章

威爾站在門口，查理則在小小的客廳裡東看西看，「這裡很小。」

「簡直像個麵包箱。」查理贊同。

「不可能在這裡變出花園。」

「春天還要處理蒲公英。」

「家具比我們還舊。」

查理用袖子抹了抹沙發的雕花扶手，「顯然也比較多灰塵。」

暖氣突然發出一聲怪響——威爾哎了一聲，引得查理大笑起來，「離報社只有四個街區。」

「這是值得讚賞的優點。」

「房租也不太貴。」

「又一個優點。」威爾走到火爐前的扶手椅坐了下來，椅子很舒服，腳凳不會太低，椅子旁的立燈高度也剛好，他可以想像自己在這裡讀書到夜深人靜的樣子。流淌進室內的午後陽光不只為古舊木頭地板罩上一層溫暖光暈，也輕輕落在牆上褪得發白的藍色壁紙，還有火爐旁的灰色磁磚上。「我們也去看看其他房間吧。」

兩間臥室都很小，但有一個書桌，而床——經過查理的檢驗——相當舒服。由於這間公寓遠離百老匯街，顯得格外安靜。威爾想估計夏天會有多吵雜，往上推開窗戶——窗外便傳來遙遠車流的低響，和一陣凜冽的寒風。查理趕緊避開，對威爾作了個鬼臉，「那臺可憐的老舊暖氣可是拚了命才讓房間暖和起來的——」

「我們還沒搬進來呢。」

「還沒？」查理拉出書桌前的椅子坐了下來，「所以你喜歡囉？」

「這裡有種遺世獨立的魅力。」

一輛四輪馬車快速駛過窗外街道，馬車聲讓威爾忍不住往後退了一步——接著忍不住為自己的直覺反應感到好笑。諾克司和蕭兩人都被送進牢裡了，沒有人能威脅他的安全，除了自己的想像。也許是前一天晚上作了惡夢，才這麼神經敏感，但夢只是夢而已，他不可能被鎖在往加州的行李車廂裡的……

「威爾？」查理輕輕踢了一下他的小腿，「你頭還痛嗎？」

「沒什麼大不了的。」他試著把自己拉回此刻當下，「抱歉……」

「沒關係，如果你覺得不太確定，嗯，我們不用這麼快決定。我可以等。」

「不確定？」威爾不解地看著查理，「不確定要不要——」

「同居。」查理站起身，眼神左看右看就是不看向威爾，一副靦腆的樣子，「我以為——嗯，當然我希望你完全肯定——」

「查理。」他這才發現自己似乎過於沉浸在思緒中，「噢，我的天哪。」

查理聽出威爾的語氣中有幾分自嘲，歪著頭，臉上的微笑線條趕走了前一刻的憂慮，「所以是別的事？」

威爾抓住查理的領子把他拉向自己，吻了他一下，「和你一起住在這個又小又充滿灰塵的麵包箱裡……我很願意，非常非常願意。」他把隱隱作痛的頭顱靠在查理的肩頭，享受查理在他頸背上來回移動的手帶來的安撫效果，疲倦闔上雙眼，「我一直想著昨天晚上的夢，我很希望自己能**停止**去回想……但好像沒辦法。」

「我還是不敢相信我們怎麼會傻到自己走到馬車旁，他們把你帶走的時候……」查理抽開身子，轉過失去血色的臉龐看著威爾，平時愉快的雙眼轉為憂鬱的深藍，「我沿著百老匯街追，查看了每一輛馬車，要不是運氣正好，我現在可能還在找你，搞不好早就瘋了。」他臉上的憂慮加深了一些，「我不敢想像**你**經歷了什麼。」

查理不忍逼威爾分享當日的經歷，但希望鼓勵他說一說。「我真以為我能全身而退。但諾克司外套裡有一瓶氯仿——他警告我，要是逃走，他會毫不猶豫地把我迷昏。他們打算租一輛私家車把我帶到芝加哥去，再聯絡內史密斯家族要求贖金。我以為他們必定會使出氯仿……」

恐懼上升到他的喉嚨，鮮活得像是回到受困於馬車那天，自那之後，這份恐懼日夜折磨著他。查理立刻把手臂環過他的肩頭，將他轉向自己。他坐好之後，發現呼吸好像變得沒那麼費力了，「這還不是最糟的。」

「你不用急著告訴我。」

威爾把身體的重量攤在查理身上，「我以為你沒辦法來找我，查理。」他說完這句話，爬進馬車的那一刻再度浮現，當時重擊自己的恐懼以相同的強度再次湧上，他瞬間失去了把話說完的力氣。

「你以為那個混帳把我殺了。」

聽見查理用震驚的低語幫他把話說完，並不能稍減那份痛楚，「蕭先生試著對我解釋——或者說為自己的行為辯解——儘管諾克司不停叫他閉嘴。從他洩漏的資訊裡，我猜到他們的計畫是要從投資人身上盡量榨出錢，然後捲款潛逃。當他們發現無法說服任何投資人，蕭便向蘿絲求婚，認為這樁婚姻有利可圖。諾克司很明白地告訴我，他認為你就是讓計畫失敗的罪魁禍首，他應該是想讓我覺得，馬車一開走他們就立刻把你殺掉了。我無法……」

他的頭抽痛起來，忍不住再次闔上雙眼，「當我知道他們打定主意要把我迷昏，塞到後車廂裡……」他吞了口口水，「我決定試著從馬車上跳下來，在我們轉到十四街上時，我看見你——」他有生之年絕對不會忘記那一刻，「我看到你，不知道從哪跑出來，抓著馬車，命懸一線。那真是瘋了——而且，天哪……」他再次陷入失語，眼淚湧上眼眶，他把臉深深埋進查理的外套領口。查理抬起雙臂環繞著他，威爾便讓內心所有的恐懼都化為言語奔流而出，自己都聽不清到底說了什麼，但查理用溫暖的話語接住了他，一開始語調裡有擔心，但漸漸轉為安撫甚至哄慰，那些記憶便隨之離威爾越來越遠。最後，他跟著查理的聲音，回到了這個明亮又沁著寒意的房間，感受到臉頰上溫馨的碰觸，「好晚了。」他沉浸了一會才發出聲音，極不情願打破這一刻。

查理在他的太陽穴上印上一吻，「你今天也累了，我待會寫篇專欄，晚上交到報社。」

「查理……」威爾疲倦地吐出一口氣，他本想抗議，但決定放棄。他站起來以後，查理的一隻手仍摟著他，「諾克司和蕭是第一個知道真相的人，我把真實身分告訴他們了，當然他們以為我在撒謊。但如果照著他們的計畫走，他們總會發現我不是……」他不敢想像等他們發現時，會拿自己怎麼辦。

「我也許可以說服哈洛威籌錢。」查理說，「或者我答應付利息的話，也能從內史密斯家借到錢，再不然，梅修家一定也會願意幫忙的。」

「即使他們知道我們一直在欺騙他們？」

查理沉默了一下，抬頭看進威爾的雙眼，「我們對於自己的身價是撒了謊，我們宣稱自己是某些人——兩個人——但其實不是，但我們的互動是真誠的，我們還是他們認識的人，只是……」查理清了下喉嚨，「資源沒那麼豐富。」

威爾忍不住笑了出來，「沒錯，應該說是非常不豐富。只是，我雖然已經學會欣賞科爾貝克式的視角，但不確定其他人能夠跟上我的腳步。」

他們說著步出公寓，查理瞥了身旁的威爾一眼，「你這是稱讚嗎？」

從三十一街走回百老匯街的路程十分寒冷，還好電車上暖和了一些，等到威爾坐進房間火爐旁的椅子，看著查理生火的勤勞背影，忍不住感到心滿意足。查理把火生好後轉頭看見幾乎睡著的威爾，努力把他撈了起來，脫去所有衣物只餘上衣法蘭絨長褲——毫無疑問是要報復自己曾為疲倦又冷得發抖的查理提供這些服務——接著讓他躺上床。等威爾安頓好，查理才拎著鉛筆和紙安頓在威爾身邊，坐著開始寫稿，沒想到威爾聽到鉛筆刮過紙面，突然又睡不著。他靠了過來，把頭枕在查理大腿上，查理的手指便開始溫柔地梳著威爾的頭髮。

「威爾？」查理的聲音很輕，像是怕威爾已經睡著，不想驚醒他。

威爾抬頭，發現查理嚴肅地盯著自己，「嗯？」

「星期一的舞會是我勉強你答應的，但我們不一定要出席。如果你想在整件事落幕前告訴蘿絲真相，找她來喝茶可能更明智。」

「我確實打算告訴她，不是在舞會的時候，應該是聖誕節後吧。」威爾拉下查理的頭，吻了他一下，「我身體好多了，如果你擔心的是這個的話。」

查理仍是一臉憂心，「你身體狀況能成為眾人的焦點嗎？一定有很多人在猜貝爾考特和諾克司發生了什麼事，大家都會來找你打探，想知道你有什麼說法。我們這次出席可能不會像之前輕鬆。」

威爾露出懊悔的表情，「我猜好奇心阻礙了我的判斷力。」

這句話逗笑了查理，「我的好奇心也總是如此。如果我們兩個一起發作，沒辦法即時阻止對方惹上麻煩的話，那該怎麼辦？」

「這是個莊重盛大的舞會，我們不可能惹出多大的麻煩。」威爾坐了起來，手臂環過查理的肩膀，「你確定你想逃過的是舞會，不是那之前的《崔斯坦與伊索德》嗎？」

查理的表情一下變得非常凝重，「我不敢相信上一場歌劇結束以後，這麼快又得看下一場——」

「你不一定要去。」威爾輕笑著說。

「我得去照顧你啊，聽那麼多高音對你的頭痛沒好處。」

「這麼說來，我的身體復原到可以出席，都是你的功勞。」威爾說完，再次吻了查理。深受鼓勵的查理決定放棄爭論，把手中的鉛筆和紙放到一旁，開始專心一意地照顧威爾。他們沒再討論舞會，但週一的舞會即將到來時，威爾在從報社回家的路上，忍不住再次反思。現在對他來說，看待上流社會的那些人變得更容易了些——就像查理說的：普通人，資源比較豐富的普通人——但他對於跨過那道門檻加入他們的世界，還是無法感到自在。

除了阿斯特夫人每年舉辦的盛宴，族長會舞會是紐約最難擠進的盛會，出席的人士想必會用更嚴格的標準檢視威爾。他一邊想這是他作為富家公子內史密斯先生的最後一次亮相，得表現得無懈可擊，一邊又提醒自己不再是騙子貝爾考特勛爵的情敵，也不是蘿絲的追求者，無須感到過多壓力。心煩意亂地著裝完畢後，威爾發現查理早已下樓在客廳和卡洛琳聊天，輕鬆自在的神態就像今晚的舞會沒什麼特別一樣。

查理顯然感覺到威爾的緊張，他遞過來一杯波特酒，讓威爾坐下一起等萊頓的到來。威爾很想來回踱步——如果查理不在房裡，他早就這樣做了。他跳過費事拎起禮服尾巴的步驟坐了下來，開始啜飲杯中的波特酒，寄望酒精能讓他平靜。查理則繼續和卡洛琳閒談，偶爾在茶几下輕踢威爾，提醒他不要魂遊物外。但一直等到卡洛琳突然改變了話題，威爾才真正回到當下。

「我有件事要告訴你們。」卡洛琳今晚穿著藍色絲質禮服和白手套，希爾達用靈巧雙手幫她盤出髮髻，讓卡洛琳看來端莊美麗甚至有股聖潔——但現在她臉上露出頑皮笑容和發亮的眼神，像是個戀愛中的少女，「我接下來可能不會繼續擔任房東，因為華特向我求婚了。」

「但你們才剛認識啊。」查理驚呼出聲。

「我們才剛重新找到彼此。」卡洛琳說，「他和我二十年前認識的那個人是一樣的，他孤單太久了，我覺得……」她的語氣中流露出渴望，威爾突然意識到，孤單的可能不只華特而已。

「您答應了？」

「是嗎？」查理的追問裡有著緊張。

卡洛琳忍不住笑了出來，「我告訴他我會考慮，而且我正在考慮。這裡還是會繼續出租，希爾達會負責一切，如果有需要的話，可能會僱人來幫忙。」她雙眼閃閃發光，「你們答應等新房子安頓好了以後，一定會回來看我們或一起吃晚餐，但如果我不在這裡……你們還是會來看看我的，對吧？」

查理沒說話，忙著用袖子抹臉，威爾只好替他回答，「當然，這裡是因為有您和希爾達，對我們來說才像家一樣。」

查理清了下喉嚨，這才正眼看著卡洛琳，「你確定——非常確定——是這位萊頓先生嗎？」

卡洛琳親熱地看著他，「親愛的查理……」這時門鈴響了，卡洛琳立刻起身，帶著歉意向他們微笑，搶在希爾達前去應門。

威爾朝著查理傾身，肩膀靠上他的肩膀，「她看起來真的滿確定。」

「這才不過三個星期呢。」

「我們花的時間也沒有比三個星期多太多。」

查理這才放棄爭論，只是在前往歌劇院的路上到表演之間，都用嚴格的眼神審視著看來和藹可親的華特，威爾忍不住一陣好笑。萊頓先生對自己接受審視渾然不覺，但他似乎通過了測試，因為歌劇進行到後段時，查理終於變得放鬆，開始靠在威爾的肩上打起瞌睡來。

表演結束後萊頓先生護送卡洛琳回家，威爾和查理則搭上前往戴爾莫尼科餐廳的計程車，他倆下車時，威爾忍不住再次質問自己是否該和卡洛琳一樣直接回家。但梅修一家人正等著他們加入，威爾也不能否認自己對這個場合有著深深好奇，他從來沒機會一睹紐約真正的富人們開的都是怎樣的舞會。今晚他們將為這場大戲劃下句點，似乎也只有這麼華麗的場合才對得起這趟旅程。

十一點過後，他們才跟著逐漸湧入的人群走上樓梯，看見打造成涼亭狀並用綠紗花飾和裝滿百合的金籃圍繞的舞池，欣然迎接翩翩起舞的賓客。出席的賓客人數應該超過了三百名，有些威爾見過，但更多他只在名流版上見過照片的人物。多數人都還在熱切地讚賞著今晚的歌劇表演，沒有太多人注意威爾，他便偕著查理走向舞池邊找梅修一家人。查理眼尖，先看見了蘿絲和阿奇，他倆在華爾滋音樂中轉著圈圈，「你覺得阿奇喜歡這裡嗎？」

「他身邊有蘿絲。」

「而我身邊有你。」

威爾笑出聲來，「你厭倦宴會了嗎？」

「這種場合都有點像，你不覺得嗎？」查理靠在沒人的沙發上，從路過的侍者手上拿來了兩杯香檳，「我得承認，這場的佈置確實令人嘆為觀止，但除了盯著那些我們可能再也不會遇到的人看以外，我們還能幹嘛？他們又不會邀我們去喝茶。」

威爾接過查理手上的香檳，坐了下來，「我以為你想來。」

「是我以為**你**想來。」

「嗯……」威爾又笑了出來，「我之前確實想來。看來我比自己想像的還喜歡這些上流社會的浮泛社交。」

查理從靠著的沙發扶手上下滑，沉到威爾身邊，「不管怎樣，對不同圈子的生活有興趣——無論好壞——並沒有壞處。這就是人性嘛，如果沒有人有這種興趣，我們就失業了。」

「確實是有點道理。」

「阿奇會適應這個圈子的，梅修一家人都很好相處。就算是梅修夫人，只要她別那麼大驚小怪，都是個有趣的阿姨。」

威爾被這句話逗樂，朝他瞥了一眼，「我以為你是個悲觀主義者，查理，但你真的不是。」

「噢，我是啊。」查理反駁，「但在你需要人給你打氣的時候，我得讓這個世界看起來明亮一點。快喝你的香檳。」他一口乾了自己那杯，坐了起來，「準備走了嗎？現在還來得及去附近的餐廳吃晚餐，再去我們租的旅館過夜，租約還有一個星期。」

威爾哼了一聲，「你真是不可理喻。」但他也喝盡香檳站了起來，「我們得去和梅修家打個招呼。」

「然後就可以走了？還是你也要和摩根先生握手，再親親阿斯特夫人的戒指？」

「科爾貝克先生，你目前還是我的私人秘書……所以請閉嘴。」

查理咧嘴一笑，認分地跟在威爾身後再次繞著舞池找起梅修一家人。他們看到迎面走來的格拉斯普爾夫人時，要避開已經來不及了，她和平常一樣充滿了活力，但擁抱威爾時顯得分外小心翼翼，像是擔心虛弱的他無法承受另一場社交盛會。

「親愛的，你的健康狀況如何？最近糟心的事真是接二連三，我敢說你一定沒想過，自己來紐約一趟居然會遇上這麼多倒楣事。這個貝爾考特勛爵——或者我該說，蕭先生幹下的勾當——你**是**怎麼想的？格拉斯普爾先生和我都覺得這太令人髮指了，真的，每個人都憤怒得不得了。對那些曾抱持希望的年輕女孩們來說，這真是太殘酷了。可憐的梅修小姐還差點嫁給了這個惡棍！我想到報紙會怎麼說，就擔心得不得了。」

「我們也是。」查理喃喃道。

「我猜我們得感謝那些揭露真相的記者。」威爾說完後，得用鋼鐵的意志才能忽略查理臉上冒出的燦爛微笑，「還好他寫出來了，許多人就能免於落入難堪的境地。」

「這正是人們對好記者的期待，」查理說。

格拉斯普爾夫人挑起雙眉，抿了一下嘴角，「就我個人而言，說到記者，可能總是會聯想到難堪……」她嘆了口氣，「但我得承認，這次報導的記者確實做了件好事。我希望他和樓下大家在傳的荒唐事沒有扯上關係。」

「我不懂您的意思，」威爾說，「您指的是什麼事？」

格拉斯普爾夫人看了看左右，接著靠近威爾，「我聽說有一個不滿的賓客把自己的邀請函賣給了記者，只為了壞大家的興致。當然啦，那個記者混了進來，而且恐怕已經開始四處偷聽了。」她再次憂心忡忡地朝四周看了一眼，「要我說，這真可恥，為什麼討厭的媒體不能讓我們這些體面人好好辦場私人派對，安分地別來鬧場呢……等等，內史密斯先生，你**還**好吧？你看起來好蒼白。科爾貝克先生，你得再幫他拿杯香檳。」

「我也是這麼想。」查理伸手扶住威爾的手臂，「或是帶他去呼吸點新鮮空氣。格拉斯普爾夫人，再次見到您十分榮幸。」

目瞪口呆的格拉斯普爾夫人愣了好半晌才發出回應，但被查理拖著離開現場的威爾只能聽到從遠處飄過來的聲音。「我已經讓好幾個女孩在舞伴卡上寫上你的名字了，早點回來啊！」

查理拉著威爾從房間正中穿過，此時響起了下一首華爾滋的樂音，「我的天哪，」威爾抽了口氣，「你覺得是加巴嗎？」

「喔，**去他的**。」

恐懼讓威爾感到一陣寒冷，「他在這裡？」

「他正在朝我們走來。」查理對威爾露出要他放心的笑容，「讓我來跟他談，好嗎？我來拖住他，你逮到機會就先下樓。」

「但是──」

「就這麼辦，」眼看加巴越來越近，查理沒讓威爾說完。「他可能已經知道……」

「哎呀，這不是查理．科爾貝克嗎？」加巴拍了拍查理的背，查理露出吃痛的表情。

「加巴，你把小偷的開鎖工具箱留在樓下了是嗎？」

加巴不理會查理的挖苦，「我的邀請函可是貨真價實，你的是嗎？」他目光掃向威爾，「內史密斯先生，如果你想把獨家新聞洩漏給記者，你怎麼不挑個更有經驗的呢？」

「《先驅報》的編輯似乎也對科爾貝克先生的頭版新聞很滿意，」威爾說，「讀報的大眾更是。」

加巴臉上的笑容變淡了，「我希望那篇報導的內容是真的，而不像你那天晚上瞎編的求婚故事一樣，全是一派胡言。」

威爾試圖忽視查理發出的輕聲哀號，「我不過是想保護梅修小姐，如果你希望我為這個行動懊悔，我怕你要失望。先生，如果讓我再選一次，我還是會心甘情願地說謊。」

「噢，我不懷疑您會說謊。」

「你……這什麼意思？我們只談過一次。」

「我剛看到您們二位在和格拉斯普爾夫人聊天，但您這位朋友在《先驅報》當記者的事，您沒告訴格拉斯普爾夫人吧？」

他們的對話招來了注意——而且加巴狡猾地在問出最後一句話時加大了聲量。他這是想引起騷動，而四周的人群也確實開始竊竊私語，他看來不擔心自己會被趕出餐廳，轉向威爾時恢復了咄咄逼人的態度，「你知道自己在冒的是什麼風險嗎？一旦大家知道科爾貝克就是在《先驅報》寫名流專欄的記者，就再也沒人會邀請你出席任何社交場合了，你就是那個讓科爾貝克接觸到上流社會的窗口……這不就和貝爾考特勛爵是以賽亞．諾克司的窗口一樣嗎？」加巴瞇起雙眼，「這不得不讓人起疑心哪。」

四周的人群發出不悅的噓聲，威爾感覺到不滿的瞪視紛紛落在自己身上。他很清楚，自己的沉默助長了對方隱而未宣的控訴之意，他感到血管流竄的血液失去了溫度，但臉頰卻熱得發燙，圍觀的眾人是否在等自己崩潰並懺悔自白呢？他也許能倉促吐出急就章的道歉，但這又有什麼用呢？他不只走錯一步，這個騙局發展到現在，他走錯了太多步了，但他從來沒有即時回頭，因為坦白的後果太過沉重。

他還沒開口為自己辯護，查理就突然發話，「你錯怪內史密斯先生了，他和你們一樣都被我蒙在鼓裡。我隱瞞身分好受僱為私人秘書，而且……」他嘆了口氣，「一開始一切都非常順利，他帶著我出席許多宴會和舞會，我寫出了沒有其他人寫得出來的專欄文章。他得知真相時本來非常生氣，但那時我們已經發現以賽亞．諾克司和道格拉斯．蕭共謀，打算從諸位身上騙走大筆金錢。內史密斯先生和我一樣義憤填膺，決心揭穿他們，我們差點因此喪命……」查理突然用凌厲的眼光瞪著加巴，「也許名流社會版不過是些八卦新聞，但關於貝爾考特的報導絕對不是，那是有價值的紮實新聞報導，而且是我認真追查才寫出來的。」

威爾的恐懼被湧上來的羞愧感淹沒，查理是耍了他、折磨他、讓他掉進上流階層這個兔子洞，但查理也鼓勵他、保護他……

和愛他。

過去六個星期是他人生最美好的時光，這都是因為查理待在他的身邊。如果他必須承擔羞愧和恥辱，那就讓他承擔，他不能讓查理一個人成為大家的笑柄。

「那確實是有價值的紮實新聞，」威爾表示贊同，「但你說錯了，那是我們一起寫的。」

音樂聲突然退去，聚在他們身邊的人群顯得過於安靜，他連人群呼吸的聲音都聽不到，有那麼一瞬間，他甚至不確定自己是否還在呼吸。查理的發言本來能撐起那幾乎塌掉的橋，但威爾自白後，那座橋必然完全崩毀，威爾本能感到害怕，只能盯著查理臉上溫柔的鼓勵，才拾起勇氣繼續說下去，「六週以前，我接受了《先驅報》的編輯職位，一切都很正常。當時紐約所有記者都在爭搶對貝爾考特勛爵進行採訪，其中特別勤奮的一位……」他望進查理的雙眼，又或者是查理望進他的雙眼，不管如何，眼神的交會給了他說下去的力量，「那位記者是個非常有決心的紳士，他認為如果宣稱我有更高的社會地位，也許更有機會見到貝爾考特。而我因為擔心失去新工作，並未對此提出抗議。我和科爾貝克先生一起合作名流社會版面的報導，但揭露貝爾考特的惡行主要是他的功勞——嗯，除了像科爾貝克先生提到的，過程中我差點失去生命的那次。」

人群中開始出現了一些善意，威爾很想認為，這表示不是每個人都覺得他該遭人唾罵。他還想知道蘿絲在哪裡，但沒機會親自找她解釋了，餐廳經理已經走出人群，旁邊跟著兩個身形魁梧的小夥子，看來很熟悉如何將不速之客請出場。

「紳士們，請跟我們到樓下一趟。」這是個禮數周到的請求，連加巴都無法發作，只能乖乖就範。他率先走了出去，查理跟在他後面，威爾則殿後。他還有話沒有說完，希望蘿絲能聽見的那些話。

「我承認，我做得太過分了，但我沒辦法希望自己沒有這麼做。你們對我這麼親切慷慨，這麼友善誠懇，我交到了好幾個朋友，我希望不會失去他們……」他的聲音開始顫抖，「我對於欺騙確實悔恨，對於造成的傷害感到十分抱歉。」在餐廳經理催促的壓力下，他快速說出剩下的話，「我希望你們能原諒我。」

舞池裡傳來了一些激動的談話聲，但威爾在走下樓梯進到用餐室時，耳中只聽到華爾滋的樂音，臉色難看的加巴和垂頭喪氣的查理站在餐廳出入口，等著威爾加入。威爾走到壁龕下時，聽到身後傳來裙襬的窸窣聲，蘿絲喊著威爾的名字追了上來。他滿心感動，轉頭準備向她道歉，但在看到她的滿臉笑容時，困惑停下嘴邊的話語。阿奇跟在蘿絲身後，臉上有著比平常更為羞怯的笑容，威爾突然明白過來，「阿奇告訴妳了？」

蘿絲笑了出來，「他忍到前幾天才說的，你不要生他的氣。」

「蘿絲已經懷疑好一陣子了。」阿奇垂下眼眸，「我真的很抱歉，威爾。她直接問了我，而我——嗯，我——」

「你沒辦法對她說謊。」威爾拍了拍他的肩膀，「這是我的錯，阿奇，你沒錯。」他也想羞愧地低下頭來，但蘿絲雙眼堅定地望著他，「蘿絲，我很抱歉，妳一直對我這麼好。我早就該把真相告訴妳的，但我拖得越久，想到要讓妳失望就更加難受。如果妳不能原諒我——」

「我能。」蘿絲握住威爾的手，「你和查理為我做了這麼多……噢，威爾，我太感謝了！我好高興你不用回加州或去什麼別的地方，你一定要來我的婚禮，你和查理都得來。」她吻了威爾的臉頰，溫柔地在他耳邊說，「要記得，我家圖書室的火爐旁永遠有你的位置。」

威爾心裡最沉重的負擔終於解決，他放下心來，「蘿絲，我太感謝妳的友誼了，我一定會用誠摯的情感回報。」

「那你聖誕節後一定要來家裡喝茶。」她往回退了一步，挽起阿奇的手，「你不在的話，我們要怎麼正式宣布訂婚呢？」

「嗯，那……」威爾看向查理，他正跨步向前和阿奇握手。阿奇笑得像個傻瓜，靦腆地伸出手和查理和威爾握手，接著再次邀請了他們，蘿絲還吻了查理臉頰，讓他大為慌張。看到加巴離開餐廳的身影，查理拉拉威爾的袖口，大有告辭之意。於是兩人取了外套和帽子，和蘿絲阿奇說了再見，踏入氣溫寒冷風勢強勁的夜晚。舉目所及一輛計程車也沒有，但他們看到加巴沒有死心，還在沿著人行道奔走，希望招來一輛。

「他應該是要去報社。」查理預測。

「我想也是，這畢竟是滿精彩的八卦新聞。」

查理皺起眉頭，「這是跟我們有關的八卦。」

「也許我們應該自己寫一篇。」

「你有計程車費嗎？」

威爾笑了出來，「今天出門太緊張，完全忘記帶錢。」

「我也是，那我們得用走的了。」

「六個街區？看來你很想在今年結束前病一場。」

「在這裡等也沒有比較強。我們在路上說不定還能遇上電車，搶先加巴一步，他的報社遠得多。」

「我猜他不想冒著寒冷趕回去。」威爾看著加巴衝回溫暖的餐廳內，做出評論。

「他總會找到計程車的，所以我們得加快腳步，我們還得趕在截稿前把稿子寫完。」

他們走到二十七街轉角時，一輛剛超越他們的馬車突然在路邊停了下來，查理慢下腳步，走在威爾身邊，「該不會有人放棄晚餐，只為了趕過來抽我們幾鞭吧？」

「才這個鐘點，我不認為有人已經喝得這麼醉了。」

等他們走近馬車，才發現車伕似乎正在等他們過來，查理和威爾交換了困惑的眼神，「這不是卡洛琳的馬車。」

「裡面好像一個人也沒有。」

「小心。」查理反應，但朝著他們彎下身子的車伕臉上掛滿微笑，「科爾貝克先生？」

查理的眉頭皺了起來，「也許。」

「請見諒，先生，梅修先生派了車來，說不管你們要去哪，都可以帶你們去。」

威爾大喜過望，「梅修先生原諒我們了。」

「應該是有天使幫我們說話。」

兩人擠進溫暖的車廂，把寒風擋在外頭，威爾將頭靠在查理肩上。這時他聽見鉛筆在紙上摩擦的聲音，在黑暗中忍不住漾出笑容，這裡頭的光線明明暗得只能勉強看見東西，「哈洛威先生會讓我們刊出報導嗎？」

「報紙能賣就行。」

威爾的注意力飄向查理潦草寫下的一長段文字，「你剛打算承擔所有過錯。」

「是我把你捲進這件事裡的。」

「我知道，但是……」威爾抬起頭來，在查理的下巴印上一吻，「如果你沒有先開口，我一句話也說不出來。」

「不是這樣，給你時間你會想到該說什麼的，我只是不希望讓你首當其衝。」

「新聞見報以後，我們應該會不好過一陣子。」

「我認為對我們不滿的人不會像你想的那麼多。」

「希望不會。」

查理寫字的速度慢了下來，「我們也可以逃離紐約一兩天，去史泰登島過聖誕假期。」

「查理，現在只有四度。」

「我保證讓你暖和起來。」

「在渡船上也是？」

「漁夫不會介意的。」查理落筆寫了一句，又立刻重新改過，「要是他們介意的話……就去他們的。我想在哪裡替你取暖都可以。」他的聲音放輕了，語調裡滿溢著甜蜜的心滿意足。

威爾放鬆下來，肩頭抵上查理肩頭，「那就待在紐約怎樣？」

「你想的話也可以，只是要記得，所有靠近報社的餐廳裡都會擠滿記者、編輯、辦公室助理和各種職員。而且這是聖誕夜，旅館搞不好已經把我們的房間租給遊客了。」

「你比較喜歡海邊的那個海灘小屋？」

查理哼了一聲，「我們可以住在新布萊頓。」

「如果我們在渡輪上被逮捕呢？」

「我在監獄裡也會替你取暖的。」

「你真知道怎麼說服人。」

「你不需要花功夫就能被說服。」查理又撕下一張紙，開始寫新的段落。馬車轉進了百老匯街後，燈光終於足以閱讀了，「你在編輯啊？」查理突然說。

「我沒有。」威爾靠向椅背，「你把族長會這個字拼錯了，你知道嗎？」

查理大笑出聲，轉過頭親了威爾，「歡迎加入《先驅報》。」

在這之前，威爾並不知道，自己聽到查理這麼說居然會湧出如此複雜的情感，他感動得說不出話來，但查理似乎理解，他騰出一隻手摟著威爾的肩膀，寵溺地揉亂他的頭髮，「聖誕快樂，小史。」

威爾在感動盈滿身體時，終於找回說話的能力，「聖誕快樂，查理。」

「歡迎加入《先驅報》」，這句話聽起來就像**歡迎回家**一樣。

——《致你的舞會邀請》全書完

高寶書版集團
gobooks.com.tw

CRS056
致你的舞會邀請
Invitation to the Dance

作　　者　塔瑪拉・艾倫（Tamara Allen）
譯　　者　Eros
責任編輯　廖家平
設　　計　吳思穎
校　　對　賴芯葳
內頁排版　彭立瑋
企　　劃　李欣霓

發 行 人　朱凱蕾
出　　版　朧月書版股份有限公司
　　　　　Hazy Moon Publishing Co., Ltd.
地　　址　臺北市內湖區洲子街 88 號 3 樓
網　　址　www.gobooks.com.tw
電　　話　(02) 27992788
電　　郵　readers@gobooks.com.tw（讀者服務部）
傳　　真　出版部 (02) 27990909 行銷部 (02) 27993088
郵政劃撥　19394552
戶　　名　英屬維京群島商高寶國際有限公司臺灣分公司
發　　行　英屬維京群島商高寶國際有限公司臺灣分公司 / Printed in Taiwan
　　　　　Global Group Holdings, Ltd.
法律顧問　永然聯合法律事務所
初版日期　2024 年 9 月

國家圖書館出版品預行編目 (CIP) 資料

致你的舞會邀請 /Tamara Allen 著；Eros 譯 . -- 初版 . -- 臺北市：朧月書版股份有限公司出版：英屬維京群島商高寶國際有限公司台灣分公司發行，2024.09
　面；　公分 . --

譯自：Invitation to the Dance

ISBN 978-626-7362-83-9（平裝）

874.57　　113010874